Albrecht Göstemeyer

GEMISCHTE SÄTZE

Albrecht Göstemeyer

GEMISCHTE SÄTZE

Erzählungen
und Reiseberichte

Information der deutschen Nationalbibliothek:

Die Deutsche Nationalbibliothek verzeichnet diese Publikation
in der Deutschen Nationalbibliografie; detaillierte bibliografische
Daten sind im Internet über dnb.dnb.de abrufbar.

Herstellung und Verlag:

BoD - Books on Demand, Norderstedt

ISBN: 978-3-756-29471-8

INHALTSVERZEICHNIS

Professor Dr. jur. Leberecht Hasenbusch starrte auf die weiße Wand. Dann drehte er sich, ging zu seinem Bett, das eher einer weißbezogenen Pritsche ähnelte, seufzte und setzte sich. Er dachte nach. Ihm kamen aus Langeweile Erinnerungen.

Seine Schulzeit am Gymnasium des Städtchens an der Weser war eine fortlaufende Erfolgsgeschichte gewesen. Er erinnerte sich noch genau an eine Schulstunde in der dreizehnten Klasse, eine Probestunde für einen angehenden Studienrat, bei der der Schulrat anwesend gewesen war. Es ging um Goethe. Vor ihm hatte der Lehrer einen anderen Schüler aufgerufen.

„Was können Sie mir über das Verhältnis von Goethe zu Frau von Stein sagen, Krause?"

„Die wird halt seine Geliebte gewesen sein." Der Lehrer runzelte die Stirn. Er rief Hasenbusch auf.

„Hasenbusch, wissen Sie es besser?" Leberecht stand auf.

„Das Verhältnis von Goethe zu der Frau von Stein war viel zu intellektuell, um sich auf schnöde Geschlechtlichkeit zu beschränken."

„Richtig. Was können Sie mir sonst noch über Goethe sagen?"

„Geboren am 28. August 1749 in Frankfurt am Main. Lebte in Frankfurt und Weimar. Hauptwerke: Drama Götz von Berlichingen, Novelle Die Leiden des jungen Werther, Theaterstück Faust. Gestorben am 22. März 1832. Todesursache: Darmverschlingung."

„Sehen Sie", der Lehrer drehte sich zum Schulrat, mit einer geringen Körperknickung eine Art von Verbeugung ausdrückend, „das ist Bildung."

Während der Abiturprüfungen ließ er seine Mitschüler in weitem Abstand hinter sich. Ins Mündliche kam er mit dem Fach Geschichte, seinem Spezialfach. Man prüfte ihn über den Dreißigjährigen Krieg. Es folgte ein viertelstündiger Monolog. Hasenbuch schnarrte Schlachten, Schlachtorte und Jahreszahlen hinunter, bis der Lehrer verzweifelt Einhalt gebot.

„Sie können sich setzen, Hasenbusch. Sie haben sehr gut gelernt."

Zum Schluss wurde er gefragt, mit welcher Gesamtnote er für sein Abitur rechne. Die Antwort kam pfeilschnell.

„Eins natürlich, Herr Studienrat." Als die Lehrer sich nach seinem Berufswunsch erkundigten, bekamen sie zu hören: „Ich gehe in die Politik. Ich will Bundeskanzler werden." Seine Erfolgsgeschichte setzte sich nach dem Abitur fort.

Zunächst meldete er sich freiwillig zur Bundeswehr, denn die Teilnahme an der Landesverteidigung hielt er für seine vaterländische Pflicht. Er verließ die Truppe als Reserveoffizier und begann in Tübingen das Jurastudium. Ein Blick auf die Statistik der Berufe der Bundestagsabgeordneten hatte ihn davon überzeugt, dass der Beruf des Juristen am ehesten der politischen Karriere förderlich sei, denn unter den Politikern waren Juristen weitaus mehr gegenüber anderen Berufen präsent, noch viel mehr als die Lehrer.

In dieser Zeit trat er in eine schlagende Burschenschaft ein, knüpfte Beziehungen und erwarb einen leichten Schmiss im Gesicht, den er für ein ehrenvolles Abzeichen hielt, der juristischen Elite anzugehören. Das Studium schnurrte. Im letzten Semester fing er bereits mit der Abfassung seiner Doktorarbeit an, und zwar über das Thema:

Eigentumsdelikte an Hühnern. Diebstahl oder Mundraub?

Privat lief es nicht so gut für Hasenbusch. Ungeachtet der leidenschaftlichen Antwort im damaligen Deutschunterricht – hier war es ja um Goethe, den Dichterfürst gegangen –, begannen ihn urmenschliche Gelüste zu plagen, die während seiner Pubertät erwacht waren. Er wäre nicht Hasenbusch gewesen, in seiner logisch-intellektuellen Persönlichkeit, wenn er nicht versucht hätte, jene Plage in subtilen Genuss zu überführen. Doch dazu sollte sich weder seine Bundeswehrzeit noch seine Erfahrung in der Burschenschaft eignen.

Erstere hatte ihm zwar die Bekanntschaft mit der käuflichen Liebe beschert, eine Erfahrung, die ihn freudig stimmte und nach Wiederholung drängte, ungeachtet dessen, dass sich diese Erfahrung auf Ereignisse während ausgedehnter Nato-Manöver reduzierte. Seine Zeit in der Burschenschaft hatte zwar dafür gesorgt, dass er seine Gelüste durch Bierkonsum sublimieren konnte, doch letztlich erwies sich das Bier eher als ein Mittel zur Unterdrückung der Potenz. Das missfiel ihm außerordentlich, zumal ihm das Biertrinken einen Kugelbauch verschafft hatte, den er einziehen musste, wenn er sich einen optischen Eindruck vom Zustand seines Unterleibes verschaffen wollte. Seiner natürlichen Gier tat das keinen Abbruch.

Hinderlich wirkte sich für die Beziehung zum weiblichen Geschlecht die Qualität seines Äußeren aus. Hasenbusch verfügte eine gedrungene, wenig athletisch aussehende Gestalt und auch der optische Zustand seines Hauptes entsprach nicht dem Wunschdenken der Damenwelt.

Ein fahlweißes Gesicht mit einer Kopfbedeckung von schütteren roten Haaren – eigentlich eine sinnfällige Kombination – ließ nicht ästhetisch überzeugen. Seine kleinen blassblauen Augen, überdeckt von kaum auffallenden Brauen, erweckten den Eindruck mondgesichtiger Langeweile.

Kurz gesagt, es war ein Schweinchengesicht, das allen, die mit Leberecht Hasenbusch zu tun hatten, entgegen schaute.

Die Folgen dieses Zustandes musste man eben ändern, dachte Leberecht.

Er hatte die Erfahrung gemacht, dass es durchaus Möglichkeiten gab, die Attraktivität in Bezug auf die Weiblichkeit zu steigern. In erster Linie war das der Erwerb von Geld oder Besitz. Schwierig. Die einfachste Möglichkeit in dieser Hinsicht war schlichtweg der

Vorzug eines üppigen Erbes, verbunden mit einer dementsprechenden Herkunft. Damit konnte er nicht aufwarten. Sein Vater war einfacher Beamter beim Finanzamt gewesen und dessen einzige Gewinnmaximierung bestand darin, dass er mit seiner Bank verbotene Tafelgeschäfte machte und damit seinen Brotgeber beschiss.

Allzu viel hatte das nicht gebracht.

Auch für Juristen war es schwierig, an ein Vermögen zu kommen, wenn man nicht gerade über ein Elternhaus mit einer Rechtsanwaltskanzlei verfügte, welche vorzugsweise reiche Mandanten zu ihren Kunden zählte oder wenn man Notar in Bayern war. Aus Erfahrung wusste er, dass man durch Arbeit niemals reich werden konnte. Reich wurde man nur, wenn man Geld hin- und herschob, an der Börse oder irgendwo anders. Dazu hätte er Betriebswirtschaft studieren müssen, der Zug war abgefahren.

Blieb Möglichkeit zwei, Potestas, also Ansehen und Macht. Auch so etwas wird von den Frauen als attraktiv bewertet.

Das ginge. Es kam ihm sogar gelegen, denn er hatte ja sowieso vor, in die Politik zu gehen.

Der Anfang war zwar schon gemacht, als er nach dem Abitur in die CDU eingetreten war. Doch damals hatte er festgestellt, dass Bildung und Schulnoten nicht automatisch das bewirken, was er sich nach seinem Wunsch vorgestellt hatte: erst Parteikarriere, dann Karriere in der Politik. Leider spielten innerparteiliche Beziehungen eine viel größere Rolle, als er sich gedacht hatte. Er musste feststellen, dass der innere Apparat der Partei aus verschiedenen Strängen von Strippenziehern bestand, die dazu noch untereinander verfeindet waren. Um da hineinzukommen, musste er sich einen der Stränge aussuchen, um sich nach oben durchwinken zu lassen. Dazu war Kärrnerarbeit nötig, beispielsweise das Aufstellen und Kleben von Plakaten in Wahlkampfzeiten – nichts für Hasenbusch, der eine natürliche Abscheu gegen körperliche Arbeit hegte. Es musste also etwas Besonderes her.

Das war der Moment, in dem Hasenbusch beschloss, Professor zu werden.

Voraussetzung dafür war erst einmal, dass er ein erstklassiges Examen ablegte. Ein ganzes Jahr büffelte er sich neben seiner Doktorarbeit durch und ging zu Repetitoren, wobei ihm sein angeborenes Talent zum Auswendiglernen zugutekam. Die Tübinger Professoren lobten seinen Verstand und belohnten ihn im Staatsexamen mit der Prädikatsnote „sehr gut", die äußerst selten vergeben wurde. Auch seine Promotion erhielt die Benotung „Summa cum laude".

Es war Hasenbuschs kreativste Zeit. Um sich zu habilitieren, war ein Ortswechsel vonnöten. Er wählte Göttingen, denn auf diese Weise würde er auch in eine Schwesterverbindung seiner Bundesbrüder überwechseln können, eine Sache, die er sehr schätzte und die ihm Heimatgefühl verschaffte. Bei den „alten Herren", also Mitgliedern, die ihr Studium bereits absolviert hatten, lernte er auch seinen Mentor kennen, eine Bekanntschaft, die sich auf seinen späteren Lebensweg bestimmend auswirken sollte. Professor Dr. Justinian Menzel, spezialisiert auf Staats- und Völkerrecht, war einer vom alten Schlage. Optisch erschien er weißhaarig, hager gewachsen und stets korrekt gekleidet mit anthrazitfarbenen Anzügen, deren glänzende Ärmel häufigen Gebrauch anzeigten. Dazu passten blasse quergestreifte Krawatten, die er bei den Treffen der Verbindung stets unauffällig zur Seite schob, wenn er sie mit Bier besabbert hatte. In der juristischen Fakultät von Göttingen genoss er einen Sonderstatus, weil er der dienstälteste Professor war; von ihm konnte also nichts Übles mehr ausgehen. Seine Zeit als Richter während der Nazizeit hatte ihm zwar einige braune Flecken eingebracht, unter anderem, weil er lediglich ein paar Sinti wegen Umhertreiberei in ein Arbeitslager geschickt hatte, doch die waren längst abgebüßt. Auf diese Weise bestätigte er das landläufige Vorurteil, dass ein Richter häufig auch ein Rechter sei, hatte aber damit keinen Schaden genommen.

11

Hasenbusch war es mühelos gelungen, nach seinem Referendariat bei Gericht eine Stelle als wissenschaftlicher Mitarbeiter an der juristischen Fakultät der Universität Göttingen zu ergattern.

Zielgerecht machte er sich an Menzel heran, half ihm vor und nach seiner Vorlesung, die Akten zu transportieren und spielte in dessen Büro die Kanzleischwalbe.

Menzel war beeindruckt vom Ehrgeiz seines jungen Kollegen und lud ihn ein paarmal sogar zu sich nach Hause ein. Hier lernte Hasenbusch Menzels Tochter Hildegard kennen.

Hildegard war eine graue Maus, langweiliges Gesicht, Haare von undefinierbarer graublonder Farbe, unspektakuläre Figur und ihre Kleidung erinnerte an Versandhausmode. In ihrer Schulzeit wurde sie von ihren Schulkameraden regelmäßig als „dumme Gans" bezeichnet, blieb bei Schulbällen häufig sitzen und verschaffte sich auf diese Weise einen Berg von Minderwertigkeitskomplexen.

Um diese abzubauen, nahm sie an den sporadischen Tanzveranstaltungen der Studentenverbindung ihres Vaters teil, wo sie auf die dezente Werbung von Hasenbusch traf. Ihre Begeisterung darüber hielt sich in deutlichen Grenzen, was etwas mit Hasenbuschs Schweinegesichtigkeit zu tun hatte.

Doch Hasenbuschs Karriere nahm rasanten Fortschritt. Menzel, der ebenso wie Hasenbusch über ein nahezu unschlagbares Gedächtnis verfügte, ließ ihn in die Gefilde seiner Erkenntnisse einsteigen und vermittelte ihm alle notwendigen Informationen, die schließlich in einer großrahmigen Habilitationsschrift gipfelten. Ihr Titel war:

Das Nationalgefühl der Deutschen. Legitimes Ziel oder Übel?
Eine Analyse der deutschen Staatsverträge vom Wiener Kongress bis zur Gegenwart.

Wie gewohnt gelang es Hasenbusch, dafür Bestnoten zu bekommen. Die Arbeit traf zwar auf geteiltes Interesse, führte aber dazu, dass Hasenbusch jetzt in einer gehobenen Liga gehandelt wurde. Es war genau das, was er wollte.

Auch die Werbung um Menzels Tochter Hildegard gestaltete sich jetzt um einen ganzen Schritt erfolgreicher. Die Habilitation ließ die Nachteile seiner äußeren Erscheinung in den Hintergrund treten, und so gelang es ihm, der Tochter seines Mentors näher zu treten und ihr die Unschuld zu rauben, ein Vorgang, auf den sie schon lange verzweifelt gewartet hatte. Beides, Entjungferung und Habilitation, ließen Hasenbusch für Hildegard Menzel in einem anderen Licht erscheinen; Hildegards diffuse Abneigung wich einer halbeuphorischer Grundstimmung, die sich bei ihr bis hin zur Verliebtheit und schließlich zur Verlobung steigerte und dazu führte, dass Hildegard Menzel Dr. Leberecht Hasenbusch im August 1975 heiratete.

Hasenbusch verspürte Genugtuung. Der Sex mit Hildegard war zwar langweilig – ihre Anteilnahme bestand darin, dass sie während des Vorganges irgendwas vor sich hin quiekte – doch er setzte seinen körperlichen Pflichten stets damit ein Sahnehäubchen auf, indem er sich gedanklich kurz vor dem Höhepunkt an seine Beziehungen zur käuflichen Liebe erinnerte.

Diese hatte er auch in Göttingen weiter gepflegt, doch sie führten ihn in eine bessere Kategorie als zu seiner Bundeswehrzeit. Ein paar rotschummrige Clubs, meist an Landstraßen um Göttingen gelegen, lieferten ihm alles, was er zusätzlich brauchte.

Zu alledem konnte sich Hasenbusch plötzlichen Nachwuchses erfreuen. Ein Verhütungsfehler machte ihn nach zwei Jahren zum Vater; Hildegard gebar zur Freude seines Schwiegervaters kurz vor Weihnachten ein gesundes Töchterlein.

Dr. Justinian Menzel wurde ein Jahr später emeritiert, es galt nun, einen Nachfolger für seinen Lehrstuhl zu finden, der sich im Staatsrecht ebenso auskannte wie Menzel.

Die Juristische Fakultät der ehrwürdigen Georg-August-Universität Göttingen befiel Verlegenheit. Normalerweise hätte man jetzt einen Ruf in die Welt geschickt und sich darauf verlassen, dass der darauffolgende Zulauf kurzfristig zu einer würdigen Neubesetzung des Lehrstuhles führen würde. Doch die Zeiten hatten sich geändert, „tempora mutantur", wie sich der greise Inhaber des Lehrstuhles für Strafrecht, Herr Professor Dr. Galgener, voller Resignation ausdrückte – auch er bereits mit einem Fuß schon im Ruhestand stehend. In der Universitätsstadt Göttingen gärte es am Ende der Siebziger Jahre. Die Studentenunruhen, die von Berlin aus ihren Ausgang nahmen, schwappten auch nach Göttingen über und ließen die ehemals ruhige Provinzstadt nervös werden, über die der Dichter Heinrich Heine, erzürnt über seinen Universitätsverweis, dazumal – im neunzehnten Jahrhundert – berichtet hatte:

„Die Stadt Göttingen, berühmt durch ihre Würste und Universität, gehört dem Könige von Hannover und enthält 999 Feuerstellen, diverse Kirchen, eine Entbindungsanstalt, eine Sternwarte, einen Karzer, eine Bibliothek und einen Ratskeller, wo das Bier sehr gut ist. ... Die Stadt selbst ist schön und gefällt einem am besten, wenn man sie mit dem Rücken ansieht. ... Im Allgemeinen werden die Bewohner Göttingens eingeteilt in Studenten, Professoren, Philister und Vieh, welche Stände doch nichts weniger als streng geschieden sind. Der Viehstand ist der bedeutendste. Die Namen aller Studenten und aller ordentlichen und unordentlichen Professoren hier aufzuzählen, wäre zu weitläufig; auch sind mir in diesem Augenblick nicht alle Studentennamen im Gedächtnisse, und unter den Professoren sind manche, die noch gar keinen Namen haben."

Jeden Sonnabend zog also der schwarze Block, eine etwa fünfzigköpfige Herde schwarz vermummter Linker, marodierend durch die Stadt, zündete Autos an, zerdepperte Ladenfenster und beschmierte Häuserwände. In ihrer Mitte ging ein späterer Obergrüner und Bundesumweltminister feixend und grinsend mit, wie ein plusternder Hahn, um den sich die Hennen scharten. Die Polizei flankierte stets den rituellen Zug. Die Mienen der Beamten hatten im Laufe der Zeit einen Ausdruck von phlegmatischem Fatalismus angenommen. Kein Wunder also, dass angehende Professoren, zumal Juristen, den Ruf an die Universität Göttingen scheuten.

Doch Hasenbusch hatte sich mit wenigen anderen um die Nachfolge für den Lehrstuhl seines Schwiegervaters beworben. Zuerst standen die Professoren der Fakultät seiner Bewerbung skeptisch gegenüber.

„Es macht keinen guten Eindruck, wenn wir als Nachfolger vom Kollegen Menzel ausgerechnet seinen Schwiegersohn auswählen", bemerkte Dr. Erbenspeck, Professor für Notarrecht.

„Meine Herren! Bedenken Sie, welche Noten uns Kollege Hasenbusch für sein Staatsexamen, seine Doktorarbeit und seine Habilitation vorgelegt hat!", entgegnete Dr. Theuerzins, Professor für Wirtschaftsrecht, „damit liegt er haushoch vor den zwei anderen Bewerbern!"

„Es gibt noch einen anderen Gesichtspunkt, dem man sich nicht verschließen sollte", warf Dr. Malochius, Professor für Arbeitsrecht, ein. „Wir alle, meine Herren Kollegen, leiden unter dem entsetzlichen Linksruck, dem unsere ehrwürdige Alma Mater seit einiger Zeit ausgesetzt ist. Sicher gehen auch Ihre Vorlesungen und Seminare nicht mehr ohne Störungen vonstatten. Nun ist Kollege Dr. Hasenbusch mentalitätsmäßig eher der äußersten Rechten zuzuordnen und dürfte die Störer gleichsam magisch anziehen und uns dadurch mehr Ruhe verschaffen. Lassen Sie mich es so sagen: er könnte das Stückchen Käse sein, um das sich die Mäuse versammeln und sie auf diese Weise von unseren Näpfen fernhalten."

Dieses Argument überzeugte die versammelten Gelehrten. Hasenbusch erhielt den ersehnten Ruf und wurde ordentlicher Professor für Staats- und Völkerrecht an der Universität Göttingen. Er frohlockte und beschloss, angesichts dieser glanzvollen Karriere seine politischen Ambitionen zu begraben. Im Überschwang zeugte er ein weiteres Töchterlein. Voller Vorfreude sah er seiner ersten Vorlesung entgegen. Ihr Titel: „Können wir uns noch Nationalstolz leisten?" zog in erster Linie die in Göttingen noch reichlich ansässigen Burschenschafts- und Korpsstudenten an, letztere mit etwas mehr Schmissen gezeichnet, denn die Anzahl der abzuleistenden scharfen Degenkämpfe, genannt Mensuren, lag bei ihnen beträchtlich höher als bei den Burschenschaftern.

Hasenbusch schwadronierte, warf Graphiken über Staatsverträge, siegreiche Kriege und die darauffolgenden Gebietsgewinne des Deutschen Reiches mit dem Projektor an die Wand, um sich daraufhin bitter über das Unrecht des geteilten Deutschlands nach dem Zweiten Weltkrieg zu beklagen. Glänzender Beifall erhob sich, durchbrochen nur vom Zähneknirschen eines kleinen Häufleins zufällig anwesender Linker, die sich anschließend mit den Korpsstudenten vor dem Hörsaal prügelten. Das kam in Göttingen ständig vor und erregte weiter kein Aufsehen.

Die Kollegen von der juristischen Fakultät priesen ihre Weisheit. Sie hatten recht behalten, und von Mal zu Mal füllte sich Hasenbuschs Hörsaal immer mehr mit den linksgerichteten Studenten vom Sozialistischen Hochschulbund und dem Kommunistischen Bund und hielt sie von ihren eigenen Hörsälen fern. Es dauerte nicht lange, und die ersten Tomaten flogen in Richtung Rednerpult, unter dem wüsten Geschimpfe der Rechten, die sich die andere Seite des Hörsaales ausgesucht hatten. Hasenbusch musste trotz Mikrofon seine Lautstärke steigern, um den Tumult zu übertönen und sein Albinokopf nahm eine flammendrote Farbe an.

Die Wurfgeschosse wurden im Lauf der Zeit kompakter. Die Störer gingen zu Eiern über und Hasenbusch, vom Geschehen äußerst mitgenommen, empfand es als trostreich, dass meistens keine faulen darunter waren.

In dieser Zeit erwachten wieder seine politischen Ambitionen. An einem ausgedehnten Bierabend in seiner Verbindung ließ er sich von ein paar rechten Sektierern, die seinen scharfen Verstand priesen, davon überzeugen, den Republikanern beizutreten und sich als Kandidat für den Landtag aufstellen zu lassen. Die Republikaner waren ein neuer Versuch, die verschiedenen, vor kurzem zusammengebrochenen Sammelbecken der Rechten wieder zu ordnen.

Der Versuch scheiterte. Hasenbusch, dessen unerschütterliches Selbstvertrauen die Erkenntnis der Verzweiflung, in der er sich befand, nicht zuließ, fiel bei der nächsten Landtagswahl kläglich durch.

Ein weiteres Problem plagte ihn zusehends, der Niedergang des Privaten. In seiner temporären Euphorie hatte er kaum wahrgenommen, dass seine Ehefrau Hildegard zunehmend unzufriedener wurde. Sein Schwiegervater Justinian Menzel litt unter fortschreitender Demenz, konnte sich nur noch mit dem Rollator fortbewegen und beschäftigte seine Tochter von morgens bis abends, denn die Familie Hasenbusch wohnte auf Hildegards Wunsch in der Villa der Menzels, weil Menzel Witwer war – ein Wunsch, den sie jetzt bitter bereute. Dass sie ständig die Eigelbflecken aus Hasenbuschs Anzügen entfernen musste, während ihre Töchter greinten und an ihrer Schürze zogen, störte sie weniger als das verhaltene Kichern der Ehefrauen der Kollegen ihres Mannes, das sich stets einstellte, wenn diese auf offiziellen Feiern Hasenbuschs ansichtig wurden. Kurzum, sie drängte ihn, einen Ortswechsel vorzunehmen.

Auch die juristische Fakultät wurde unruhig. Man traf sich zu einem konspirativen Treff, von dem Hasenbusch weder etwas wusste noch es ahnte.

„Wir haben einen Fehler gemacht, meine Herren Kollegen", begann der Strafrechtler Dr. Galgener. „Die Straftaten in der Fakultät, angefangen von Beleidigung über Sachbeschädigung bis hin zu Hausfriedensbruch, nehmen stündlich zu. Hasenbusch treibt es zu heftig. Ein bisschen rechts, bitte ja, aber alles muss seine Grenzen haben. Man sollte darüber nachdenken, den Kollegen Hasenbusch hinwegzuloben."

„Loben nützt nichts", warf Dr. Malochius, der Arbeitsrechtler, ein. „Wir werden ihn aus dem Dienst entfernen müssen, und das wird nicht einfach sein. Hasenbusch ist Beamter wie wir alle. Ist ihm denn irgendeine dienstliche Verfehlung nachzuweisen, Herr Kollege Galgener? Es wäre hilfreich!"

„Leider nein", entgegnete Galgener.

„Dann werden wir wohl nicht umhinkommen, den Kollegen Hasenbusch freiwillig zur Aufhebung seines Arbeitsvertrages zu bewegen. Das dürfte schwierig sein", gab der Notarrechtler Dr. Erbenspeck zu bedenken. Der Wirtschaftsrechtler Dr. Theuerzins wusste Rat.

„Es gibt nur einen einzigen Weg, unser Vorhaben in die Tat umzusetzen, meine Herren. Und der heißt: Geld. Ihm muss eine derart hohe Abfindung angeboten werden, dass er freiwillig seinen Arbeitsvertrag und gleichzeitig seinen Beamtenstatus aufkündigt, mit allen seinen Privilegien."

„Doch seinen Professorentitel wird er wohl behalten", bemerkte Dr. Erbenspeck. „Dagegen können wir nichts machen."

„Ach was, Titel", wiegelte Dr. Galgener ab und verzog sein Gesicht in spöttischer Weise, „die nützen nur was, wenn sie auch was bringen. Viele sind sowieso nachgeschmissen oder gekauft."

Vier Wochen später teilte die Universitätsleitung Hasenbusch mit, dass sie dazu bereit sei, eine Abfindung von DM 500 000.00 zu zahlen, wenn Hasenbusch freiwillig sein Amt unter Aufhebung seines Arbeitsvertrages zur Verfügung stelle.

Nach einer Woche Bedenkzeit entschied sich Hasenbusch, darauf einzugehen. Doch weitere Kalamitäten sollten ihn heimsuchen.

Seine Ehefrau Hildegard war zufällig auf eine seiner Kreditkartenabrechnungen gestoßen, unter der sich eine Abbuchung des „Club Kokett", Leinedorfer Landstraße 52, in Höhe von DM 222,20 befand. Hildegard Hasenbusch geb. Menzel war zwar nicht sonderlich mit optischen Reizen gesegnet, aber das hatte sich zu Hasenbuschs Schaden weder auf ihren Instinkt noch auf ihre Intelligenz niedergeschlagen.

„Du warst im Puff gewesen, du Schwein!"

Hasenbusch versuchte, zu mäßigen. Seine Stimme klang ungewohnt dünn. „Das war eine Bar mit etwas Striptease. Wir haben den Junggesellenabschied eines Kollegen gefeiert. Zum Schluss habe ich ihm ausgeholfen, weil er nicht genug Bargeld bei sich hatte."

„Hältst du mich für blöd? Ich bin hingefahren und habe mir den Laden angeguckt. Seit wann haben Bars zwei Stockwerke und rotverhangene Fenster im Obergeschoss? Denkst du, ich habe Lust, mir von dir einen Tripper zu holen?"

„Dafür habe ich Neuigkeiten, die dir gefallen werden, meine Gute. Mit einem Ortswechsel bin ich jetzt einverstanden. Ich könnte meine Stelle in Göttingen kündigen und wir würden fortziehen und von Neuem anfangen. Freust du dich?"

„Das kannst du mit Schuhwichse auf Klopapier schreiben und dir hinter die Ohren stecken", schrie Hildegard. „Denkst du, ich bin bereit, mit dir unzuverlässigem Ungeheuer das Risiko einzugehen, mich und meine Kinder in einer neuen Stadt von dir abhängig zu machen? Komme was wolle, wir bleiben hier in Göttingen." Am gleichen Tag warf sie ihn aus dem ehelichen Schlafzimmer hinaus.

Hasenbusch fand, seine Ehefrau lasse den gehörigen Respekt ihm gegenüber vermissen. Schließlich war er es gewesen, der sie aus ihrer Unscheinbarkeit erlöst und ihr zudem die Ehre angetan hatte, die Unberührtheit zu nehmen. Eine Scheidung würde wohl unumgänglich sein. Derlei Gedanken beschäftigten ihn pausenlos und ließen ihn befürchten, dass seine ihm zugesicherte Abfindung durch eine Scheidung dahin schmelzen könne. Er beriet sich dahingehend mit seinem Kollegen Dr. Erbenspeck, dem Ordinarius für Notarrecht.

Erbenspeck, selbst daran interessiert, dass Hasenbusch Göttingen verlasse, präsentierte ihm daraufhin ein feingehäkeltes Vertragsgespinst. Es sah vor, Hasenbusch solle seinen Abfindungsvertrag derart gestalten, dass ein kleiner Teil des Geldes in eine Minipension flösse, die dann mit der Ehefrau und den Töchtern wegen der Unterhaltsverpflichtung geteilt werden müsse. Der Löwenanteil der Abfindung solle erst nach dem Abschluss des Scheidungsverfahrens gezahlt werden, auf diese Weise sei die lästige Klippe des Zugewinnes zu umschiffen. Hasenbusch stimmte zu, Erbenspeck setzte den Vertrag auf und leitete ihn an die Universitätsverwaltung weiter, während Hasenbusch die Scheidung einreichte.

Nach einem Vierteljahr war alles gelaufen. Hasenbusch war im beiderseitigen Einvernehmen geschieden, seine Ehefrau mit den beiden Töchtern und dem Schwiegervater wieder allein, die Fakultät hatte sich von ihrem unliebsamen Professor befreit und Hasenbusch war um DM 450 000, 00 reicher geworden. Alle waren zufrieden – sah man einmal von dem dementen Professor a.D. Dr. Justinian Menzel ab, dessen Gefühle kaum zu spekulieren waren.

Die Gedanken an einen neuen Aufbruch beflügelten Hasenbusch. Unbeeinträchtigt von demotivierenden Selbstzweifeln hinderlicher Art machte er sich daran, seine weitere Zukunft zu planen, die ihm angesichts seiner gloriosen Vergangenheit mehr als aussichtsreich erschien. Als ihm eine zum Verkauf anstehende Rechtsanwaltspraxis in Frankfurt am Main angeboten wurde, griff er zu.

Frankfurt, diese wolkenkratzende Kapitale der Banken und Firmen, dieser Hort des Mammons, des verdienten und unverdienten, schien ihm geradezu prädestiniert, an diesem Platz die Früchte seiner überbordenden juristischen Intelligenz zu ernten. Nachdem er sich in der großen Altbauwohnung eines opulenten Hauses aus der Gründerzeit mit einer übernommenen Kanzlei etabliert hatte, machte er sich daran, in vorausschauender Weise seine Finanzen zu ordnen. Zu diesem Zweck verteilte er den Rest seiner Abfindung, der immer noch mehr als 400.000 DM betrug, stückchenweise auf eine Anzahl Frankfurter Banken. Von Zeit zu Zeit hob er davon Summen in Bargeld ab und deponierte sie in dem Schließfach seiner Hausbank, bis er über die Ausgangssumme in bar verfügte. Als nächsten Schritt besorgte er sich einen kleinen schwarzen Koffer, auf dessen Verkauf die Frankfurter Lederwarengeschäfte spezialisiert waren, füllte ihn mit den Geldscheinen und machte eine kurze Vergnügungsreise in die Schweiz, die er mit leerem Koffer wieder verließ.

Hast für die Zukunft vorgesorgt, frohlockte Hasenbusch, niemand mehr kommt an dein Geld heran.

Doch geschäftlich lief es nicht so gut. Zwar blieben die alten Kunden der Kanzlei treu, starben aber langsam weg, weil sie sich meistens in einem ähnlichen Alter befanden wie sein Vorgänger, der sie aus Altersgründen an Hasenbusch verkauft hatte. Zudem musste Hasenbusch zu seinem Leidwesen feststellen, dass sein Fachgebiet – Staats- und Völkerrecht – sich wenig für die Vermarktung in einer freien Rechtsanwaltspraxis eignete. Allmählich trat jedoch ein Lichtschein zutage.

Die Kanzlei lag am Rand des Frankfurter Bahnhofsviertels, einem Rotlichtbezirk, durchmischt mit Spielhöllen und Wettbüros. Es dauerte nicht lange, bis die dort Tätigen an seine Tür klopften und seinen Rat begehrten. Es handelte sich meistens um Strafverteidigung oder zivile Auseinandersetzungen; kein Problem für Hasenbusch, denn diese Aufgaben gehören zum Rüstzeug eines jeden Juristen. Hasenbusch konnte sich erfolgreich in mehreren Prozessen behaupten, wobei ihm seine natürliche Verschlagenheit zugutekam. Zudem arbeitete er gern im Zwielicht und so geschah es, dass er sich in dieser Szene zum gesuchten Anwalt entwickelte. Dabei stieß er auf eine neue Quelle.

Die Damen des Milieus, sozusagen ihr tragender Unterleib, waren häufig Kunden bei den Frankfurter Schönheitschirurgen, die ebenfalls gut von ihnen lebten. Es blieb nicht aus, dass mitunter bei diesem diffizilen Geschäft Misserfolge oder Unzufriedenheiten zurückblieben, sodass Hasenbusch genötigt wurde, einige Haftungsprozesse auszufechten. Sein Fleiß und ein paar Fortbildungskurse führten binnen kurzem dazu, dass er die Tafel vor seiner Kanzlei um den Begriff „Medizinrecht" erweitern konnte.

Bei einem dieser Prozesse lernte er Ivica kennen, eine Kroatin, die als Zeugin auftrat. Ivica arbeitete als selbständige und ambulante Visagistin für mehrere Bordelle in der Szene. Hasenbusch war von ihr beeindruckt; genau sein Typ, wasserblonde Haare, üppige Figur und ein Gesicht mit einer Ausstattung, die Temperament und einen Hauch von Zügellosigkeit versprach: knallroter Lippenstift, geschwungener Lidschatten und überbordende angeklebte Wimpern. Hasenbusch verabredete sich nach dem Prozess mit ihr. Die Dinge nahmen ihren Lauf, es dauerte nicht lange und Hasenbusch ging eine zweite Ehe ein. Ivica genas bald darauf eines Töchterleins, welches die von ihm gezeugte Töchterschar um ein weiteres Mitglied bereicherte.

Prächtige Zeiten kamen. Ivica kannte sich in der Szene bestens aus und versorgte ihren Mann mit Insiderwissen, was er sich für seine Prozesse zunutze machen konnte. Irgendwann fing er an, sich auch an Immobiliengeschäften zu beteiligen. Durch seine Notartätigkeit kannte er sich bereits auf dem Markt aus und vermittelte gegen Provision den einen oder anderen Deal im Bahnhofsviertel. Es brummte. Hasenbuschs kauften für ihre Wohnzwecke einen üppigen Bungalow am Stadtrand, Töchterchen Alina wuchs heran und besuchte bereits die Oberstufe eines Frankfurter Gymnasiums, das Geld sprudelte herein und Hasenbusch machte sich oft mit Frau und Töchterlein zu Kurzurlauben in die Schweiz auf, denn in der Szene zog man die gute alte Barzahlung dem geschwätzigen Überweisungsweg allemal vor. Zu seinen Töchtern aus erster Ehe hatte er so gut wie keinen Kontakt mehr. Sie waren dabei, ihre Berufsausbildung zu beenden, sodass ihm in Kürze wieder der Teil seiner Pension aus der Göttinger Zeit zufallen würde, den er als Unterhaltsleistung abgeben musste. Seine Exfrau Hildegard hatte wieder geheiratet, ebenfalls einen Juristen, der in der Verwaltung des Landkreises Göttingen damit beschäftigt war, auf Anweisung seiner Vorgesetzten die Statistiken des Amtes sorgfältig zu frisieren, sodass sie juristischen Anforderungen standhielten. Sie war also finanziell unabhängig. So hatten alle eine sinnvolle Aufgabe. Es lief bestens.

Bei Besprechungen mit den Erben eines Frankfurter Grundstücksbesitzers wegen dessen Testament stieß Hasenbusch auf etwas, das ihm wie die Chance seines Lebens vorkam.

Dem Erblasser hatte ein gesamter Straßenzug am Rand des Bahnhofsviertels gehört. Es waren in die Jahre gekommene Altbauten, die er nie renoviert hatte. In ihnen wohnten langjährige Mieter für eine schändliche niedrige Miete. Hasenbusch rümpfte die Nase. Die Erben waren zerstritten und weder fähig noch willens, diese in die Jahre gekommene Bausubstanz in irgendeiner Weise zu verwerten.

Doch Lage und verkehrsmäßige Anbindung waren hervorragend.

Man müsste das ganze Gerümpel abreißen und durch ein modernes Geschäfts- und Wohnzentrum ersetzen. Ob man das später verkaufen oder allein betreiben würde, würde die Zukunft zeigen. Hasenbusch besprach sich tagelang mit seinen Bekannten aus dem Kiez und kam schließlich überein, den Erben die Grundstücke zunächst für einen hohen Preis abzukaufen, zu dem keiner einsteigen würde. Für die Vermittlung sollte Hasenbusch eine üppige Provision zustehen, dafür erklärte er sich bereit, als einer von vier Investoren mit einzusteigen. Für den Abriss und die Bebauung brauchte man zwar die Genehmigung der Frankfurter Baubehörde, dabei kam ihnen aber zupass, dass der zuständige Baudezernent mit Hasenbusch befreundet und zudem Stammgast in einem der Bordelle eines seiner Geschäftspartner war.

Das Geschäft kam in Gang. Die vier Partner nahmen Kredite bei der Bank auf und kauften den Erben die Grundstücke ab, wobei Hasenbusch als Notar noch einmal kräftig abkassierte. Sofort stiegen die Käufer in die Planung ein, ließen von einem Architekturbüro Vorschläge erstellen, bereiteten die Kündigung der Mieter vor und reichten den Antrag für den Abriss der Altbauten der Baubehörde ein.

Dann passierte Übles. Der zuständige Baudezernent verstarb plötzlich, die Denkmalbehörde erklärte die Altbauten für erhaltungswürdig, stellte sie unter Denkmalschutz und der Antrag auf Abriss wurde abgelehnt. Der Wert der Immobilien sank daraufhin ins Bodenlose und die Banken forderten ihre Kredite zurück. Es folgte ein Notverkauf der Liegenschaften. Das Geld, welches die Investoren selbst hineingesteckt hatten, war verloren, auch Hasenbuschs Villa musste verkauft werden. Die Familie Hasenbusch zog in eine kleine Wohnung neben der Kanzlei um. Zusätzlich kam Hasenbusch noch in Schwierigkeiten, weil er sich weigerte, die Provision für den Grundstückskauf an seine Mitunternehmer zurückzuzahlen, welche ihn sofort unter Druck setzten, und zwar mit den Mitteln, welche im Kiez üblich waren. Alles das erregte den Unmut von Hasenbuschs Frau Ivica. Nachdem sie miterleben musste, wie eines Tages zwei stämmige Russen vor der Tür standen und nach Hasenbusch fragten, verschwand sie plötzlich nach Mexico, zusammen mit einem kiezbekannten Drogendealer, zu dem sie schon länger ein Verhältnis pflegte. Um ihre Tochter Alina kümmerte sie sich nicht. Die war mittlerweile volljährig und studierte in Gießen.

Die ganze Misere brachte Hasenbuschs Kanzlei fast zum Einsturz. Der grandiose Misserfolg sprach sich sofort herum und der Kiez suchte sich andere Anwälte. Hasenbusch selbst war so abgebrannt, dass er die Miete für die Wohnung seiner Tochter nicht mehr zahlen konnte. Als für mehrere Monate Mietschulden aufgelaufen waren, verklagte ihn ihr Vermieter und Hasenbusch, der seine Zahlungsunfähigkeit betonte, wurde vom Gericht aufgefordert, darüber eine eidesstattliche Erklärung abzugeben.

Jetzt wurde Hasenbusch vorsichtig.

Er dachte an den schwarzen Koffer und die pittoreske Schweiz mit ihren Bergen und Seen und der lila Kuh darin. Es war in letzter Zeit vorgekommen, dass CDs mit Daten von Schweizer Konten in Umlauf kamen, die von den Steuerbehörden aufgekauft wurden. Sollte ihm das passieren, nachdem er die eidesstattliche Erklärung abgegeben hatte, hätte er sich des Meineides schuldig gemacht, würde unweigerlich in den Knast wandern und, was noch schlimmer war, seine Lizenz als Rechtsanwalt verlieren.

Also lehnte er die Abgabe der eidesstattlichen Erklärung ab. Die Dinge nahmen jetzt ihren Lauf. Der Gläubiger war mit der Entwicklung des Verfahrens unzufrieden und beantragte über das Gericht Beugehaft für Hasenbusch, ein probates Mittel, um unwillige Schuldner zur Abgabe der eidesstattlichen Erklärung zu bewegen. Hasenbusch dachte nach.

Der Gläubiger war ein selbständiger Fliesenlegermeister mit einem schlecht gehenden Betrieb, von daher dringend auf den Eingang seiner Mietzahlungen angewiesen. Auf der anderen Seite würde die Beugehaft teuer für ihn werden, denn er musste die Ausgaben für Kost und Logis des Schuldners sowie die anfallenden Verwaltungskosten selbst tragen. Hasenbusch schätzte also, es würde nicht lange dauern, bis dem Gläubiger die Puste ausginge,

25

vielleicht eine Woche. Eine Woche Einzelzimmer in einem deutschen Gefängnis ist zu ertragen, überlegte Hasenbusch, den die Bundeswehr abgehärtet hatte. Also packte er den kleinen schwarzen Koffer – einen größeren würde er nicht brauchen, denn in ihn passten Schlafanzug, zweimal Unterwäsche und Zahnbürste hinein – und stand an einem Montagmorgen vor der Tür des Gefängnisses Frankfurt-Preungesheim. Wenige Stunden später bezog er eine saubere Einzelzelle.

Es kam alles so, wie es ihm sein messerscharfer Verstand vorhergesagt hatte.

Der Wärter schloss auf und kam zur Tür herein.

„Guten Morgen, Herr Professor. Ihr Gläubiger hat die Haftanordnung abgebrochen. Sie können also gehen. Bitte packen Sie Ihre Sachen. In einer Viertelstunde komme ich wieder."

Er stellte den kleinen schwarzen Koffer auf den Tisch, den man Hasenbusch bei seinem Haftantritt abgenommen hatte und ging. Die Zellentür ließ er auf. Hasenbusch packte und ließ sich später von dem Wärter durch die Schleuse führen, bis er den zugänglichen Teil der Haftanstalt erreichte.

Auf dem Flur traf er einen Kollegen, den Staatsanwalt Meinolf Wuchtig. Gegen Wuchtig hatte er in vielen Prozessen gefochten, meist hatte Wuchtig das Nachsehen gehabt.

„Seien Sie gegrüßt, Herr Kollege Hasenbusch. Haben Sie Ihren Kurzurlaub genossen?" Hasenbusch überhörte die Ironie und den süßlichen Ton in Wuchtigs Stimme.

„Durchaus, Herr Wuchtig. Schönen Tag noch."

Als er weiterging, rief ihm Wuchtig über seine Schulter zu:

„Ich würde mir übrigens einen neuen Koffer zulegen. Der Ihrige ist etwas abgegriffen." Hasenbusch drehte sich um.

„Sie können es vielleicht noch nicht wissen, Herr Kollege. Neben der Korrektheit ist die Sparsamkeit eine der wichtigsten Tugenden des deutschen Juristen."

26

„Aber das Innenfutter ist ziemlich defekt!" Hasenbusch stutzte. „Woher wollen Sie das wissen?"

„Das müssten doch Sie selbst genau wissen. Vor dem Eintritt in die Vollzugsanstalt wird jeder Gegenstand genau untersucht, den die Häftlinge mitbringen."

Hasenbusch hielt etwas inne.

„Na ja, vielleicht haben Sie recht. Nochmals schönen Tag!"

Nachdem er ein paar Schritte weitergegangen war, kam Wuchtig auf ihn zu.

„Auf ein Wort, Herr Kollege! Hasenbusch blieb stehen.

„Sie dürfen sich nicht wundern, wenn sie in ein paar Tagen Post von Stöbermann bekommen", flüsterte Wuchtig und schaute sich um. Hasenbusch wurde hellhörig. Oberstaatsanwalt Dr. Stöbermann war der Leitende Staatsanwalt für alle Delikte, die das Steuerwesen betrafen.

„Eigentlich darf ich gar nichts darüber sagen, denn hier handelt es sich um ein laufendes Verfahren. Nun, man hat in dem Futter Ihres Koffers einen Notizzettel gefunden, auf dem handschriftlich unter der sauber unterstrichenen Überschrift „Bankhaus Bär, Zürich" diverse Nummern und Kontenstände vermerkt waren. Alles kolossal übersichtlich festgehalten und gegliedert. Ich nehme an, Sie sind früher einmal ein ausgezeichneter Schüler gewesen? Ich würde mir an Ihrer Stelle sofort einen guten Rechtsanwalt suchen. Dass ich Sie an dieser Stelle informiere, schulde ich unserer gemeinsamen Beziehung, die uns durch so viele Prozesse begleitet hat. Alles Gute, Herr Kollege!"

Er drückte Hasenbusch mitfühlend die Hand.

Als er Hasenbuschs Sprachlosigkeit bemerkte, verschwand er.

Hasenbusch ging weiter. Ihm war, als würde er über Bälle durch einen Nebelwald gehe. Nach einer Weile hatte er das Bedürfnis, sich zu setzen.

Auf einer Bank im Flur entdeckte er einen freien Platz, zwischen einem finster aussehenden tätowierten Mann und einer stark geschminkten Schwarzhaarigen. Er setzte sich und wischte sich die Tropfen weg, die neben seinen dünnen roten Haaren über seine weiße Stirn liefen.

MÜDE IN MÜDEN
EINE HEIDEGESCHICHTE

Die Heide ist eine Gebärmutter. Sie gebiert alles, vom Honig über Heidekraut bis hin zu forellenmunteren Flüssen, geräuchertem Schinken, Rehen, Wildschweinen und Wölfen. Auch Teuflisches gebiert sie; Kanonendonner, Soldaten, rheinmetallische Vernichtungswaffen bis hin zu grauenhaften Höllenerscheinungen wie Konzentrationslager aus dunkler Zeit. Manchmal entsprossen ihr eine Art Kasperlefiguren, Viertel- bis Halbverrückte wie die Schriftsteller Hermann Löns und Arno Schmidt, der sich in das unfassbar abgelegene Heidedorf Bargfeld zurückzog, um mit Tausenden von Seiten in preußischer Manier die von ihm ungeliebte Gegenwart zu bekämpfen.

Sie ist trocken. Aber ihr Schoß ist es nicht. Wahrscheinlich liegt das daran, dass sie trotz mehrfacher Vergewaltigungen darin geübt ist, sich über Jahrhunderte ihre Gebärfähigkeit zu erhalten. Und mehr als das, nach ihrer ersten Vergewaltigung im Mittelalter hat sie ihre Identität überhaupt erst gefunden. Vorher war sie knackig und knorrig, eine dralle Bauersfrau, ein vielgestaltiger Wald mit einzelnen Eichen, angenehm, schöngeformt, doch nichts, was sich gut beackern ließ, also nichts Besonderes. Die Menschen liebten sie nicht, die Römer schon gar nicht, die sie in Eile durchschritten, um festzustellen, dass sie an der Elbe endet. Sie wollte damals allein sein, hat die Menschen hinausgeworfen, die ihr ein paar Feldfrüchte entreißen wollten und sich lieber mit ihren Tieren abgegeben, die sie mütterlich schätzte. Gesellig wurde sie erst durch das Salz. Man schlug sie, hackte sie und verbrannte sie, die Feuer rauchten, die Sole brodelte in Lüneburg und gab kristallin die salzige Seele der Heide preis, die sie im Tiefsten konserviert hatte. Fortan konservierte sie die Heringe Nordeuropas, welche im milchkaffeeschwachen Gebräu der baltischen See schwammen, deren Salzgehalt für eine Haltbarmachung aber nicht taugte. Dickbäuchige Hansekoggen trugen ihr Salz weg und brachten dafür alles zurück, was die Wikinger im Süden gestohlen hatten, bevor sie sich gegenseitig die Köpfe einschlugen.

Und dann geschah das Wunder. Die Heide gebar eine Tochter namens Erika. Sie überzog die Heide mit ihrem rosaroten Schimmer und flüsterte der Mutter zu, sie solle sich keine Sorgen machen, auch sie würde gebären und ihr überaus fruchtbare Enkelkinder schenken, Beeren in jeder Schattierung, blau, rot, alles, was man mag. Im Spätsommer steckten appetitlich anzuschauende braune und goldene Pilze ihre Köpfe durch das dünne, grüne Gras.

Auf den Einwand, man brauche auch etwas Herzhaftes, ließ die Tochter Säulen des bitterkräftigen Wacholders in die Höhe schießen, der dafür geschaffen war, seine Beeren in den Schnaps zu rollen, den kurzhalsige, rotgesichtige, grüngekleidete Bauern durch ihre Kehlen rinnen ließen.

Und noch ein zweites Wunder geschah. Erika schuf ein weiteres Enkelkind, ein Schaf. Es war ein wildes Kind, eben ein Wildschaf und sah so aus wie die Schafe des Mittelmeeres, welche die Trockenheit gebirgiger baumloser Inseln kannten und denen die Evolution ihre harten, dicken Lippen und Zungen beschert hatten, die sie brauchten, um das blättrige, strauchige, dornige Zeug der Heide zu ihrer Nahrung zu machen.

Das Schaf sah nicht schön und weiß aus, eher wie ein Ungeheuer. Sein Gesicht war rabenschwarz und wurde von Hörnern gekrönt, ein Teufelsgesicht. Es besaß einen langen grauen Umhang und passte sich so seinen Schäfern an, die auch einen langen grauen Umhang trugen. Einmal im Jahr wurde es seines Umhanges beraubt, den die Bäuerinnen, Mägde, alten Weiber und lose Jungfrauen geschwätzig versponnen, um aus ihm krätzige Wolle zu machen, welche auf der Haut Juckreiz erzeugte.

Doch eines unterschied es von allen Schafen der Welt. Sein Fleisch schmeckte unvergleichlich gut und zerging auf der Zunge, das teuflische Schaf schmeckte eben teuflisch gut.

Das Schaf hieß Heidschnucke. Heide klar, aber warum Schnucke? Keiner weiß es. Vielleicht heißt das Schaf so wegen der schnuckeligen Braten, die es lieferte.

Die Jahrhunderte zogen vergewaltigungslos an der Heide vorbei, bis das neunzehnte Jahrhundert nach Christus zuschlug. Der kaiserliche Wilhelm mit dem Blechadler auf dem Kopf muss sich wohl gelangweilt haben, als er von Berlin kommend die Heide durchquerte, um seine Prinzenschar im holsteinischen Plön zu besuchen. Er verordnete der Heide das Militär, kein Sträuben half, die vielen Steingräber seufzten und bald durchzogen Panzerspuren den Sand, die Heide ließ die Ketten durchdrehen, gab aber irgendwann widerwillig auf und fügte sich. Seither musste sie den Donner der Geschütze ertragen, dieser Menschvernichtungsmaschinen, aber die Tiere und Menschen der Heide gewöhnten sich daran, die Tiere noch besser, denn sie zogen diesen Donner bei weitem dem heimlichen Donner der Jagdgewehre vor, den verschwiegene Jäger erzeugten, wenn sie deren Existenz mit einem Krümmen des rechten Zeigefingers auslöschten.

Somit kommt man zu Hermann Löns, diesem zechenden Journalisten aus den welfischen Landen, von dem man bis heute nicht recht weiß, ob er die Heide vergewaltigt oder die Heide ihn vergewaltigt hat.

Dann wagten sich die Pflanzen wieder vor; freche Büsche und Fichten, die Langeweiler unter den Bäumen machten sich daran, ihr Gesicht zu zerstören. Die Heidschnucken hätten dies nicht geduldet, doch die Bauern und Schäfer hatten sie schlichtweg vergessen oder abgeschlachtet, denn fremde Pflanzen wie der Mais hatten sich eingeschlichen und ihre Seele käuflich gemacht. Doch die Heide rächte sich. Sie erschuf die allseits mächtigen Herbstwinde, die ihre Vernichtungsspuren durch den Wald zogen und die flachwurzelnden Fichten reihenweise purzeln ließen. Wobei ihre Erstauntheit, woran sie sich in diesen sandigen Böden festhalten sollten, ihrem Fall zuvorkam. Waren sie gefallen, ließen sie

31

neue, geschmackvolle Pilze in kecker Weise sprießen und ebenso gefallene Mädchen, die in ihren Wohnmobilen die schnurgeraden Straßen der Heide flankierten, nach lüsternen Freiern ausschauend. Ähnlich, wie die Fichten selbst, auch schnurgerade ausgerichtet, die Holzlust der Waldbesitzer befriedigend.

Die Schnurgeradigkeit der Heide verführte auch die Menschen dazu, schnurgerade Bahnlinien zu bauen. Wieder rächte sich die Heide, schläferte ein und ließ die Züge schnurstracks entgleisen und schnurgerade aufeinander zufahren, Als wäre ihr das nicht genug, bat sie die Sonne, ihr das sommerliche Feuer zu gönnen, damit sie sich regeneriere und das Werk der Heidschnucken von anderer Hand machen lasse. Die Sonne ließ sich überreden.

Also kam es nicht selten vor, dass es in der Heide Feueralarm gab.

Die nächste Vergewaltigung folgte auf dem Fuß.

Der deutsche Heimatfilm setzte sich kurz nach dem Zweiten Weltkrieg in dem Örtchen Bendestorf fest und produzierte neben einer nackten Hildegard Knef rührselige Heimatfilme aus der Heidelandschaft, die den Hunger der Menschen nach Vergessen stillten. Die Knef sorgte für einen handfesten Skandal, die Kirchen sorgten sich und machten den Film bekannt. Die Heimatfilme zogen die Besucher in die Heide und die Inhaber der Dorfgaststätten bekamen glänzende Augen und zogen Kreidestriche durch ihre alten Preise. Auf alten Waldlichtungen wurden Campingplätze errichtet, die Flüsschen, diese ältesten Kinder der Heide, Erikas Schwestern, mussten Klepperboote und Kanus auf ihren Rücken tragen und der Eisvogel floh mit Entsetzen. Nur die Rehe guckten neugierig aus den Büschen hervor. In der Woche blieb die Heide still, doch freitags setzten die benzinstinkenden Wanderungen ein, aus Hamburg, Hannover und Braunschweig, welche die Heide dreieckig in die Zange genommen hatten.

Die Heide wurde wieder gerettet.

Mächtige Flugzeuge nahmen die Menschen auf, wie voluminöse Busse, und spuckten sie auf Mallorca und Griechenland wieder aus, auf dass sie sich Sonnenbrände holten, eine Gefahr, der sie in der Heide nicht ausgesetzt waren, regnete doch der Heideregen ihnen sommertags die roten Hautschuppen von den Schultern, bevor er im Sand versickerte. Die Gasthofwirte nahmen wieder die Kreide, strichen die alten Preise durch und setzten neue, niedrigere Preise ein. Die Menschen fingen an, die Heide zu vergessen. Die Heide freute sich, denn Vergessen bringt manchmal alte Schönheit wieder zutage.

Doch in den Heideorten rumorte es. Die Bürger liefen unruhig umher, die Bürgermeister schwitzten. Neue Menschen kamen. Sie waren in Anzüge mit Schlipsen gekleidet, eine Kleidung, welche man in der Heide bislang nicht kannte und trugen Aktentaschen unter dem Arm. Sie bauten. Wieder eine Art Kasernen.

Sie bauten sie groß, mit platschenden Wildwasserbahnen, Achterbahnen, welche Erwachsene und Kinder in den Abgrund schossen und sie ließen Delphine springen. Löwen liefen unter Eichen umher, Vögel zwitscherten in Käfiglandschaften und man tummelte sich neben der Autobahn im Hallenschnee, ließ sich mit Skiern nach oben ziehen, um sich in die Tiefe der Norddeutschen Ebene zu stürzen.

Der Heide war es egal. Kasernen kannte sie genug und solange die Menschen sich freiwillig kasernierten, sie in Ruhe ließen, nicht den Sonnentau zertraten und behutsam Blaubeeren und Pilze sammelten, genoss sie die Zufriedenheit der Ruhe.

Er hatte am Morgen Celle verlassen, seinen Wohnort, wo er damit beschäftigt war, bei einer der vielen Gerichts- und Justizbehörden dieser Stadt Akten zu ordnen, Post aufzumachen, Antworten zu formulieren und sich von seinen Vorgesetzten unterschreiben zu lassen, die ihn jeden Mittag seufzend heimsuchten und ihre jetzt nutzlose seidenglänzende Robe auf den dafür bestimmten

Haken warfen. Die Prächtigkeit dieser alten Residenzstadt fiel ihm mittlerweile nicht mehr auf; ihr Fachwerkgetümmel, ihre Symbiose mit der Aller, diesem langen Fluss, der im magdeburgischen Niemandsland entspringt, die Heide im Westen umarmt und gierig die kleinen Heideflüsse aufsaugt. Es brachte der Aller nicht viel; sie bleibt wasserarm und vereinigt sich ungewollt mit der wütenden, wasserreicheren Leine, eine Zwangsehe bis zur Mündung bei Verden in die Weser.

Er fand sich im Prinzip durchschnittlich und nutzlos. Nach seinem Schulabschluss hatte er das gemacht, was ihm seine Eltern und seine damalige Freundin Susanne vorgeschlagen hatten:

„Geh zur Behörde. Du hast dann Sicherheit, kannst nicht entlassen werden und für dein Alter brauchst du dich nicht zu sorgen."

Sorgenfreie Langeweile, er merkte es nicht, wie sie mit ihren Gedanken krakenartig sein Gehirn infiltrierten.

Doch es gab ein Ereignis, das sein Leben verändern würde. Ein Jahr vor seiner geplanten Hochzeit verschlug es ihn zu einem Schützenfest in den Heideort Wietzendorf. Es passierte. Marianne mochte ihn wohl.

„Du bist schlank, siehst gut aus, wie viele Freundinnen hast du?"

„Was meinst du damit?"

„So, wie ich es sage. Bei uns ziehen sich die Bauernsöhne irgendwann grüne Klamotten an, saufen und werden dick." Er wusste keine Antwort.

Sie zog ihn nach einem Tanz aus dem Zelt heraus. Sie flüsterte.

„Wir gehen jetzt dahin, wo der Mond über den Kiefern steht, da ist eine Bank."

Es war das erste Mal, dass ein Mädchen mit der Hand sein aufgerichtetes Glied umfasste. Susanne hatte er selten nackt gesehen und ihre Vereinigung fand meistens in herab gezogener Unterwäsche statt, wobei sie immer etwas wisperte. Marianne hielt sich an diesem Abend den Mund zu, während er in sie eindrang.

Er heiratete Susanne. Susanne war die richtige Frau für ihn, kannte sich in Celle aus, wusste alles und half ihm bei seiner Karriere, sofern man von einer sprechen konnte. Sie sah auch gut aus, etwas blass und dünn, und wenn sie sich herrichtete, kamen Komplimente.

„Hast eine verdammt hübsche Frau, Wolfgang! Kannst stolz auf sie sein."

Zwanzig Jahre waren sie verheiratet. Kinder bekamen sie keine, Susanne litt darunter, Wolfgang nicht. Sonst war alles in Ordnung. Sie hatten am Stadtrand von Celle gebaut, ein Reihenhaus. Manchmal luden sie Freunde ein, grillten in ihrem handtuchgroßen Garten, lachten sich an und sprachen miteinander, über ihre Autos und Urlaube, wobei die Blicke der Männer zu den Frauen wanderten und die Blicke der Frauen untereinander folgten. Doch es blieb nicht so.

Susanne spürte eines Tages, wie sich ihr Unterleib schmerzhaft veränderte. Die Ärzte brauchten nicht lange, um zu der Diagnose Krebs zu kommen, dieser Teufel musste schon lange heimlich gewütet haben und ihr die Kinderlosigkeit beschert haben. Sie starb.

Dann kam die erste Müdigkeit. Wolfgang wohnte weiter in dem Reihenhaus, machte seine Arbeit bei der Behörde und wartete abends sehnsüchtig darauf, dass der Film der Fernsehprogramme nach den Nachrichten beendet war, sodass er sich ohne schlechtes Gewissen in das Bett legen konnte. Doch diese Müdigkeit war eine aggressive Müdigkeit, ein Feind, der ihn nicht schlafen ließ. Und dann passierte wieder etwas.

Er musste während eines Ortstermins bei Hermannsburg dabei sein und protokollieren, während die Prozessbeteiligten, nervös und schnaufend, die Streitigkeiten um ein Stück Land in juristische

Form gossen, jeder auf seinen Vorteil bedacht. Nach dem Termin war ein gemeinsames Mittagessen geplant. Und dann sah er sie wieder.

Blond, drall und hübsch. Ein paar Fältchen hatte sie bekommen. Ihr Mann Ernst war in den Prozess verwickelt gewesen, musste aber vorzeitig die Streitgesellschaft verlassen, weil die Ernte der Gerste anlag. Ein Schimmer des Erkennens lag über ihrem Gesicht. Sie flüsterte ihn an.

„Weißt du noch?" Wolfgang wurde mutig, vielleicht waren ihm die Schnäpse nicht bekommen, welche die Juristen meistens versöhnlich nach Ortsterminen tranken, so auch hier.

„Könnten wir uns mal treffen?" Sie gaben sich ihre Telefonnummern. Ein Heidemärchen begann.

Sie trafen sich manchmal.

Nicht sehr häufig, denn sie wollten weder Gewohnheit noch Langeweile aufkommen lassen. Marianne bestimmte die Termine, eher waren es die Termine ihres Ehemannes, des Heidebauern. Es ging um Erntezeiten, Zeiten, in denen ihr Mann seine Ohren nach vorn richtete und alles Seitliche an ihm vorbeilief, so auch ihr Seitensprung. Also Sommer und Herbst. Zeiten, in denen die Heide jährlich ihre Früchte gebiert, ihre frühlingshafte Jungfräulichkeit ablegt und in den Farben des Mohns und ihrer Tochter Erika erglüht. Aber auch der späte Herbst ließ sie manchmal zusammenkommen, denn es stand die Ernte von Futterrüben an, für alle Geschöpfe der Heide gedacht, die muhend und grunzend Weiden und Ställe bewohnten.

Die trockenen Gräser, stolz darauf, dass sie ihre Standfestigkeit erhalten konnten, während sich die anderen Pflanzen verkrochen, thronten dann in ihrer gelben Bräune über der flachen Landschaft. Sie wirkten wie königliche Gespenster, wissend, dass sie einen Endpunkt darstellten, von dem aus das Frühjahr einen neuen Kreislauf des Werdens und Vergehens in Kraft setzen würde.

Wolfgang und Marianne nahmen das mit allen Sinnen wahr und es war diese sinnliche Übereinkunft, die sie ermutigte, ihre Beziehung Jahr für Jahr fortzusetzen.

Marianne hatte Fantasie, eine Gabe, die Wolfgang nicht besaß. Dieses Mal hatte sie sich einen Plan ausgedacht. „Wenn du von Celle wegfährst, fahr auf vier Reifen bis nach Müden. Bleib dort einen Tag, wenn es geht, in einem Bauernhaus. Dann fahr weiter, auf zwei Reifen. Bei Schmarbeck mache eine kurze Pause und reise weiter auf zwei Füßen. Du findest mich im Wacholderwald. Suche nach roten Taschentüchern."

Er verließ Celle durch das Großhehlener Tor. Der ameisenhafte Autoverkehr wollte zunächst nicht nachlassen. Eine Viertelstunde später verlief er sich, die Straßen wurden schmaler und gerader, der Wald rückte immer öfter an die Straße heran. Die Heide zeigte sich. Alte Höfe mit wuchtigen Bauernhäusern erschienen beidseits der Straße.

Bei Eversen öffnete sich die Landschaft und zeigte das Heideflüsschen Örtze, an dessen Ufer gerade Kanus anlegten. Der nächste Ort hieß Sülze und erinnerte an ein Gericht, das man in jedem Heidegasthof zusammen mit Bratkartoffeln serviert.

Wolfgang umfuhr Hermannsburg und tauchte schließlich wieder in den Wald ein, in dem sich Müden versteckte, ein Heidedorf zwischen zwei Flüssen. Als er die Wietzebrücke überquerte, schien es ihm, als wolle der Ort ihn umarmen.

Das Dorf war nicht groß. Ein verschämter Edeka-Laden duckte sich an der Seite, gegenüber kündeten kleine Läden für Zeitungen und Souvenirs von zurückhaltendem Tourismus. Ein großes Hotel mit einem Posthorn im Schild ließ er liegen; er wollte ein Bauernhaus suchen, wie Marianne ihn angewiesen hatte. Also fuhr er zurück und fand eine kopfsteingepflasterte Straße, in den Sand gestemmt, ließ sein Auto hoppeln und fand sich plötzlich an einer Stelle, wo sich Eichen und große Bauernhäuser einander zunickten, einig darin, sich vor einer uralten Kirche zu verneigen. Die Kirche hatte ihren Glockenturm vor die Tür geschickt; er stand holzgehüllt da, erfüllte brav seine Pflicht und ließ seine Glocken die Zeit läuten, es war so, als wolle die Kirche wegen ihres hohen Alters nicht mehr an die Zeit erinnert werden.

Und gegenüber fand er sein erstes Ziel.

Ein altes Bauernhaus, fachwerkgeschmückt, wies sich als Gasthof aus und lud ein. Wolfgang betrat es.

Nein, sagte der Wirt, Zimmer mit Balkon habe ich nicht, oder haben Sie schon mal ein Heidebauernhaus mit Balkon gesehen? Als er Wolfgangs enttäuschtes Gesicht sah, lenkte er ein.

Ein Zimmer mit Terrasse hätte ich noch, zwar eine winzige Terrasse, ein Stuhl passt nur darauf. Es ist der alte Eingang, sehen Sie den Eichenbalkenbogen über der Tür? Wolfgang nahm es. Als er den Meldezettel ausgefüllt und den Schlüssel empfangen hatte, wollte er sich mit seinem Gepäck auf den Weg machen. Doch plötzlich rief der Wirt ihn zurück.

„Ich lese gerade hier Ihren Namen. Eine Dame war heute hier und hat etwas für Sie hinterlassen." Er nahm ein Päckchen in Empfang, eingehüllt in rotes Papier.

„Möchten Sie heute noch bei uns essen?" Wolfgang schüttelte den Kopf.

Im Zimmer angekommen wickelte er zuerst das Päckchen aus. Ein kurzer Brief und zwei Dinge waren darin.

Im Brief stand:

„Lieber Wolfgang! Hast alles richtig gemacht. Ich freu mich auf dich. Heute Abend ist für dich gesorgt. Guten Appetit!"

Eine kleine Flasche Heideschnaps fiel ihm entgegen. „Alter Haidmärker" stand auf dem Etikett. Und ein in Wachspapier gewickeltes Stück wacholdergeräucherter Schinken war auch dabei. Wolfgang war ein ordentlicher Mensch. Er packte zunächst sein Gepäck aus und räumte ein. Dann nahm er einen Stuhl, setzte sich auf die Terrasse, nahm den Schnaps und den Schinken und schnitt mit seinem Taschenmesser vom Schinken ab. Zwischendurch setzte er die Schnapsflasche an den Hals und gönnte sich einen Schluck. Langsam dämmerte es. Die Flecken, die die Sonne durch das Eichenlaub warf, zogen sich länger und verblassten. Staubiger Dunst stieg beidseits des Straßenpflasters auf. Es war noch warm. Es war eine einhüllende, gemütliche Wärme.

Langsam verebbten die Geräusche des Dorfes. Nur der Holzturm der Kirche schlug manchmal, die Glocke klang freundlich, aber bestimmend. Einmal hörte er das Klappern von Hufen aus der Ferne; eine Heidekutsche war auf dem Heimweg, Dann kam sie wieder, die Müdigkeit, diesmal in ungewohnter Form. Es war eine unaufgeregte, sanfte Müdigkeit. Wolfgang gähnte genussvoll und ging zu Bett.

Am folgenden Tag wachte er früh auf, rieb sich die Augen und ging zum Frühstück. Anschließend mietete er auf dem Nachbarhof ein Fahrrad, ließ sich den Weg zum Wacholderwald erklären und schwang sich auf den Sattel.

Als er an einer Bäckerei vorbeikam, wo es verführerisch aus der Tür duftete, machte er Halt und nahm eine große Tüte voller belegter Brötchen, Stücken von Blechkuchen und Getränke mit. Weiter ging es auf einer Brücke über die Örtze. Er brachte das Fahrrad zum Stehen und lehnte sich an das Brückengeländer. Ein Blick in das Flüsschen verriet sauberes, leise plätscherndes Wasser; der Sandgrund leuchtete gelblich hervor und trug lange, grüne Büscheln von Wassergräsern, die sich in der Strömung neigten. Auf der linken Seite blinkte hinter einem alten ziegelroten Mühlengebäude der Heidesee durch die Bäume. Er erreichte die Landstraße nach Unterlüß, die sich in weiten Bögen durch Felder und Wälder zieht. Bei Fassberg tauchte er in dunklen Wald ein, manchmal schaute ein einsames zaunumgürtetes Haus finster durch die Bäume. Irgendwann ging es links nach Schmarbeck ab. Zur Rechten lichtete es sich, die Sonnenstrahlen trieben auf weiten Feldern

Mais, Weizen und Kartoffeln aus den Böden. Behäbig und breit lagen auf der anderen Seite die Gehöfte von Schmarbeck vor seinen Augen, wie große Schiffe, die sich im Sand festgefahren hatten. An einer Bushaltestelle stand eine Bank. Er setzte sich und blickte auf einen Hof. Kein Laut war zu hören, kein Mensch war zu sehen. Die Vormittagssonne beleuchtete ein mächtiges Strohdach. Ein eingeschossiges Bauernhaus hatte es sich wie einen Hut über die Ohren gezogen.

Wolfgang war durstig. Er holte eine Flasche hervor und trank. Dann setzte er sich wieder auf das Fahrrad und fuhr weiter.

Über einen Bach ging es nun. Dann stieg die Straße an; in der Ferne winkte wieder Wald herüber. Ein Parkplatz erschien. Kein Auto war zu sehen, aber ein Rad. An dem Rad hing ein rotes Taschentuch.

Er stieg ab, lehnte sein Rad gegen Mariannes Rad und schloss beide Räder zusammen. Eine Vereinigung, kam es ihm in den Sinn, deswegen bist du doch hier. Er ging nun zu Fuß weiter und betrat einen sich schlängelnden Pfad, der ihn über eine Fläche führte, die mit Heidekraut bewachsen war. In der Ferne sah er die dunkelgrünen Säulen des Wacholderwaldes. Er ging auf ihn zu. Ein Irrgarten, dachte er, als er ihn erreichte. Das will sie, du sollst in ihm irren, bis du sie findest. Es dauerte nicht lange.

Sie saß auf einem kleinen Hügel, hatte ihre Knie an sich gezogen und mit den Händen umfasst. Sie trug einen weiten braunen Rock, eine Art Bauernrock, dazu eine ausgeschnittene weiße Leinenbluse. Als sie ihn sah, winkte sie ihm mit einem roten Taschentuch. Er setzte sich neben sie und schaute sie an.

Eine Weile sprachen sie nicht und hielten an ihrem Blick fest. Sie hatte blaue, lachende Augen. Ihr mit hellen Strähnchen durchsetztes, dunkelblondes Haar hatte sie sich zurückgebunden. Ihre Augenwinkel waren von feinen Fältchen umgeben, es sind Lachfältchen, stellte er fest. Marianne redete zuerst.

„Setz erst mal deine Brille ab, siehst ja aus wie ein Beamter!"

„Bin ich doch auch", sagte er und setzte sie ab. Sie näherte sich seinem Gesicht und küsste ihn zart auf den Mund. Er umfasste sie und strich sachte über ihren Rücken. Als er ihre Körperwärme spürte, schob er sie langsam nach hinten, so dass sie beide auf das Gras glitten. Sie lagen jetzt auf dem Rücken, kreuzten ihre Arme hinter dem Kopf und blickten hinauf in den Himmel.

„Wozu ist Wacholder gut?", fragte er sie. Sie pflückte eine Beere und schob sie ihm in den Mund.

„Früher, wenn wir vergessen haben, die Zähne zu putzen, haben wir immer schnell eine Wacholderbeere gekaut. Es gab keinen Mundgeruch mehr."

Ein paar Wolkenschiffe zogen langsam durch das Blau. Es blieb still, nur eine Lerche war zu hören, als sie hoch flatternd ihre Kreise zog.

„Wieso sagt man, Lerchen singen?", sagte Wolfgang versonnen, „ist doch nicht mehr als ein abgehacktes Quietschen und Zirpen."

„Hört sich aber trotzdem schön an!"

„Es ist, als würde sie uns für irgendetwas loben!"

Dann kam sie wieder, die wohltuende Müdigkeit. Die Heide schläferte sie ein. Sie hielten sich fest und dösten. Träume kamen. Wolfgang sah Susanne durch den Himmel gehen, Marianne folgte ihr. Sie fiel vom Himmel, ihr Ehemann fing sie auf und schaute Wolfgang böse an.

„Bist du glücklich, Marianne?" Sie schaute ihn fest an. „Ja. Und du?"

„Nein." „Warum?"

„Nach dem Warum fragen, heißt, die Gegenwart beleidigen." Wolfgang schob seine Hand unter Mariannes Bluse. Sie lächelte.

„Willst du dir für nachher Appetit machen?" „Ich weiß es nicht."

Inzwischen hatte sich der Himmel zugezogen. Ein Pieselregen kam, warm und vertraut, ließ sie zusammenrücken und sich anein-

41

ander rücken. Marianne stand kurz auf und zog ihren Rock aus. Wolfgang schaute sich ihre Beine an. Es waren die Beine einer Bäuerin, kräftig und an Arbeit gewöhnt, trotzdem von weicher Haut und mit einem sanften Schimmer umgeben. Ein Reißverschluss teilte den Rock; sie öffnete ihn bis unten, so dass aus dem Rock eine Decke entstand, mit der sie ihren und seinen Kopf vor dem Regen schützte.

Wolfgang öffnete die Tüte aus der Bäckerei; unter der Decke aßen und tranken sie. Der Regen hörte auf. Sie machten ihre Köpfe wieder frei und schoben Mariannes Rock über ihre Beine. Dann nahmen sie sich in den Arm und küssten sich wieder, diesmal leidenschaftlich und bedingungslos. Wolfgang spürte, wie Marianne ungeduldig wurde. Sie stand auf und zog ihren Rock wieder an.

„Wir müssen weiter, Wolfgang, wir haben nicht ewig Zeit!"

Sie gingen schnell zum Parkplatz und stiegen auf ihre Räder. Bevor sie losfuhren, steckte Wolfgang das Taschentuch ein, das an Mariannes Rad hing.

„Was willst du mit meinem Taschentuch?" Er lächelte verschmitzt.

„Dir ein Rätsel aufgeben. Du musst mir fünf Minuten Vorsprung geben. Dann suchst du nach einem Bauerhaus in Müden, an dessen Eingang ein rotes Taschentuch hängt. Da findest du mich." Er setzte sich auf sein Rad und fuhr los.

Sie kam zehn Minuten später beim Gasthof an, sah, dass er das Taschentuch in den Türspalt seiner Miniterrasse geklemmt hatte und klopfte. Er öffnete. Hinterher war es wie eine Explosion.

Als er erwachte, stand die Sonne noch am Himmel. Die Erinnerung an Marianne kam schnell. Bevor sie ihn verließ, hatte sie ihm noch in das Ohr geflüstert:

„Schlafe süß und weiter. Wir treffen uns morgen mit den Fahrrädern an der Örtzebrücke. Nimm Badesachen mit. Um zwölf Uhr bin ich da."

Wolfgang zog sich an und ging in den Gastraum. Eine Serviererin, hübsch und dunkelhaarig, brachte ihm die Speisekarte und fragte ihn nach seinen Wünschen. Auf ihren Oberarm hatte sie sich eine schmale Eidechse tätowieren lassen.

„Knipp von der Heidschnucke, was ist das?"

„Sozusagen durchgedrehte Heidschnucke."

„Wie, verrückte Heidschnucke?" Sie schaute ihn mitleidig an.

„Natürlich durch den Fleischwolf gedrehte Heidschnucke!"

„Kann man das essen?" „Sehr lecker." Er bestellte es zusammen mit einem Bier und es war wirklich sehr lecker.

Als er später auf seiner Terrasse saß, senkte sich die Dunkelheit über das Dorf. Bei der Kirche gingen Lichter an. Er stand auf und ging zu ihr hin. Die Tür war noch offen, er trat hinein. Die Einrichtung war einfach, doch uralte Fresken schimmerten von den Wänden. Ein ebergesichtiger Teufel glotzte ihn an. Er ging wieder hinaus, setzte sich auf eine Mauer gegenüber der Kirche und sah, dass man die alte Kirche mehrfach mit dicken Stützen abgesichert hatte, damit sie nicht zusammenfiel. Kein Wunder, dachte er, was in den Sand gebaut ist, muss man stützen. Eigentlich ist alles in den Sand gebaut, und wie er dieses dachte, kroch es in ihm unangenehm hoch.

Doch vor seiner Terrassentür spürte er, wie seine Glieder und Gelenke langsamer wurden und diese eigenartige Müdigkeit wiederkam und die unangenehmen Gedanken verscheuchte. Er dachte darüber nach, warum diese Müdigkeit so leicht und angenehm daherkam, ganz anders als die erbärmliche und lästige Müdigkeit, die ihn sonst plagte.

Auf einmal wusste er es. Es war keine Müdigkeit, die der Wachsamkeit des Verstandes folgte, sondern der Wachsamkeit der Sinne.

Sie trafen sich am nächsten Tag an der Brücke. Sie lachte ihn an, wendete und fuhr voraus. Sie verließen Müden und fuhren nach Hermannsburg. Im Ort ging es geschäftig zu. Touristen vermischten sich mit Einheimischen, saßen unter Schirmen, tranken Kaffee oder aßen Eis.

„Achtung, Feindesland", flüsterte sie, „fahr nicht so dicht hinter mir her."

Am Ortsausgang bogen sie in Richtung Oldendorf ab und fuhren durch Felder und Waldstückchen. Zur Seite konnte man den Fluss ahnen, dort, wo ihn niedrige Bäume und hohe Büsche begleiteten. In Oldendorf querten sie ihn und fuhren auf der anderen Seite entlang, der Wald schluckte sie jetzt.

Aus dem Nichts kam ein alleinstehender Hof, mitten im Wald. Pferdegeruch wehte herüber.

„Hier ist es aber einsam", sagte Wolfgang.

Kurz darauf bog sie in einen Weg ab, auf dessen Hinweisschild „Lindhorst" stand. Es ging eine kurze Strecke abwärts und eine Brücke erschien. Sie hielt an und schaute auf die Örtze. Der Fluss plätscherte und gurgelte, rieb sich an den Brückenpfosten.

Sie stellten die Räder ab und setzten sich auf einen Balken neben der Brücke.

„Zieh dich um, jetzt baden wir", sagte sie und zog ihre Jeans aus. „Das Wasser ist tief genug, ein paar Züge können wir schwimmen."

Wolfgang tat, wie sie anordnete und schaute gleichzeitig zu ihr hin. Sie war nicht schlank, hatte aber eine klare Figur, die sie mit ihrem schwarzen Bikini betonte. Sie wirkte etwas unsicher, als sie sich zu ihm drehte.

„Findest du, dass ich zu dick bin?" Er lachte. Fast wurde sie ärgerlich.

„Das ist das erste Mal seit gestern, dass du lachst!"

„Komm her!" Sie ging zu ihm hin, er saß wieder auf dem Balken. Er umfasste ihre Pobacken und versenkte seinen Kopf in ihrem Bauch. Sie machte sich los.

Die Böschung war steil. Langsam glitten sie ins Wasser. Es war nicht kalt, biss nur ein wenig. Sie ließen sich ein paar Meter von der Strömung treiben und ruderten wieder zurück. Dann richteten sie sich auf, gingen eine Weile in Gegenrichtung und wiederholten den Vorgang. Nach einer Viertelstunde fingen sie an zu frösteln. Sie zogen sich wieder an und legten sich auf der Böschung nieder. Marianne öffnete ihre Tasche, die sie mitgebracht hatte.

Eine Mettwurst kam zum Vorschein, dunkles Brot, ein paar Flaschen Apfelsaft und eine Flasche Schnaps.

„Was soll der Schnaps, Marianne? Immer wenn ich in der Heide bin, muss ich Schnaps trinken!"

„Ist eben ein typisches Heidegetränk!"

„Soll das etwa heißen, du trinkst jeden Tag Schnaps?"

„Sonst nie. Außer zum Schützenfest oder wenn ich mit dir zusammen bin."

Er überlegte.

„Kann das sein, dass das an deinem schlechten Gewissen liegt?" „Glaub ich nicht."

Sie stiegen wieder auf die Räder. Kurz darauf erreichten sie Eversen. Sie bogen ab, fuhren am Ort vorbei und radelten wieder durch den Wald, zurück in Richtung Hermannsburg. Ein Schild erschien. „Miele" stand darauf.

„Aha. Werden hier die Waschmaschinen hergestellt?"

„Blöd, blöd, blöd", schrie Marianne und sah zu, dass sie schnell an dem Einödhof vorbeikam, der sie mit giftigem Hundegebell nervte.

Auch der Dehningshof lag einsam in der Heidelandschaft, doch hier ging es lebhaft zu, denn er war ein Gasthof. Sie machten Rast. Bei Obstkuchen und Tee saßen sie im Garten und schauten in den Wald, von murmelnden Geräuschen der Gäste umgeben. Jetzt taten diese Geräusche gut, denn sie waren lange durch die Stille gefahren. Marianne verkniff sich den Schlag Sahne auf den Kuchen, denn Wolfgang hatte sie verunsichert. Sie schaute auf die Uhr.

„Ich glaube, es wird Zeit, weiterzufahren. Schließlich musst du noch mein Taschentuch vor deine Tür hängen."

Sie fuhren jetzt sehr schnell zurück. Der Wind pfiff ihnen um die Ohren. Kurz bevor sie Müden erreichten, floh ein Hase vor ihnen ins Maisfeld.

Ein paar Stunden hatten sie noch. Sie lagen dicht zusammen im Bett.

Beide Tage zuvor hatten sie nur wenig miteinander gesprochen, das holten sie jetzt mit Flüstern nach.

„Wann werden wir uns wiedersehen?", flüsterte er.

„Ich weiß es nicht", flüsterte sie zurück.

Er sah Tränen in ihren Augen. Er fühlte sich unbehaglich.

„Heißt das, wir werden uns nicht mehr treffen?"

Sie wischte ihre Tränen ab und lachte wieder.

„Ach was! Es wird sich schon Gelegenheit finden." Sie gab ihm einen Kuss.

Als es dunkel wurde, fuhr sie mit dem Fahrrad davon.

Wolfgang saß auf seinem Stuhl und schaute in das Dunkel des Heideortes, den ein paar Laternen spärlich erhellten. Fast wartete er auf den Schlag der Glocke. Wieder überkam ihn angenehme Müdigkeit.

Wie war es gekommen, dass sich seine vordem aggressive Müdigkeit derart wandelte? Vielleicht war es so etwas wie Liebe. Aber zu was oder zu wem?

Vielleicht zur Heide. Oder zu Marianne. Oder zu beiden.

AUSTERN ZUM FRÜHSTÜCK
EIN REISEBERICHT AUS NAMIBIA

Afrika. Es empfing mich gleich am Flughafen. Der Flug von Frankfurt nach Namibia, der einzige dieser Art an diesem Tag, war auch der einzige Flug von allen Auslandsflügen, der Verspätung hatte. Kein Problem, in Afrika wartet man ja gerne, also gleich an Afrika gewöhnen.

Namibia empfing mich später im Warteraum. Ein bärbeißig aussehender weißer Flugkapitän mit seiner schwarzen Crew stand gelangweilt und sprachlos herum. Nachdem die Mannschaft im Flieger verschwunden war, wurden kurz darauf wir, also die Passagiere, zum Einstieg abkommandiert. Nach dem üblichen Gedränge fand ich meinen Platz gangseitig einer Dreierreihe; der mittlere Platz blieb zu meiner Freude frei und zum anderen Gang hin platzierte sich eine Frau in den höheren Dreißigern, die mich kurz begrüßungslos aus einer Drahtbrille musterte.

Als wir saßen, stellten sich in der Mitte des rechten und linken Ganges zwei krawattenverzierte schwarze Stewards auf, wie zwei Ming-Vasen. Sie wirkten wie aus dem Ei gepellt. Der Kapitän begrüßte uns auf Englisch, wissend, dass nur deutsche Fluggäste in seiner Maschine saßen. Auch später sprach er nur Englisch mit uns. Der Flieger startete.

Es war spät geworden. Der übliche Flugzeugfraß, heiß und fettig, verschwand in den Mägen und man rückte sich auf dem Sitz zurecht, denn man wollte die Nacht einigermaßen gut überstehen. Meine Rückenlehne machte keine Anstalten, zurückzuweichen, mochte ich noch so energisch auf den Knopf seitlich der Armlehne drücken.

Der herbeigerufene Steward schaute sich die Sache an und verschwand achselzuckend mit der Bemerkung: "It's broken, sorry". Meine Sitznachbarin hörte interessiert zu. Eine halbe Stunde später wurde die Sache übler. Es konnte nicht gelingen, eine Sitzposition zu finden, die nicht irgendetwas vom Körper schmerzen oder einschlafen ließ. Verzweifelt hob ich die Armlehne zur Mitte hoch, um wenigstens einen Teil vom leeren Sitz zu ergattern – was dazu führte, dass ich mit der Hand auf dem Kopf meiner erbosten Nachbarin landete, die sich zum Schlafen längs auf den beiden Sitzen neben mir ausgebreitet hatte.

„Sie können sich doch einen von den noch freien Sitzen aussuchen, ein paar gibt es ja noch", zischte sie mich an. Ich zwängte mich den Gang entlang und stellte fest, dass alle noch ehedem freien Sitze genauso in Beschlag genommen waren, wie es meine Nachbarin tat. Also mit dem defekten Sitz vorliebnehmen, versuchen, die Nacht zu überstehen, kann man wohl nichts machen.

„Der gute Mann denkt an sich selbst zuletzt", dieser weise alte Spruch ging mir durch den Kopf. Er hat sich wohl noch nicht emanzipiert oder efrauzipiert.

Nach einer durchwachten Nacht landete der Flieger auf dem Flughafen Windhoek. Müde war ich drauf und dran, durch den (falschen) vorderen Eingang zu taumeln. Der Flugkapitän keifte mich an.

„Sie müssen durch den mittleren Eingang gehen!" In akzentfreiem Deutsch.

Die Passkontrolle ließ sich Zeit, um den einzigen Flieger von weither abzufertigen, den ihr dieser Tag beschert hatte. Nach einer Stunde waren wir durch. Gepäck ging schnell. Im Flughafengebäude empfing uns Eben, unser einheimischer Führer für die nächsten zwölf Tage. Eben klingt nach Ebenholz, doch dieser Eben mit seiner hellbraunen Haut war kaum dunkler als mancher deutsche Goldkettchen- und Rolexträger im Sommer.

„Schön, dass ihr alle schon zusammen seid, ist ja Wahnsinn", freute er sich. „Ich nenne euch ab sofort „Familie", fällt mir als Ansprache am leichtesten."

Er erzählte uns, dass er vom Stamm der Nama sei und bewies es uns durch seine „Klicksprache".

Unser Gepäck landete in einem kleinen Bus, der jetzt zu einer Besichtigungsrunde von Windhoek startete.

Die paar alten Sehenswürdigkeiten, Christuskirche, Fort, Tintenpalast und Reiterstatue waren schnell abgehakt. Die Innenstadt mit ihren Supermärkten, Malls, Hotels und Andenkenläden gebärdete sich europäisch; eher war sie sauberer als ihre auswärtigen Vorbilder. Auf den Straßen gab es ein dichtes Treiben verschiedenfarbiger Menschen; die meisten waren Schwarze, doch auch viele Weiße gingen umher, denen man ansah, dass sie keine Touristen waren. Wir stiegen wieder in den Bus und machten uns auf den Weg in die Vorstädte. Zunächst nach Katutura, den „Ort, wo man nicht wohnt", wie wir als Übersetzung von unserem Führer erfuhren.

„Slum, das ist vorbei, Familie", informierte er uns, „Katutura wandelt sich zum normalen Wohnviertel. Es gibt Schulen, Krankenhäuser und Geschäftszentren, passt alles, sehr schön. Wo jetzt die Zugezogenen wohnen, zeige ich euch gleich."

Der Bus fuhr durch ein sozusagen silbernes Viertel, einen Hang, gespickt mit silberfarbenen Wellblechwürfeln ohne oder mit nur wenigen Fenstern. An der Straße erkannten wir eine Reihe offener Stände, wo Essen vom Grill, Kleidung, Haushaltsprodukte und anderes verkauft wurde. Dahinter Läden als Einraumlokale, deren hingeworfene Aufschriften zeigten, dass es sich um Friseursalons, Nagelstudios oder Bars handelte.

„Windhoek bekommt jeden Tag Zuzug", bemerkte Eben. „Die Stadt wird immer größer und das Hinterland leert sich. Der Staat hat die Hütten gebaut und vermietet sie preiswert mit Strom und Wasser inklusive. Es sind nur Durchgangsstationen, irgendwann ziehen die Bewohner woanders hin."

Also so war das, man bemerkt auch hier das ehemalige Deutschtum, dachte ich. Selbst die Armut ist geregelt.

Zurück zum Hotel „Kalahari Sands", unserer Bleibe für diese Nacht. Nachdem wir unsere Zimmerschlüssel erhalten hatten, schwärmten wir aus.

Das Hotel begann ab dem zweiten Geschoss des Sockelgebäudes einer Mall. Um es zu erreichen, musste man auf einer Rolltreppe durch die Mall fahren. Die Mall war noch in vollem Betrieb. Ich schaute mir die Besucher an, viele junge Menschen, wenig Alte, genauso wie auch in unseren Innenstädten, ging es mir durch den Kopf. Die jungen Frauen fielen auf. Die meisten trugen voller Stolz hochhackige Schuhe zu zwei verschiedenen Arten von Röcken: enge lange Röcke, die ab den Knien mit Rüschen oder Knickfalten ausgestellt waren oder ebenso enge Miniröcke. Beiden war gemeinsam, dass sie dadurch ihre auf diese Weise ausgestellten Hintern in den Blickpunkt rückten – sicher nur, weil es ihnen selbst so gefiel, denn dass sie damit den Männern gefallen wollten, darf man ja nicht sagen, ohne sich den Vorwurf des Sexismus einzuhandeln. Bloß, wie kann man sich seinen eigenen Hintern angucken? Nur im Spiegel, natürlich.

Ungewohnte Farben, Pink, Türkis oder leuchtendes Blau dominierten. Den Schwarzen standen sie auch gut; gedeckte Farben, wie sie weiße Frauen tragen, sehen tatsächlich bei Schwarzen etwas eigenartig aus. Sicher machten die jungen Frauen insgesamt einen appetitanregenden Eindruck, der sich schnurstracks reduzierte, weil eine hohe Anzahl der Einwohner Namibias mit HIV infiziert war, wie uns unser Guide Eben gerade erzählt hatte. Und die Masse der Infektionen war auch noch bei den Jüngeren angesiedelt; so mancher Giftapfel muss da die Rolltreppe herab gerauscht sein, my God.

Ich wurde müde, ab ins Hotelzimmer im achten Stock, erst einmal zwei Stunden schlafen. Als ich aufwachte, hörte ich Vogelstimmen vor dem Fenster. Neugierig schaute ich hin und fand vier Rosenpapageien, wie sie nebeneinander auf der Fensterbrüstung saßen und sich etwas erzählten. Das sind Kleinpapageien, die zu den Agaporniden gehören. Beim Versuch, sie mit der Videokamera aufzunehmen, flogen sie weg. Es waren die ersten exotischen Tiere, die ich in Namibia sah. Ich habe später auch niemals wieder Rosenpapageien auf unserer Fahrt gesehen.

Später ging ich noch widerwillig zum schnellen Abendessen. Danach Schlummertrunk an der Bar. Ich traf aus unserer Reisegruppe eine muntere Brigitte und eine etwas ernstere Änne, beide Schwestern. Mir gegenüber saßen Wally und Werner, das Paar kam aus dem Schwarzwald. Später fiel mir auf, dass auffällig viele aus unserer Gruppe aus dem Schwarzwald oder Umgebung stammten.

In fast jeder Bäckerei in Namibia gibt es Schwarzwälder Kirschtorte, vielleicht wollten sie auch im Urlaub nicht auf die gewohnte heimatliche Speise verzichten? Müde fiel ich um zehn Uhr abends in das Hotelbett und schlief durch bis zum Morgen.

Frühes Wecken, um acht Uhr sollten wir starten. Um acht Uhr stand unsere Reisegruppe vollständig versammelt neben dem Bus. Eben kam mit Riesenschritten.

„Familie, Problem. Die Koffer stehen hier im Erdgeschoss im Begrüßungszimmer. Das Hotel findet die Schlüssel nach außen nicht."

Kurzer Familienrat.

„Dann holen wir uns über den Fahrstuhl unser Gepäck aus dem Begrüßungszimmer und bringen es jeder für sich über die Rolltreppen zum Bus."

Das Begrüßungszimmer war nach innen durch einen Fahrstuhl mit dem Hotel verbunden. Kurzes Palaver der Gegenseite.

„Nein, geht nicht." Nach einer Stunde ging es doch. Die Hotelangestellten machten es so, wie wir vorgeschlagen hatten und brachten uns das Gepäck zum Bus. Der Bus fuhr los, mit einer Stunde Verspätung, doch pünktlich nach afrikanischer Zeit. Wir lernten: Afrikanische Zeit ist Uhrzeit + eine Stunde.

Kurz hinter Windhoek fuhr der Bus in einen Kontrollpunkt mit Schranken hinein.

Eben sagte: „Jeder Bus, der Windhoek verlässt, wird gewogen. Lastwagen werden zusätzlich noch auf Reifen und Sicherheit kontrolliert. Passt schon."

Donnerwetter, Kaiserwetter. Die Namibier haben wohl ihre Gründlichkeit von den Preußen in die Wiege gelegt bekommen. Zum Glück haben sie sich ein paar afrikanische Liebenswürdigkeiten erhalten, so die ortstypische Variation der Uhrzeit.

Die Strecke zum Etosha-Park führte über Okahandja und Outjo zur Toshari Lodge, unserer ersten Station. Ich saß am Fenster und schaute erwartungsvoll nach draußen. Vielleicht würde sich mir eine Vorhut der berühmten namibischen Tierwelt zeigen. Wir fuhren durch menschenleeres Buschland, das leider meistens von einem hohen Drahtzaun umgeben war, den periodisch zwei nach oben und zur Seite versetzte Rundhölzer stützten, was meine Erwartungen dämpfte. Es kam aber besser. Nicht weit hinter Windhoek konnte ich ein paar braune Antilopen erkennen, die hinter dem Zaun liefen. Wenig später sah ich in einer Entfernung von hundert Metern vier schwarze Großvögel, eindeutig Strauße. Eben rief über sein Mikrofon:

„Vorn links zwei Warzenschweine, ist ja Waahnsinn, aber schöön!"

Weitere kleine Tiere konnte ich noch erkennen, ein braunes, von Größe und Form her einem deutschen Fuchs ähnelnd und eine Schar Hühnervögel, die sich wie Puten bewegten, jedoch kleiner waren. Später erfuhren wir, dass es sich bei dem ersteren um einen Schakal und bei den Puttchen um Perlhühner handelte.

Unser Guide Eben war ein liebenswürdiger Geselle. Er sprach gut Deutsch und hatte für die Übergänge und als Sprachstauhilfe ein paar Floskeln parat:

„Das ist ja Waahnsinn."

„Aber schöön..."

„Passt schon."

„Das ist unglaublich!"

Kurz vor Okahandja gab es für einige Beobachter und mich noch ein richtiges Highlight. Ein Raubvogel erhob sich vom Boden und hatte in seinen Fängen eine Schlange. Er flog über den Zaun, in das Innenland hinein.

Okahandja ernüchterte. Es solle einen berühmten Holzschnitzermarkt besitzen, hieß es. Natürlich, Schnitzereien gab es, und die waren auch gar nicht mal schlecht, wenn man die Zeit und Mühe bedenkt, die ihre Erzeuger daran verwendet hatten. Das ist das eine. Das andere ist, dass keiner mehr Lust hat, sich Gegenstände zuzulegen, die keinen Zweck erfüllen. Zuerst werden sie voller Stolz über die Globetrotterei irgendwo für Hausgäste sichtbar platziert, auf die Dauer wird man sie leid und sie verschwinden im Schrank. Irgendwann nach zehn Jahren werden sie bei irgendeiner Aufräumaktion entsorgt.

Die permanente Anmache der Ladeneigner ging zusätzlich auf die Nerven.

„Geht's gut?" „Ja." „Wie ist dein Name?" „Habe ich nicht", sagte ich.

Jetzt hatte ich es tatsächlich geschafft, den Anmacher zu verblüffen.

„Du musst doch einen Namen haben!", schrie er und lief hinter mir her. Ich ging weiter. Später erfuhr ich, dass andere, die ihren Namen preisgaben, im Handumdrehen einen geschnitzten Schlüsselanhänger mit ihrem Namen präsentiert bekamen. Der Verkäufer musste über so einen ähnlichen Fundus verfügen, wie er sich auf den mit Kaffeebechern gefüllten Ständern darstellt, die in den Fußgängerzonen deutscher Städte zuhauf zu finden sind.

Erleichterungspause in Otjiwarongo an einer Tankstelle. Über solche Räume, die Eben als „Gemütlichkeitsräume" oder „Räume der Harmonie" bezeichnete, verfügte auch ein „PPB", ein privater Pinkelbetrieb neben der Tankstelle. Deren Besitzer forderte uns über einen Handlautsprecher zum Besuch auf. Bei unseren langen Fahrten über die Schotterstraßen Namibias konnten derartige Geschäftigkeiten zum Problem werden, besonders bei der Weiblichkeit mit ihren Turboblasen. Es kam manchmal vor, dass der Bus auf freier Strecke deswegen anhalten musste. Eben rief dann immer:

„Die Damen links vom Bus, die Herren rechts!"

In Outjo hielten wir zum Lunch an. Das „Farmhouse Restaurant" bot uns einen fast mediterran anmutenden Biergarten und servierte wohlschmeckende Kleinigkeiten und eine sehr gute Kuchen- und Tortenauswahl. Ich beobachtete das Kommen und Gehen an einem „Spar"-Supermarkt auf der anderen Straßenseite. Ausschließlich Schwarze waren zu sehen, anders als in Windhoek. Es gab eine Ausnahme: immer wenn ein Geländewagen hielt, entstieg ihm ein Weißer mit Frau, fast alles ältere Leute.

Die Toshari Lodge kam in Sicht. Der Bus hielt auf einem Parkplatz; das Gepäck ließen wir im Bus und gingen einen grasgrünen Weg zur Lodge hinauf, der von weißen Tonkrügen gesäumt war. Auf der Höhe eines kleinen Hügels bog der Weg nach rechts ab und ging am Schwimmbad vorbei zum Hauptgebäude mit Rezeption und Restaurant. Alles sah sehr idyllisch und gepflegt aus.

Uns begrüßte ein seltsames Wesen. Es war sehr groß, schlank und trug einen Zopf. Im Gesicht sah es aus wie eine Frau, die Augenbrauen hatte es sich offensichtlich gestylt und die Haut sah so aus, als habe sie mit Clarins & Co schon des Öfteren Bekanntschaft gemacht. Doch der Restkörper wirkte männlich, wenn auch feingliedrig, schon allein wegen der fehlenden Wölbungen unter dem T-Shirt. Ich musste an Olivia Jones aus Hamburg, diesen Fernsehbestseller, denken. Nein, lieber doch nicht, man kann nicht eine Gazelle mit einer Kuh vergleichen. Das Wesen gab uns nun unsere Zimmerschlüssel. Kurz darauf kam eine Frau gesetzten Alter in die

Rezeption, offensichtlich eine Deutsche, denn sie begrüßte uns in unserer Sprache, sicher und akzentfrei. Ich fragte sie, ob die Bar schon auf sei.

„Natürlich", rief sie, „Sie können bekommen, was sie wollen, die Jungs und Mädels sind schon alle da." Ich ging aber lieber erst einmal zu meinem Bungalow. Er lag etwas abseits, in einer kleinen Rotunde mit Bungalows innerhalb des Parks. Vorgärten und Terrassen waren liebevoll bepflanzt. Im Inneren dominierte ein riesiges Bett mit einem zarten, leicht wehenden Moskitovorhang. Himmelbettartig und romantisch wirkte alles; damit konnte ich leider im Moment nichts anfangen, denn ich reiste schließlich allein. Aber ich war sehr zufrieden.

Das Abendessen fand draußen in Form einer Grillparty, eines „Braai" statt. Unsere deutsche Hotelmutter offerierte uns etwas Seltsames: "Wer kein Fleisch mag, kann Hühnchen bekommen."

Sonst gab es Oryx-Antilopensteak und Spieße aus gemischtem Wildfleisch, dazu Salate und Ofenkartoffeln, alles gut. Es schmeckte „bis hinter die Ohren", das war eine afrikanische Redensart, die uns Eben beigebracht hatte.

Nach dem Essen hörten wir ein Trommelsignal. Die Jungs und Mädels hatten sich bunt kostümiert und liefen in zwei Reihen in unsere Mitte. Auch der Intertransnette war dabei. Sie gaben einfache afrikanische Lieder zum Besten und machten das aber sehr gut, in Form eines Chors. Ihr Gesang war wirklich ordentlich und sie wiegten zusätzlich ihre Körper im Rhythmus der Lieder. Alles wurde mit Zwischenrufen und Quietsch- und Kreischlauten gewürzt; man merkte ihnen an, dass ihnen ihre Vorstellung Spaß machte. Wir waren begeistert.

Höhepunkt war das Amarula-Lied. Amarula ist ein Getränk aus Milch, Whisky und Früchten, wird häufig im südlichen Afrika getrunken und ist wohl eine Art namibisches Lieblingsgetränk. Eines der Mädels, eine Deftig-Kräftige, tanzte plötzlich vor unserer

Gruppe herum und schwenkte eine Flasche Amarula. Sie stimmte uns auf den Refrain ein, wir sangen mit:

Amarula Amarula, Amarula rula rula...

Das Ganze dreimal.

Ich musste daran denken, dass Eben uns erzählt hatte, der Alkohol sei neben HIV das zweite große Problem Namibias.

Als wir uns in unsere Hütten zurückzogen, sahen wir einen prachtvollen Sternenhimmel, den wir so aus Deutschland nicht kannten.

Am nächsten Morgen ging es früh los, in den Etosha-Park. Wir waren die ersten Frühstücksgäste und bekamen ein etwas reduziertes Frühstück, trotzdem ganz ordentlich. Nur das Brot schmeckte ekelig, war schwer und teigig, weil man es offensichtlich nicht ganz durchgebacken hatte.

Kurz vor Sonnenaufgang starteten wir in Richtung Etosha. Ein mildes orangefarbenes Licht am östlichen Horizont verschönte die Landschaft aus Buschwerk mit verstreuten Bäumen und machte uns gute Laune. Eben hatte uns während der Hinfahrt zur Lodge informiert, dass es eine Vielzahl von Bäumen in Namibia gäbe, jedoch die Akazien und Kameldorne die größte Anzahl stellten. Nach kurzer Zeit fuhren wir durch das Andersson Gate in Etosha ein. Es galt nun, Ausschau nach den Tieren zu halten. Eben, der als unser Guide von seinem Pilotensitz aus die beste Aussicht und sicher auch die geschultesten Augen hatte, machte seine Sache ausgezeichnet, es hieß dann beispielsweise: „Familie, rechts zwei Uhr Springböcke, links zehn Uhr Zebra." Nach kurzer Zeit sahen wir zwei Wagen am linken Straßenrand stehen. Wir erfuhren, dass sich gerade ein Gepard hier aufgehalten habe. Kurzer Blick in die Tiefe. Nein, Cheetah hatte keine Lust mehr, zu kommunizieren und ließ sich nicht blicken. Richtung Okaukuejo nahm die Wilddichte links und rechts der Straße zu. Acht Arten von Antilopen dominierten im Park. Am häufigsten waren Springböcke zu sehen, klein, bunt und lebhaft. Die großen Oryxantilopen mit ihren spitzen Hörnern stolzierten zwischen ihnen her. Und dann gab es noch die Impalas mit dem McDonald-Zeichen auf dem Po, die großen Kudus mit den gedrechselten Hörnern, die Kuhantilopen, die Gnus und das kleine unscheinbare Steinböckchen.

Wir näherten uns Okaukuejo. Dieser Stützpunkt, in dem man auch übernachten kann, sah mit seinem gemauerten Aussichtsturm aus wie ein Fort in der Savanne. Um ihn herum breitete sich eine karge Landschaft aus, kahl, steinig und mit nur wenig Büschen durchsetzt. Aber voller Leben!

Herden von Gnus, Zebras und Springböcken zogen umher und waren ständig in Bewegung. Die Zebras gingen im Gänsemarsch über die Straße; hier hätte man gut einen Zebrastreifen einrichten können. Das ständige Kommen und Gehen war einer Wasserstelle zu verdanken, die am westlichen Rand von Okaukejo lag. Die vielen Wasserstellen, fünfzig an der Zahl und davon mehr als die Hälfte künstlich, sind der Grund für den Tierreichtum des Etosha Parks.

Inmitten des Parks liegt eine riesige leere Fläche aus Lehm und Salz, die Etosha-Pfanne. Sie ist der Rest eines verschwundenen Sees, den vordem zwei Flüsse gespeist hatten, die später ihren Verlauf änderten. Aber es gab und gibt noch einen ordentlichen Grundwasservorrat. Wegen der undurchdringbaren Lehmschichten im Park konnte er zum Glück nicht versickern und tritt manchmal zutage, und zwar an den Wasserlöchern

Hinter Okaukuejo blieb die Gegend trocken und öde. Außer den allgegenwärtigen Springböcken sah man manchmal am Horizont Strauße. Plötzlich rief Eben:

„Rechts am Wasserloch Löwe, Familie, Waahnsinn!"

Wir bogen nach rechts zum Wasserloch ab. Und plötzlich, nur fünfzig Meter neben der Straße lag er da, der Löwe.

Er schaute uns an, ein gewaltiges männliches Tier mit einer rötlichen Mähne. Ganz ruhig lag er in der Sonne und hatte seine Pranke auf ein erlegtes Zebra gelegt. Um ihn herum scharwenzelte ein Pulk von Schabrackenschakalen, manchmal in hautnaher Entfernung. Etwa zehn Meter neben der Szenerie hatten sich Geier niedergelassen, manche breiteten ihre Flügel aus. Zur rechten Seite stand ein Marabu Wache. Mit seinem frackähnlichen Gefieder und den spärlichen Haaren auf seinem kahlen Kopf wirkte er wie ein ältlicher Standesbeamter.

Den Löwen schien das alles nichts anzugehen. Er war der King, hatte wohl schon gefressen und seine pure Anwesenheit reichte aus, um sich einen zweiten Gang zu sichern. Doch er war ein lieber Löwe, weil er wohl später seinen Mitgeschöpfen ihren Anteil zubilligen würde, eben ein wahrer König. Einmal stand er auf, hielt Ausschau und legte sich wieder hin, Pranke auf dem Tierkörper. Wir konnten uns nicht satt sehen.

Wir fuhren weiter, in Richtung Stützpunkt Halali. Die Gegend wurde lieblicher, eine dicht mit Büschen und Bäumen durchsetzte Savanne, ein wahrer afrikanischer Märchenwald. Die Tiere fanden das auch. Ganz dicht neben der Straße zeigten sie sich, alle Sorten Antilopen, Zebras und Strauße, die umherstolzierten. Scharen von Perlhühnern mit ihren blauen Köpfen pickten emsig im Gebüsch. Großtrappen patrouillierten auf den Freiflächen. Eben zeigte uns einen Sekretär, einen großen, Schlangen fressenden Vogel. Manchmal erblickten wir Giraffen, die unter den Baumwipfeln ihre Köpfe zusammensteckten.

Plötzlich erschien am Horizont der Kopf eines Elefanten, groß und männlich, mit Stoßzähnen. Wir versuchten, ihn mit dem Bus in Laufrichtung zu verfolgen, leider vergebens, denn er kam der Straße nicht näher. Wir wendeten und fuhren weiter. Der Bus machte jetzt eine Schleife nach Norden, sodass wir die Salzfläche erreichten. Schimmernd und klirrend lag sie vor uns in der Sonne. Der Bus hielt. Eben sagte:

„Manchmal liegen hier Geparde am Rand der Pfanne. Wenn sich ein Tier auf die Fläche wagt, jagen sie es hinein, dann ist es mit ihm vorbei, das ist unglaublich!"

Wir erreichten Halali, das mit einem Jagdhorn als Symbol auf dem Eingangsschild an seine deutsche Vergangenheit erinnerte. Hier sollten wir unseren Lunch nehmen. Als wir fertig waren, kamen Werner und Wally.

„Ihr seid schon fertig, und wir haben überhaupt noch nichts bekommen! Wir werden wohl nicht pünktlich weiterfahren können."

In der Nähe von Halali lag eine Wasserstelle, angeblich sollten dort Elefanten gesichtet worden sein. Änne, Brigitte und ich beschlossen, jetzt noch einmal hinzugehen. Nach zehn Fußminuten erreichten wir sie. Es war unbeschreiblich.

Eine ganze Elefantenherde hatte das Wasserloch besetzt. Die Mütter standen in der Mitte, steckten ihre Rüssel in das Wasser und prusteten sich den Wasserstrahl auf den Rücken. Die Kleinen duckten sich zwischen ihnen. Ein Kleiner, etwas kecker, hatte sich aus der Gruppe fortgestohlen, stand am Rand des Loches und riss mit seinem Rüssel Blätter aus den Büschen. Elefantenbullen waren nicht dabei. Die Springböcke und Impalas warteten in ehrfurchtsvoller Entfernung darauf, dass ihnen die Herde das Wasserloch überließ.

Wie schauten dem Treiben eine Weile zu. Dann wurde es Zeit; wir gingen zurück und setzten uns in den Bus, der durch den Park zurückfuhr. Um sechzehn Uhr erreichten wir die Toshari Lodge.

Zum Abendessen gab es Kudubraten mit Sauce und Beilagen und Springbockpastete, alles sehr wohlschmeckend. Später trat wieder das Amarulaballett auf. Ich ging früh wieder in meine Hütte zurück, denn am nächsten Tag war zeitiges Aufstehen zur Jeepsafari angesagt.

In der Hütte gab es einen Spiegel in Körpergröße. Ich schaute hinein und stellte fest, dass mein Kopf eigentlich zu klein für meinen Körper war. Ich sann darüber nach, was der Spiegel wohl sagen würde, wenn er ein Schneewittchenspiegel wäre. Wahrscheinlich würde er sagen, du bist zu dick, mein Freund.

Am nächsten Tag war Geländewagensafari angesagt. Die Fahrzeuge hatte man extra für diesen Zweck hergerichtet; sie trugen einen Aufbau mit neun Sitzen, die in Dreierreihen terrassenförmig angeordnet waren. Vorher wollte ich noch meine Hotelrechnung bezahlen. Der Intertransnette nahm meine Kreditkarte entgegen und versuchte, sie einzulesen. Eine halbe Stunde kämpfte er mit dem Gerät bis es Zeit zum Abfahren war. Ich nahm meine Karte zurück und verlegte die Zahlung bis zu unserer Rückkehr.

Ich hatte einen guten Platz erwischt, schräg hinter dem Fahrer, sozusagen die Pole-Position. Wir fuhren auf der gleichen Strecke wie den Tag zuvor mit dem Bus. Als wir zu der Stelle kamen, an der der Löwe das Zebra geschlagen hatte, war nichts mehr von dem Raubtier zu sehen. Doch es gab noch reichlich Betrieb. Die Schakale und die Geier hatten sich über die letzten Reste des Zebras hergemacht. Nur der Marabu stand immer noch geduldig an der gleichen Stelle, schien noch nicht einmal in Lethargie zu verfallen. Ein paar Rippenbögen vom Zebra ragten noch in den Himmel. Am nächsten Tag würde von dem Zebra nichts mehr vorhanden sein. Wir fuhren hundert Meter weiter zum Wasserloch. Ein enormer Betrieb war im Gange. Mehrere Sorten Antilopen, Zebras und Warzenschweine liefen umher, schöpften Wasser und tauchten ein, um sich zu reinigen. Ein paar Nilgänse schwammen auf dem Wasser.

Die Wasserstellen im Etosha hatte ich mir ganz anders vorgestellt. Im Wissen, dass sie jeden Tag von einer Unmenge von Tieren besucht wurden, hatte ich sie in meinen Gedanken als schmutzigbraune Tümpel ausgemalt. Zu meiner angenehmen Überraschung war das keineswegs der Fall. Im Gegenteil, leuchtendblaues Wasser glitzerte durch die Bank weg in der Sonne und hätte normalerweise zum Schwimmen Lust gemacht, was wegen der überall gegenwärtigen Bilharziose nicht zu empfehlen war, selbst wenn es erlaubt gewesen wäre.

Am nächsten Wasserloch erlebten wir eine Überraschung. Die Tiere bewegten sich auf den ersten Blick ganz normal, doch unserem Fahrer fiel etwas auf. „Lion, far away", flüsterte er, Wir suchten mit unseren Gläsern die Umgebung ab.

Und tatsächlich, etwa zweihundertfünfzig Meter vor uns saß seelenruhig ein großer männlicher Löwe neben einem Busch und beobachtete die Wasserstelle. Zuerst hatten die Tiere ihn nicht bemerkt, doch als sie sahen, wie wir ihn mit den Ferngläsern beobachteten, erkannten sie ihn auch. Im Nu verschwanden sie aus dem Wasser und schauten nun selbst zu dem Löwen hin. Ein paar Kuduweibchen warnten mit rauer Stimme.

Als wir durch den afrikanischen Märchenwald fuhren, wimmelte er von Giraffen. Plötzlich hielt ein Fahrzeug vor uns. Ein riesiger Elefantenbulle stand mitten auf der Straße und schaute uns ganz friedlich an. Noch nie hatte ich einen so großen Elefanten gesehen. Überhaupt schien es mir, als ob die Tiere im Etosha-Park größer seien als die in den deutschen Zoos, besonders die Löwen und die Elefanten.

Der Elefant trottete nach links, in den Märchenwald hinein und lief langsam weiter. Die Wasser- und Schlammreste auf seinem Kopf zeigten an, dass er kurz zuvor ein Wasserloch besucht haben musste. Wir konnten ihn mit unserem Fahrzeug noch für eine kurze Zeit verfolgen.

Auf der Rückfahrt kamen wir wieder an dem Wasserloch bei dem geschlagenen Zebra vorbei, das noch immer von den Schakalen und Geiern zerlegt wurde. Jetzt machte auch der Marabu mit. Doch direkt am Wasser bot sich ein überaus eindrucksvolles Bild.

Ein großer weißer Elefant stand mitten im Loch zwischen den Antilopen und Zebras und ließ sich das Wasser vermittels des

Rüssels über den Rücken laufen. Die weiße Farbe rührte vermutlich daher, dass das Wasser an dieser Stelle mit weißem Lehm gesättigt war. Alles in allem ein Bild für die Waschmittelreklame: das blaue Wasser, der weiße Elefant und die bunten, wie geleckt aussehenden Springböcke.

Noch ein Highlight gab es eine Viertelstunde später. Nur fünfzig Meter links von der Straße lagen drei Löwinnen unter einer kleinen Schirmakazie, ruhten sich im Schatten aus und blieben dabei aber voll aufmerksam. Als wir anhielten, schauten sie zu uns hin. Ich holte sie in mein Fernglas und stellte fest, dass sie mich mit ihren gelben Augen direkt ansahen. Es war ein Blick, den ich von Löwen im Zoo oder Zirkus nie erlebt hatte, ein archaischer, abschätzender Blick, als wolle er sagen: könntest du uns schmecken, könnten wir dich kriegen? Es gab so etwas wie eine gegenseitige Kommunikation. Auch in mir krochen aus dem Unterbewusstsein versteckte und nie gekannte Gefühle hoch, so etwa das Bedürfnis, mich in meine Gruppe zurückzuziehen und etwas zum Schutz in die Hand zu nehmen. Eine ganze Weile ging das so. Ich bin überzeugt, hätte ich die Tür geöffnet und wäre ausgestiegen, nur eine kurze Aktion, wären sie im Bruchteil einer Sekunde über mich hergefallen und mit mir wäre es aus gewesen. Wir fuhren weiter; ich war schwer beeindruckt.

Unser Geländewagen fuhr wieder zurück nach Okaukuejo. Wir stiegen aus und hatten noch eine Weile Zeit, bis wir auf den Bus wechseln konnten. Ich ging mit einem Teil meiner Reisekameraden zu dem Wasserloch, das direkt an den Stützpunkt grenzte. Es war riesengroß, fast ein kleiner See und wurde von enormen Mengen Wild frequentiert. Die Tiere verhielten sich dabei außerordentlich diszipliniert. Jede Herde, seien es Zebras oder Antilopen, hielten sich nur so lange am Wasser auf, bis sie genügend getrunken und sich gereinigt hatten, um dann sofort einer anderen Herde Platz zu machen. Ein weiträumiger und dichter Zaun trennte das Wasserloch von einer Bungalowsiedlung direkt daneben ab. Von einem

Teil der Bungalows aus war es also möglich, über Tag und Nacht das Treiben an der Wasserstelle zu beobachten; merkwürdige Vorstellung, mit einem Glas Wein auf der Terrasse zu sitzen und in sicherer Entfernung zu beobachten, wie beispielsweise ein Löwe ein Zebra schlug.

Unser Bus kam, wir fuhren nach Toshari Lodge zurück. Meine Rechnung bezahlte ich bei einer weißen Frau, von der ich annahm, dass sie des Deutschen mächtig sei. Doch sie antwortete in einer ähnlichen Sprache, wie sie holländische Käsehändlerinnen sprechen, es musste sich wohl um Afrikaans handeln.

Immer wenn ich den Bus bestieg, musste ich an Carola vorbei, einem resolutem Rotschopf, der den Einzelsitz hinter der Fahrerkabine eingenommen hatte. Ihre Heimat war Freiburg, wo sie an der Universität arbeitete. Also stammte sie auch aus der Landschaft, wo die berühmte Kirschtorte produziert wurde. Zusammen mit Änne und Brigitte und mir bildeten wir eine Art Quartett und waren häufig zusammen, so beim Abendessen oder bei Besichtigungstouren.

Hinter Khorixas hielten wir kurz an, um die weltberühmte Pflanze „Welwitschia mirabilis" zu besichtigen, die es nur in Namibia gibt. Hübsch sah sie nicht aus. Ihre dumpfgrünen lederartigen Streifenblätter krochen ungeordnet über den Boden und auch ihre Blüten machten nicht viel her. Die Pflanze übte Geschlechtertrennung; männliche und weibliche Pflanzen standen weit auseinander. Der Clou aber war ihre Langlebigkeit: die Pflanzen konnten bis zu zweitausend Jahren alt werden! Das liegt bestimmt daran, dass die Geschlechter nicht so dicht zusammenhocken, dachte ich mir.

Unsere Fahrt führte uns jetzt zu den Ugab-Terrassen, einer Erosionslandschaft, durch Flüsse und Wind geformt. Wir besichtigten den „Vingerklip", eine Felsnadel aus Sandstein, die auf einem kegelförmigen Schutthügel stand. Ursprünglich vermuteten wir: Vingerklip, Fingerklick, also eine kurzfristige Besichtigung mit Foto. Doch dazu musste man den Hügel erklimmen und das gestaltete sich als äußerst mühsam, nicht wegen der Steigung, sondern wegen der enormen Hitze. Oben angekommen schaute man auf eine grandiose Landschaft mit Tafelbergen und Felsnadeln, alles mit Büschen sprenkelartig bewachsen. Eine solche Landschaft hätte man eher im amerikanischen Südwesten vermutet. Der Vingerklip machte einen etwas wackeligen Eindruck, weil seine Basis bereits weit unterwühlt war. Irgendwann würde er wohl umfallen, und das nicht in allzu ferner Zeit, vermuteten wir.

Als wir zur Damara Mopane Lodge, unserer nächsten Station, weiterfuhren, liefen ab und an Paviane über die Straße; wir schafften es aber nicht, unseren Busfahrer zum Halten zu bewegen.

Die Damara Mopane Lodge lag auf einem weitläufigen Gelände und hatte ein großes Schwimmbad. Nach diesem heißen Tag genossen wir es fast alle. Mein Bungalow, der schlicht eingerichtet war, besaß einen kleinen Vorgarten mit Tor, in dem man Gemüse angebaut hatte. Das Abendessen fand draußen statt. Wir saßen an langen Tischen und erfreuten uns an Kudukeule mit Champignons zu brauner Sauce oder Springbockragout à la Stroganoff. Ein Amarulaballett trat diesmal nicht auf. Auf dem Büffettisch lag eine seltsame Frucht, die wir nicht kannten. Sie war rundlich und gelblich und von allen Seiten mit dicken Hautstacheln umgeben. Wenn man sie aufschnitt, konnte man im Inneren ein Konglomerat grünlicher geleeumpfangener Kerne erblicken, die etwas gurkenartig schmeckten. Dadurch erinnerte sie an einen Granatapfel, von dem man auch nie weiß, wie man ihn essen soll. Ich taufte sie „Austernfrucht", wegen ihres glibberigen Inhaltes.

Am nächsten Tag ging es weiter, zu den berühmten, fast sechstausend Jahre alten Felsmalereien und -ritzungen von Twyfelfontein. Man konnte sie nur sehen, wenn man einen mindestens einstündigen Fußmarsch in Angriff nahm. Und der hatte es in sich.

Zu einem großen Teil ging es über aufgehäufte Steine, wahre Knie- und Fußgelenk-Fallen. Einige aus unserer Gruppe gingen deshalb nicht mit.

Doch es lohnte sich. Die Felszeichnungen bildeten viele Tiere Namibias ab, Preis der Kletterei. Eine Ratte lief zwischen den Steinen umher, wurde von Fotoapparaten und Videokameras verfolgt. Manche gaben sich mehr Mühe, die Ratte aufzunehmen als die Felszeichnungen.

Weiter ging es in Richtung Swakopmund. Der Bewuchs nahm zum Meer hin ab; als wir die Stadt erreichten, hatte die Landschaft sich zur Wüste gewandelt. Gelbe Dünen erstreckten sich bis zum Horizont.

„Die Straße, auf der wir fahren, besteht aus Lehm und Salz, das ist unglaublich, Familie!", rief Eben. Ich fragte ihn, was passiere, wenn es regne.

„Dann wird sie auf der Oberfläche seifig, man braucht das Mehrfache der Zeit, wenn man fährt, Wahnsinn!"

Swakopmund kam in Sicht. Die Innenstadt, sauber und gepflegt, zeigte noch viele Bauten im deutschen Kolonialstil, so wie es in den Reiseführern stand. Auch die Neubauten hatte man diesem Stil angepasst. Die Jahreszahlen der Erbauung der alten Häuser konnte man auf den Giebeln sehen. Auch viele deutsche Namen auf den Gebäuden fielen auf. Beim Aussteigen begrüßte uns ein freundlicher Lufthauch, vorbei war es mit der Hitze im Landesinneren.

Das Hotel „Swakopmund", in dem wir übernachteten, sah aus wie ein Palast, außen und innen. Doch es handelte sich um einen umgebauten Bahnhof aus der deutschen Kolonialzeit.

Mir kam die Wut hoch, weil ich daran denken musste, dass die Stadtväter von Hildesheim, der Stadt, in der ich wohne, einen ebensolchen Bahnhof abgerissen und durch einen gesichtslosen

Bahnhof im Nachkriegsstil ersetzt hatten. So viel Dummheit traf man hier in Swakopmund nicht an. Auch die Zimmer des Hotels hatte man sehr ansprechend und großzügig ausgestattet. Ich freute mich darauf, hier zwei Tage zu verbringen.

Es wurde Zeit für das Abendessen. Wir, das heißt Brigitte, Änne, Carola und ich gingen zum Strand in Richtung Leuchtturm. Das „Lighthouse Restaurant" machte einen freundlichen Eindruck; wir traten ein.

Innen saßen wir in einer rundum verglasten Veranda mit einfachen Stühlen und Tischen in blau und weiß und fühlten uns wie in einem Strand- und Fischrestaurant in England oder Kalifornien. Es war sehr voll, lautes Stimmengewirr, in dem man sich kaum unterhalten konnte. Wir schlemmten hemmungslos: Austern Lobster, Baked Potatoes mit Sauce Tartar und kühler Weißwein. Die Teller quollen über. Was soll das schlechte Leben?

Am nächsten Tag konnten wir etwas länger in den gemütlichen Betten ausschlafen und starteten mit dem Bus zu dem Ort Walvis Bay, der dreißig Kilometer südlich von Swakopmund liegt. Es ging vorbei an Ferienhaussiedlungen am Strand. In ein paar Jahren würde hier wohl alles voll und bebaut sein, dachte ich.

Optisch hatte Walvis Bay nichts Besonderes zu bieten, besaß aber den einzigen großen Hafen Namibias. Unser Bus fuhr zum Yachthafen. Wir gingen entlang einer kleinen Strandstraße mit Kneipen, Restaurants und Läden, puppig und gemütlich. Die Bootsbesitzer saßen auf den Veranden und tranken Kaffee; Meeresfeeling stellte sich ein.

Wir bestiegen ein Boot, das uns zu der Landspitze „Pelican Point" der gegenüberliegenden Halbinsel bringen sollte. Rudi begrüßte uns, der Kapitän, offensichtlich war er deutscher Namibier oder namibischer Deutscher.

„Ich heiße Rudi, Rudi Rallala, Rudi Ratlos, Rudi Völler."

Während der Ausfahrt aus dem Hafen öffnete Rudi eine Klappe am Heck und eine Robbe kam platschend hinein, machte sich auf der mittleren Sitzbank breit und sah Rudi erwartungsvoll an. Die Jungs und Mädels waren begeistert. Die Robbe sah niedlich aus; große, dunkle Augen, ein Schnauzbart und kluge, spitze Öhrchen. Wir durften sie streicheln, während Rudi sie mit Fischen fütterte. Das Fell war zwar nass, fühlte sich aber angenehm und weich an. Nach einer Weile entließ Rudi die Robbe ins Meer und gab Vollgas zum Pelican Point. Wir erreichten die Landspitze. Auf einem Streifen gelben Wüstensandes standen reihenweise Flamingos und tauchten ihre Schnäbel in das Wasser. Ab und zu konnte man auch einen Schabrackenschakal sehen, der ganz ruhig auf seinen Keulen saß. Weiter zu Lands End hin hörte man schon die heiseren Rufe Hunderter von Robben. Als wir die Kolonie erreichten, war ich beeindruckt. Soviel Robben an einem Platz hatte ich noch nie gesehen. Rudi erklärte uns, dass es in Namibia Hunderttausende von Kaprobben gäbe.

Die Bullen und Weibchen lagen am Strand, während die Kleinen und Mittelalten im Wasser spielten, manche direkt vor unserem Boot. Sie tauchten ab, streckten die Flossen in die Höhe, tauchten wieder auf und sprangen über das Wasser, sodass sich kleine Strudel bildeten. Manchmal streckten sie nur ihre kleinen Köpfe über das Wasser und blickten zu uns hin. Wir beobachteten eine ganze Weile das Schauspiel. Hinter einem schwarzweiß geringelten Leuchtturm drehte Rudi ab und fuhr an der Küste lang, in der Hoffnung, Delphine zu sichten, was sich aber nicht erfüllte.

Es flatterte plötzlich in der Luft, und drei Pelikane setzten sich auf unser Boot und wurden von Rudi mit Fischen gefüttert, ja klar. So hatten wir die Gelegenheit, sie uns aus der Nähe anzuschauen und zu fotografieren. Langsam wurde es Zeit für den Lunch. Rudi stellte eine Reihe von Platten mit Schnittchen und Austern auf die mittlere Sitzbank und machte sich daran, mehrere Flaschen mit kaltem Champagner zu entkorken. Es war köstlich. Meerluft, Austern und Champagner, dazu alles in der Sonne, verschafften dem Bauch und den Sinnen ein entspannendes Wohlgefühl. Nach dem

Festmahl ging es zurück zur Anlegestelle. Aufgeregt empfing uns Eben.

„Schlechte Nachricht, Familie. Der Bus ist kaputt, Öl läuft aus dem Bus!"

„Was machen?"

„Hier warten. In einer Stunde komme ich, das passt schon." Nach einer Stunde kam dann doch der Bus. Offensichtlich hatte man ihn provisorisch repariert, na viel Vergnügen morgen in der Wüste.

Wir fuhren zurück nach Swakopmund. Unser Guide hatte sich bei der Abfahrt beim Durchzählen verzählt, zwei fehlten, passte nicht so richtig. Das waren Frauke und Manfred. Sie mussten mit dem Taxi fahren und kamen eine halbe Stunde später als wir an. Eben erwartete sie reumütig in der Hotelhalle.

Wir hatten nun einen halben Tag für uns, um in Swakopmund herumzustreifen. Am nächsten Morgen würden wir ausschlafen können, herrlich!

Wir würden diesmal erst um elf Uhr starten und konnten in aller Ruhe frühstücken. Das Hotelfrühstück in seiner Üppigkeit hatte zusätzlich noch eine besondere Spezialität zu bieten: frische Austern! Ich ging nach dem üblichen Spiegelei mit Speck zu den Austern über und verdrückte ein paar mit einem Spritzer Zitrone und gebuttertem Graubrot. Den dazu offerierten Pfeffer und die Tabascosauce verschmähte ich, das ist für eine gute Auster eine Beleidigung.

Der kranke Bus hielt, wir stiegen ein. Es ging zuerst auf eine Straße neben einer Eisenbahnlinie in Richtung Walvis Bay, dann wendeten wir uns nach Osten und fuhren direkt in die Namib hinein. Die Dünenzone hörte nach zehn Kilometern auf und die Namib präsentierte sich als eine ebene Steppe mit ganz spärlichem Bewuchs; lediglich weit verstreute Büsche lockerten das öde Bild auf. Doch Namibia ist abwechslungsreich. Am Horizont erschienen Berge, eine Vorhut des Windhoeker Berglandes.

Die Namib ist eine Kuriosität, eine Streifenwüste. Nur ein etwa zweihundert Kilometer breiter Streifen östlich der Küste ist wirklich Wüste, dafür erstreckt er sich von Angola bis zur Südafrikanischen Republik. In der Mitte liegt Namibia. Langsam verließen wir sie und erreichten den Naukluft Park, ein Naturschutzgebiet, das sich an die Namib anschließt. Überall tauchten jetzt neue Berge auf und die Vegetation nahm zu. Eben informierte uns.

„Das Naukluftgebiet wurde deswegen Naturschutzgebiet, weil hier die seltenen Bergzebras leben, die fast ausgestorben sind. Das Land gehört Farmern, viele Farmen sind Jagdfarmen, auf denen europäische Gäste Antilopen bejagen. Auch ein paar Leoparden und Geparden gibt es hier."

Wir hielten Ausschau und konnten manchmal Strauße, Springböcke und Kudus ausmachen, leider meist in weiter Entfernung. Einmal rannte ein Strauß vor uns über die Straße. Als wir hundert Meter vor uns Paviane sahen und der Bus hielt, reckten sie die Schwänze in die Höhe und flüchteten. Ich hatte gehört, dass die einheimischen Farmer die Paviane hassen und jeden erschießen, der ihnen in den Weg kommt. Kein Wunder, dass sie Angst vor uns hatten.

Die Straße wand sich in Kehren den Kuiseb- und den Gaub-Canyon hinauf und hinunter. Manchmal gab sie den Blick auf das Flussbett frei; wir konnten kleine mit Akazien und Buschwerk bewachsene Feuchtflächen erkennen. Später fuhren wir an einer Höhle vorbei, in der zwei deutsche Wissenschaftler während des zweiten Weltkrieges aus Angst vor Internierung gewohnt hatten.

Hinter den Canyons wurde das Land fruchtbarer. Gelbes Gras und viele grüne Bodenpflanzen schienen die Antilopen und Zebras geradezu zum Äsen aufzufordern. Wir konnten wirklich auch Bergzebras mit ihren Ringelsocken in mittlerer Entfernung ausmachen, doch Tobias, unser Busfahrer, preschte gnadenlos an ihnen vorbei, sodass wir keine Möglichkeit hatten, sie mit dem Fernglas zu beobachten.

Kurz vor Solitaire wurde es dramatisch. Ein paar Rauchsäulen zeigten Feuer an. Eben sagte:

„Da müssen Blitze eingeschlagen sein, die Steppe brennt dann. Ich werde das in Solitaire melden."

Und tatsächlich, wir konnten mehrere kleine Feuer ein paar hundert Meter neben der Straße ausmachen.

Der Ort Solitaire bestand aus Tankstelle, Supermarkt, Bäckerei und fünf Häusern. Mitten im Ort lag der Eingang zur „Solitaire Country Lodge", unserer Schlafstelle für zwei Tage. Die Zimmer waren einfach, ohne Klimaanlage, als Reihenbungalows viereckig um einen mit grünem Wasser gefüllten Swimmingpool angeordnet. Eine Bar gab es nicht. Eben beschwichtigte uns: „Nur Zimmer mit Propeller, ganz einfach, aber schön."

Ich dachte an Swakopmund. Recht hatte er. Es muss nicht immer Luxus sein.

Am Abend konnten wir zu unserer Verblüffung ein Gewitter erleben. Der Regen hielt sich in Grenzen, doch die Blitze knallten pausenlos. Zum ersten Mal in Namibia mussten wir im Regen zu unserem Restaurant laufen. Doch die Oryx-Steaks hatte man auf den Punkt gebraten und auch das Kudu-Geschnetzelte schmeckte uns.

Das Wildfleisch in Namibia schmeckt nicht wie europäisches Wildfleisch. Es erinnert eher an Rind, ist aber wesentlich zarter.

Eben verkündete:

„Morgen ist frühes Aufstehen, Wecken um fünf, losfahren um sechs. Wir müssen vor Mittag in Sossusvlei sein, sonst wird es zu heiß!"

Also in aller Herrgottsfrühe aufstehen, schnell einen Kaffee hinunterstürzen und sich in den Bus zwängen. Die Lunchpakete verteilte Eben bei Fahrtbeginn; schmale Kost: kaltes Würstchen,

70

Nussecke, Getreideriegel, Saftpackung und zwei der obligatorischen Allerweltssandwichs mit gepresstem Kochschinken und bleichem Schnittkäse.

Hinter Solitaire kamen wir durch eine Steppenlandschaft mit gelbem Gras und verstreuten Büschen und Kameldornbäumen. Direkt aus der Ebene ragten steile Berge, felsig und ohne Bewuchs. Ab und zu sah man Springböcke und Oryxantilopen am Straßenrand. Nach einer Stunde bogen wir nach links ab, zum Naukluft-Namib-Park.

Namibia hat früh begriffen, dass ein Teil seines Reichtums die noch intakte Natur ist und auch die Konsequenzen daraus gezogen. Deswegen gibt es die vielen Naturparks.

Am Stützpunkt Sesriem fuhren wir ein, Richtung Sossusvlei. Die Gegend wandelte sich. Am Horizont erschienenen hohe Dünenberge, die je nach Sonneneinstrahlung ein ockerfarbenes oder rötliches Aussehen zeigten. Am steppenartigen Charakter der Ebene änderte sich nichts. Doch hier schien Straußenland zu sein. Fast alle paar hundert Meter sah ich Strauße, einzeln oder in Gruppen. Während der ganzen Fahrt mögen es hunderte gewesen sein. Wieder der gleiche Frust. Busfahrer Tobias raste die Schotterpiste entlang, ohne anzuhalten; keine Möglichkeit, die Tiere mit dem Fernglas zu beobachten, weil die Erschütterungen es unmöglich machten, das Glas ruhig zu halten. Die so genannte Düne 45 lag nah an der Straße und bot sich zum Erkunden an. Wir hielten auf einem Parkplatz. Zeit auch für Gemütlichkeit. Doch die Räume der Harmonie entpuppten sich als zwei enge Holzverschläge mit verkackten Plumpsklos.

Eine hohe Wüstendüne zu besteigen, ist kein Vergnügen. Das Hin- und Hergerutsche auf dem Sand kostet die dreifache Kraft, als wenn man einen harten Weg nehmen würde. Brigitte, Änne und ich kehrten auf dem halben Weg um; es breitete sich die Einsicht aus: Wohlbefinden geht vor Ehrgeiz. Den grandiosen Blick auf die Dünen am Rand der Steppe konnten wir trotzdem genießen.

Es ging jetzt immer tiefer in die Namib hinein. Die Steppe verschwand und machte trockenen Flusstälern Platz. Am Endpunkt der Straße stiegen wir in Geländewagen um, die uns nach Sossusvlei brachten. Sossusvlei ist eine trockene Geländemulde, eine „Pfanne", die selten mit Wasser gefüllt ist, aber durch den Bewuchs mit Bäumen und Büschen einen Hinweis auf Feuchtigkeit gibt. Auch die Tiere merken das und halten sich hier auf. So konnten wir Springböcke und Oryxantilopen beobachten, die meistens unter Kameldornbäumen standen.

Irgendwann war auch für die Geländewagen Schluss. Wir gingen zu Fuß weiter hinauf, zum „Deadvlei", einer weißen, mit einer Salz-Lehmmischung gefüllten Geländepfanne. Hier schien das Leben aufzuhören. Verdorrte Bäume reckten ihre Äste in den Himmel.

Hinter dem Deadvlei gab es nur noch Sand. Irgendwo im Westen würden die Dünen aufhören und dem Meer Platz machen.

Auf der Rückfahrt zeigte uns Eben noch den Sesriem-Canyon, eine Schlucht, die die Ebene unvermittelt durchschnitt. Nur 35 Meter tief, unspektakulär, „aber schöön!".

Nach zwei Stunden kamen wir wieder zur Lodge. Unsere Münder und Kehlen waren trocken.

Schnell ein Bier hinunterstürzen und dann ab ins Schwimmbad.

Der Rest des Tages gehörte den Geparden. Neben der Lodge lag eine Jagdfarm, deren Besitzer sich zur Teilnahme an einem Projekt zur Wiedereingliederung der vom Aussterben bedrohten Geparden verpflichtet hatten. Zu diesem Zweck hielten sie gerade sechs Geparden auf dem Gelände, alle mit einem Halsband mit Sender ausgestattet. Wir hatten bei ihnen eine „Cheetah-Tour" gebucht, während dieser unsere Guides mit Geländewagen durch die Farm fuhren und versuchten, mittels eines Empfängers die Katzen aufzusuchen. Matt, unser Guide, ließ uns einsteigen, hielt die Antenne hoch und stellte den Empfänger ein. Es rauschte mächtig, doch manchmal hörte man ein leises „Biep". Matt fuhr eine Viertelstunde kreuz und quer, leider kein Ergebnis, die Miezen hielten sich zugeknöpft. Plötzlich wurde Matt aufgeregt.

„Ein Gepard ist jetzt nah, seid leise."

Ein paar Mal fuhr er noch hin und zurück, dann stieg er aus und deutete auf einen Busch. Und tatsächlich, unter dem Busch lag ein solches Tier und döste vor sich hin.

Es sah sehr hübsch aus, mit seiner einem Leoparden ähnlichen Zeichnung, seinem schlanken Körper und seinem bunten Kopf. Matt informierte uns:

„Das ist Spartacus." Spartacus hob den Kopf und schaute uns missmutig an. Klar, wenn ich Spartacus hieße, hätte ich auch schlechte Laune, besonders, wenn ich ein Sklavenhalsband tragen müsste wie diese Katze.

„Spartacus bleibt ganz bei uns, wir können ihn nicht in die Freiheit entlassen. Das haben wir schon einmal versucht, da hat er sofort die Kälber bei den Rinderzüchtern platt gemacht. Wenn er das wiederholt hätte, wäre es aus mit ihm gewesen. Wir haben ihn wieder eingefangen." Spartacus hob den Kopf und knurrte, legte sich aber sofort wieder hin. Wir stiegen aus und näherten uns ihm bis auf fünf Meter. Spartacus missachtete uns und ließ teilnahmslos das Filmen und Fotografieren über sich ergehen. Wir stiegen wieder ein.

Kurz darauf hielt der Wagen wieder an. Wir sahen zwei Geparden, einen großen und einen kleinen. „Das sind Mutter und Tochter", sagte Matt. Die beiden schienen lebhafter zu sein als Spartacus, umkreisten unseren Wagen und blickten uns neugierig an. Mama ging später zu einer Tränke neben einem Busch und trank sich satt. Weit vorn sahen wir noch einen Gepard, Nummer fünf. Er kam durch das Gras auf uns zu, blieb aber auf Abstand.

„Der ist männlich und traut sich nicht zu den Weibern", erklärte uns Matt, „die sind nämlich gerade nicht paarungsbereit."

Mittlerweile ging die Sonne unter. Matt knackte ein Dutzend Flaschen „Tafelwasser" und gab sie uns. Zum „Tafelwasser" ist einiges zu sagen. Das namibische „Tafelwasser" ist vermutlich das einzige Wasser der Welt, von dem man besoffen werden kann. Es ist nämlich kein Trinkwasser, sondern Bier von der Brauerei Tafel aus Namibia.

Ein weiterer Gepard, auch männlich, strich hundert Meter von uns entfernt durch das Gras. Als er den Zaun der Farm erreichte, blickte er traurig auf das Gelände der Nachbarfarm, wo sich gerade eine Schar Springböcke aufhielt. Bestimmt hätte er sie gerne gejagt.

Es stellte sich jetzt eine wunderbare Stimmung ein. Eine laue, wohlriechende Abendluft strich mit einem leichten Wind um unsere Körper. Vom Atlantik her beleuchtete ein orangefarbenes Licht die Landschaft mit den bunten Köpfen der Geparde, die aus dem gelben Gras ragten. Es war sehr still. Ich entspannte mich und hing meinen Gedanken nach.

Man kann die vielen Deutschen verstehen, denen Namibia zur Heimat geworden ist, dachte ich.

Kurze Zeit später fuhren wir zurück und freuten uns auf die Zebrasteaks, die es an diesem Abend in der Lodge geben würde.

Wieder frühes Aufstehen am nächsten Tag. Vor uns lagen 530 km Reisestrecke auf Schotterstraßen.

Es ging fast die ganze Zeit durch typisches Namibia; gelbe Grassavanne mit verstreuten Bäumen und Büschen, rings herum steile, felsige Berge ohne Bewuchs. Wir sahen viele wilde Tiere, besonders Springböcke, manchmal Herden von mehr als fünfzig Exemplaren. Außerdem Oryxantilopen, Kudus und Steinböckchen. Auch Hühnervögel: Perlhühner, kleinere Trappen, Habichte und den großen Sekretär. Manchmal wiesen Straßen und Tore darauf hin, dass im Hinterland auch Menschen ihrer Tätigkeit nachgingen, als Farmer oder Betreiber von Jagdfarmen oder Lodges.

Der eigentliche Reiz dieser Fahrt lag jedoch nicht an Details, sondern in der Einwirkung des Gesamten, dieser großartigen Landschaft, die Namibia uns zeigte. Es entwickelte sich jedenfalls bei mir – ein echtes Afrika-Feeling, eine Mischung, die Geruhsamkeit und Aufmerksamkeit gleichzeitig in sich barg, in einer Art entspannender Gelassenheit. Es ist schwer zu beschreiben. Irgendwann erreichten wir das Örtchen Aus. Aus bedeutet irgendetwas in der Sprache der Eingeborenen, ich habe vergessen, was. Aus passt aber auch auf Deutsch gut, denn hier hört die Bahnlinie nach Lüderitz auf, sie ist aus. Der Rest der Strecke wird gerade neu gebaut. Oft konnten wir auf der Weiterfahrt die Bahnarbeiter beobachten, welche neue Schienen verlegten. Sie wohnten an ihrer Arbeitsstätte, in kleinen kuppelförmigen Zelten.

In Aus stiegen wir aus und nahmen im Bahnhof Hotel – so wörtlich auf dem Schild zu lesen – unseren Lunch ein.

Hinter Aus spürte man wieder die Namib. Die Berge wichen Dünen und der Bewuchs der Ebenen verlor sich. Vor Lüderitz eine weitere Veränderung. Aus der Sandwüste wurde eine Steinwüste; Sandstein, dunkelgrauer Basalt und Granit warfen sich auf, scharfkantig und lebensfeindlich. Die Pflicht rief zum Besuch des Diaz-Points. Der berühmte portugiesische Seefahrer und Entdecker mag nicht sehr begeistert gewesen sein, als er hier als erster Europäer zu Land ging, konnte er doch die Schönheit des Hinterlandes nicht ahnen. Wir gingen über eine alte Holzbrücke auf einen Felsen mit dem Kreuz, das an den historischen Landgang erinnern sollte. Natürlich war es nicht das Kreuz, das Diaz aufgestellt hatte, sondern eines seiner vielen Nachfolger.

Eben hatte uns vorgewarnt. „Familie, am Diaz-Point ist es erbärmlich kalt. Ein Sturm weht euch Mützen und Sonnenbrillen weg. Ihr braucht warme Jacken und festes Schuhwerk."

Für mich als sturmgewohnter Norddeutscher erschien mir die Gegend mehr wie die Nordseeküste in einem lauen Sommer. Tiere waren wieder reichlich zu sehen; Kaprobben, Flamingos, Möwen und ein einsamer Pinguin. Ein seltsamer Gegensatz: drüben die lebensfeindliche Steinwüste, hier das lebensvolle Meer mit seinen vielen Fischen und Geschöpfen. Eigenartig auch: wie kann es ein Land geben, in dem gleichzeitig Löwen und Pinguine zuhause sind?

Lüderitz hatte man quasi in die Felsen hineingebaut. Der Ort besaß eine wechselvolle Geschichte, genauso sah er auch aus. Die Diamantenstadt zeigte zwar einige Altbauten aus der wilhelminischen Zeit, doch diese hatte man wenig gepflegt, manche sogar dem Verfall preisgegeben. Eben unterließ es auch nicht, uns die Vorstadt mit ihren Barackensiedlungen zu zeigen. Die „Innenstadt" konnte man vergessen. Gesichtslose Neubauten wechselten mit Verfall und Leerstand. Kein Vergleich mit dem gepflegten Swakopmund.

Unser Hotel, das "Nest Hotel", entpuppte sich als Mittelmaß, obwohl es das „Erste Haus" in Lüderitz ist. Doch die Lage ist fantastisch. Es liegt genau am Felsenstrand, nicht sehr weit vom Hafen entfernt.

Am nächsten Tag ging es weiter, zunächst zum Besuch der aufgelassenen Ortschaft Kolmanskop oder Kolmanskuppe, unweit von Lüderitz im Diamantensperrgebiet gelegen.

Kolmanskop war durch einen Zaun vom Sperrgebiet abgeriegelt und die Besucher, wir also auch, wurden von Überwachungskameras beobachtet, damit wir nicht etwa auf den Gedanken kämen, einen liegengebliebenen Diamanten vom Boden aufzunehmen – eine etwas absurde Vorstellung.

Der Ort war 1908 von Deutschen gegründet worden, die hier in der Nähe die ersten Diamanten gefunden hatten und diente zuerst der Aufbereitung des diamanthaltigen Wüstensandes und der Sortierung der Diamanten. Später zogen Diamantensucher mit ihren Familien und Arbeitern zu, sodass eine kleine Siedlung entstand. Auf dem Höhepunkt seiner Entwicklung wohnten fast zweitausend Personen hier, fast ausschließlich Deutsche, und der Reichtum durch die Diamanten verschaffte ihnen eine üppige Infrastruktur mit Stromversorgung, Eisfabrik, Schlachterei, Krankenhaus, Schule und einem Kasinogebäude mit Turnhalle, Festsaal und Kegelbahn. Alles, was man dazu benötigte, wurde aus Deutschland importiert.

Doch das Städtchen wandelte sich. Bereits der Erste Weltkrieg und der Einmarsch der südafrikanischen Truppen ließen das Ende der Siedlung befürchten. Die deutschen Einwohner konnten zunächst bleiben und auch die Schürfrechte blieben unangetastet. Später wurden sie an den Finanzmagnaten Ernst Oppenheimer verkauft, der mit ihnen zusammen eine Company gründete, die später in der Firma „de Beers" aufging, die noch heute den Diamantenabbau im südlichen Afrika kontrolliert. In den nächsten Jahrzehnten verlagerte sich der Abbau zum Süden hin, in das Gebiet von Oranjemund. Nach und nach verließen die Einwohner den Ort, bis er 1956 endgültig aufgegeben und der Wüste überlassen wurde.

Wir betraten einen Ort mit einer breiten Hauptstraße, jetzt Sandpiste, an der rechts und links die meisten Häuser angeordnet waren. Ein paar weitere Einzelhäuser im Villenstil der Jahrhundertwende standen verstreut am Hang, es entstanden Assoziationen zu der Villa aus Alfred Hitchcocks Film „Psycho" mit Anthony Perkins und Janet Leigh, denn trotz des hellen Sonneneinfalls strahlten sie in ihrer Verlassenheit eine unheimliche und düstere Atmosphäre aus.

Eine lebhafte ältere Dame führte uns einen Rundgang entlang. Wir betraten eines der Häuser und kamen in eine Wohnung mit einer Einrichtung im wilhelminischen Stil, gemütvolle Bürgerlichkeit ausstrahlend. In der Küche fiel ein Eisschrank auf, der einmal mit Stangeneis betrieben worden war. Alles sah so aus, als sei es vor gar nicht langer Zeit verlassen worden und könne ohne Probleme auch wieder bewohnt werden.

Gleich nebenan lag die Eisfabrik. Eine Riesenwanne mit rostigen Blechformen, in denen das Stangeneis erzeugt wurde, fiel ins Auge. Riesige Sicherungen mit Umschaltungen und anderen elektrischen Vorrichtungen zeigten an, dass man zur Herstellung von Stangeneis wohl eine Menge Strom benötigt hatte. Der Raum war fensterlos, denn man wollte die Kälte in ihm halten. Ein geschicktes System von Luft- und Wasserleitungen sorgte dafür, dass auch die nebenan liegende Schlachterei die Kühlung bekam, die sie für die Fleischverarbeitung benötigte.

Das Kasinogebäude des kleinen Ortes erschien mir üppig, nicht nur für die damalige Zeit. Im Festsaal mit Bühne und Galerie standen alte Turngeräte mit brüchigem Leder, denn manchmal wurde er auch als Turnhalle benutzt. Alte Fotos an den Wänden zeigten ihn als Ort von Theateraufführungen, gefüllt mit Menschen. Im Untergeschoss gab es eine Kegelbahn mit Bar. Die Kegel hatte man ordentlich aufgestellt, die Bahn wäre zur Nutzung bereit gewesen.

Unsere Führerin ließ uns jetzt im Ort umherstreifen und warnte uns gleichzeitig vor den Giftschlangen, die es hier geben sollte.

Nicht alle Häuser waren betretbar. Manche standen kurz vor dem Zusammenbruch, andere waren schon zur Hälfte mit Sand gefüllt, der durch die Fenster drang. Ich ging zum Krankenhaus, das am Ende der Hauptstraße lag. Von der ehemaligen Inneneinrichtung war nichts mehr zu sehen; offensichtlich hatte man sie ausgeräumt, denn die Räume waren leer – bis auf den Sand, der auch hier manchmal einen Teil der Räume füllte.

Das Krankenhaus war für den kleinen Ort groß. An die dreißig Räume reihten sich an einen langen Flur. Alles machte einen gespenstischen Eindruck, dachte man an das Leiden und den Tod, die einmal hier zuhause gewesen waren.

Wir verließen diesen Platz, an dem es den Leuten offensichtlich einmal sehr gut gegangen war und in den sie sich ein Stück gepflegter deutscher Bürgerlichkeit geholt hatten, tief in Afrika. Bald würde er vom Sand bedeckt sein.

Aufbruch danach zum Fish River Canyon, zunächst zurück durch die Namib. Auch hier, in der wasserärmsten Gegend Namibias waren Springböcke, Oryx-Antilopen und Strauße auszumachen. Sicher konnten diese Arten am besten Trockenheit vertragen. Namibia ist nun einmal ein sehr trockenes Land, und so erschien es mir plausibel, dass der Springbock auch die Antilopenart ist, die wir am meisten zu sehen bekamen. Die Oryx-Antilope, fast ebenso häufig, braucht von allen Antilopen das wenigste Wasser. Nicht zufällig ist sie auch das Wappentier Namibias.

Ein kurzer Abstecher kurz vor Aus führte uns zu einer Wasserstelle. Hier lebten Wildpferde. Wir sahen ganze Herden mit Fohlen und Jährlingen, die zusammen mit Oryx-Antilopen und Straußen aus dem Wasserloch tranken. Es handelte sich fast nur um Braune, wenige fuchsfarbene Stuten waren dabei.

Mit den Wildpferden hatte es eine besondere Bewandtnis. Sie stammten zum Teil ursprünglich aus dem Bestand des Offiziers der deutschen Schutztruppe Hansheinrich von Wolf, der in der Nähe des Örtchens Betta vor dem Ersten Weltkrieg eine große Farm besaß. Auf seiner Farm erbaute er 1908 ein Schloss im neuromanischen Stil, das Schloss Duwisib. Die finanziellen Mittel dafür stammten aus dem Vermögen seiner Ehefrau, einer amerikanischen Millionärstochter.

Wir hatten Betta auf dem Weg von Solitaire nach Lüderitz durchfahren und ich hatte Eben bekniet, einen Abstecher zum Schloss zu machen – leider vergeblich. Gern hätte ich mir ein wilhelminisches Schloss angesehen, das einsam mitten in der namibischen Savanne lag. Die Wolfs wohnten nur sechs Jahre in dem

Schloss, bis der Erste Weltkrieg begann. Von Wolf fiel an der Front; seine Frau kehrte nie wieder nach Namibia zurück. Ihre Pferde, ungefähr fünfzig an der Zahl, waren in dieser Zeit entlaufen, vermischten sich mit anderen während des Krieges entlaufenen Pferden und wurden allmählich zu Wildpferden. Erstaunlich, dass sie mit dem namibischen Klima klarkamen. So gibt es nun eine Herde von Wildpferden, die schon mehr als hundert Jahre existiert und mittlerweile unter Schutz steht. Sie ernähren sich völlig allein, ohne Zufütterung, nur für das Wasser wird gesorgt.

Hinter Aus öffnete sich der Himmel. Die Sonne beschien die großartige namibische Savanne in ihrer ganzen Weite. Nach Osten zu gingen die Berge zurück. Große Ebenen entstanden, vor denen sich plötzlich das Karasgebirge wie eine Wand aufbaute. Wir sahen Bergzebras und schafften es tatsächlich, Eben und Tobias zum Halten zu bewegen, um die Zebras mit dem Fernglas zu betrachten. Den Motor stellte unser Fahrer trotzdem nicht aus.

Er war ein guter Fahrer, umsichtig und nett, aber dafür, dass wir gerne zwischendurch mal einen Halt gemacht hätten, um Wild zu betrachten, hatte er absolut kein Gefühl.

Bei Seeheim, einem Fleck in der Einöde mit Hotel und Bar, war Harmoniepause angesagt. Neben der Straße verlief eine Eisenbahnlinie, die in die Südafrikanische Republik führte. Wir hörten Geräusche. Knatternd und langsam fuhr ein Güterzug mit Diesellok an uns vorbei. Am Hotel wurden Tiere gehalten, ein Oryxbock, Hühner, Enten und Hunde.

Doch meine Mitreisenden hatten nur Augen und Ohren für einen redefaulen Graupapagei, der auf der Brüstung des Restaurants umherspazierte. Die Klicks nahmen kein Ende.

In der Savanne tauchten allmählich Köcherbäume auf, eine Aloeart, die bis zu sieben Meter hoch wird. Es war nun nicht mehr weit bis zur Canyon Village Lodge, unserer Unterkunft für die nächsten zwei Tage.

Als wir in die Lodge einfuhren, waren wir angenehm überrascht. Hauptgebäude und Bungalows bestanden aus dem ockerfarbenen Stein der Gegend und wurden von Strohdächern bedeckt; alles war optimal in die Natur integriert, nichts sah künstlich aus. Für die einfache Inneneinrichtung der Gästezimmer hatte man natürliche Materialien verwendet. Die weißgekalkten Innenwände wiesen eine hübsche Bemalung mit Fresken auf, die von der Geschichte Namibias erzählten.

Das Abendessen nahmen wir im Freien ein. Nach dem Hauptgang zündete ich mir einen Zigarillo an. Plötzlich machte mich einer meiner Mitreisenden derb an. Wie könne ich mich erdreisten, in Gesellschaft zu rauchen, ohne vorher zu fragen, zickte er. Verblüfft drückte ich meinen Zigarillo aus.

Ich bin kein Gewohnheitsraucher. Nur manchmal abends, nach dem Essen und in Gesellschaft rauche ich, aus reiner Lust und natürlich im Freien. Noch nie in meinem Leben hatte ich erlebt, dass mich jemand wegen Rauchens im Freien angemacht hatte.

Als ich zurück in mein Zimmer ging, fragte ich ihn, ob ich denn wenigstens vor meiner eigenen Hütte rauchen könne. Er nahm die Frage tatsächlich ernst, das fand ich sehr lustig. Was es nicht alles gibt. Bestimmt war er ein Lehrer oder Jurist. Das sollte stimmen, wie ich später erfuhr.

Der Fish River Canyon lag nicht sehr weit von der Lodge entfernt. Nach dem Frühstück – ich hatte mich an die köstliche Wildsalami gehalten, die es in jeder Lodge gab – steuerten wir ihn an. Wieder wechselte die Landschaft. Der Bewuchs nahm kontinuierlich ab; Savanne wandelte sich allmählich zur Steinwüste. Doch die schien immer noch den Bergzebras zu reichen, die wir ab und an jenseits der Straße ausmachten, meistens weit entfernt.

Immer wieder war ich über die wechselhafte Landschaft Namibias überrascht. Ich wusste vorher, dass Namibia ein trockenes Land ist. Doch eine solche landschaftliche Vielfalt in jeder Hinsicht hätte ich so nicht erwartet.

Unvermittelt tat sich der Canyon als riesenhafte Spalte in der Landschaft auf. Wir hielten an einem Aussichtspunkt und stiegen aus. Das Tal des Canyons, trocken und steinig, füllte das gesamte Panorama. Stufenartig fiel es ab und bildete Tableaus, Nischen und Vorsprünge, die teils im Schatten lagen und teils das Sonnenlicht zurückwarfen. Nach unten hin verjüngte sich der Canyon, bis er in einem schmalen Flussbett endete. Der Fish River führte kein fließendes Wasser, doch manchmal waren kleine grünliche Pfützen und Tümpel zurückgeblieben.

Ich sagte zu Eben:

„Bei der massiven Trockenheit in dieser Gegend müsste das Flussbett doch jede Menge Tiere anziehen."

„Tut es auch", sagte Eben. „Unten leben mehrere Antilopenarten, Paviane und Bergzebras. Sogar Leoparden gibt es da."

Wir gingen eine Weile am Rand des Canyons entlang. Nicht weit von uns im Süden lag die Grenze zur Republik Südafrika. Nach zwei Stunden stiegen wir in den Bus und fuhren zur Lodge zurück.

Direkt vor der Lodge erwartete uns noch eine Rarität: Klippspringer, eine kleine Gazellenart, die besonders auf das Klettern in Felsen angepasst ist. Der Nachmittag gehörte dem Relaxen in der Sonne und der Abkühlung im Pool – endlich einmal!

Auf der Weiterfahrt am nächsten Tag kehrten wir in eine Kuriosität ein: das „Canyon Roadhouse", eine Lodge der besonderen Art. Das große Hauptgebäude war vieles in allem. Zunächst Hauptrestaurant, besaß es zusätzlich eine Bar und einen Shop und eine Autowerkstatt, in einem einzigen weitläufigen Raum angeordnet. Was ins Auge fiel, war die Inneneinrichtung. Überall standen Oldtimer jeder Art herum; Privatlimousinen, Krankenwagen und andere Funktionsfahrzeuge. Sogar eine verrostete Dampfmaschine war dabei. Die Fahrzeuge hatte man so angeordnet und installiert, dass sie Teile der Sitzgruppen wurden. Die Idee dazu stammte sicher aus den USA und ließ den Stil der vielen Hardrock Cafés anklingen, die es in fast jeder Großstadt gibt. Aber es war schon merkwürdig, ein solches Unikum mitten in der namibischen Wildnis anzutreffen.

In der Nähe von Keetmannshoop war die Besichtigung des berühmten Köcherbaumwaldes vorgesehen. Wald ist nicht der richtige Ausdruck für diese Pflanzenansammlung, denn die Köcherbäume, welche sowieso nur lichtes Blattwerk besitzen, ordneten sich nicht zu dem Schattenspender, wie wir ihn als „Wald" bezeichnen. Eher handelte es sich um einen Hain. Doch mir gefiel er trotzdem. Innerhalb einer leicht hügeligen Landschaft wechselten sich die Köcherbäume mit teils hohen Steinhaufen und –türmen ab. Trotz des klirrenden Sonnenlichtes strahlte die Landschaft eine Art malerische Geruhsamkeit aus. Vorsicht war vor den hier lebenden Giftschlangen angesagt. Einige von uns konnten ein Exemplar beobachten.

Unsere letzte Station im namibischen Hinterland war die „Kalahari Anib Lodge". Eine junge weiße Frau, die sich als „Wiebke" vorstellte, begrüßte uns in akzentfreiem Deutsch und wies uns die Zimmer zu.

Die Lodge war von der Art, in der man gern noch ein paar Tage hätte bleiben mögen. Gepflegte Bungalows reihten sich um eine parkartige Anlage mit vielen schattenspendenden Pflanzen. In der Mitte lud ein großer Pool zum Schwimmen und Relaxen ein.

Doch dazu hatten wir keine Zeit, denn bereits knapp zwei Stunden später sollte unsere Geländewagensafari in die Kalahari beginnen.

Die im Osten liegende Kalahari lässt sich nicht mit der Wüste Namib vergleichen. Die Kalahari ist zum einen wesentlich größer als die Namib, die Namibia fast allein gehört, während sich die Kalahari über mehrere afrikanischen Staaten erstreckt. Zum anderen fehlt ihr die Lebensfeindlichkeit der Namib; es gibt guten Bewuchs und auch Wasser, wenn auch nicht viel, jedenfalls in dem Teil, den wir sahen.

Wir ahnten noch nicht, welche Highlights an diesem letzten Ausflugstag auf uns zukommen würden.

Zunächst hielt unser Guide vor einem Baum mit großen Webernesten an. Er erklärte uns, dass sich häufig eine gelbe Kapkobra in den Nestern aufhalte. Wenn sie sich mit Vogeljungen und Eiern vollgefressen habe, ließe sie sich bei Störungen einfach fallen. Auf diese Weise sei es schon oft passiert, dass sie jemanden gebissen habe, der darunter stand, manchmal mit tödlichen Folgen.

Wir fuhren nun durch eine Landschaft, die mehr einer Savanne als einer Wüste glich. In der Ferne waren Dünen aus rotem Sand zu erkennen, wellig angeordnet und mit gutem Bewuchs ausgestattet.

Der Tierreichtum war enorm. Nicht nur die Springböcke, Oryxantilopen und Strauße, die wir überall angetroffen hatten, kreuzten unseren Weg. Auch andere Antilopen, Gnus, Kuhantilopen und die von uns selten entdeckte Elenantilope sahen wir. Die Gnus schienen uns hier wie auch im Etosha-Park immer etwas scheu; man kam nicht sehr dicht an die Herden heran.

Die Elenantilope ist die größte Antilope und erinnert in der Figur an einen Elch. Wir trafen nur ein einzelnes Exemplar an, das uns genau gesehen hatte und langsam fortzog.

Als wir die Dünen erreichten, gab es eine Berg- und Talfahrt im roten Sand mit den Geländewagen. Auf einer der Dünen stiegen wir aus und schauten uns ein aufgegebenes Straußennest an. Elf Eier lagen darin.

Einer unserer Guides erklärte uns, dass die kleineren Eier von jüngeren und die größeren Eier von älteren Hennen stammten. Tagsüber verteidigen die weiblichen Strauße und nachts die männlichen Strauße das Nest mit Schnabel und Klauen. Uns konnte nichts passieren, weil das Nest aufgegeben war.

84

Wir erreichten eine leicht feuchte Senke. Hier stand ein Windrad in der Nähe einer künstlichen Wasserstelle und zeigte das Wirken des Menschen an.

Wir erinnerten uns an den Etosha-Park. Der gute Bewuchs mit gelbem Steppengras und die gut zugänglichen Wasserstellen waren es wohl auch hier, die den Tierreichtum erzeugten. In dieser Gegend kam noch hinzu, dass die großen Raubtiere fehlten, denn nach Auskunft unseres Guides zogen sie nur durch und kamen deswegen in dem Gebiet lediglich sporadisch vor. Auch die Jagd war verboten.

Ich dachte mir mein Teil. Unter solchen Umständen musste sich das Wild maßlos vermehren. Unweigerlich würde es irgendwann zu Krankheiten kommen, denn die hohe Wilddichte würde die Ansteckung beflügeln.

Humaner wäre es auf jeden Fall, ab und an einen Teil der Tiere zum Abschuss freizugeben. Doch dann würden sie scheuer werden, und das wiederum bekäme dem Tourismus nicht gut. Eine Patentlösung gibt es wohl nicht.

Hinter der Senke tauchten Herden von Steppenzebras auf. Wir kamen ganz dicht an die Tiere heran und konnten viele Aufnahmen machen, leider im Gegenlicht.

Die Sonne senkte sich. Auf einer Düne deckten die Guides den Tisch mit Wein, Bier, Longdrinks und anderen Getränken zum Sundowner. Wir langten kräftig zu. Zwei der Guides zündeten sich eine Zigarette an, ganz in der Nähe von dem Nikotinforscher. Eigenartigerweise hielt er diesmal seinen Schnabel. Wahrscheinlich hatte er seine Nikotinuhr abgestellt, sodass deren Zeigerausschlag ihn nicht zum Einsatz nötigte.

Leicht angeschickert machten wir uns auf den Heimweg. In der Dämmerung kreuzten mehrfach eine Art Hase und einmal ein marderähnliches Tier unseren Weg.

In der Tierwelt Namibias gibt es viel mehr Arten von kleinen Säugetieren als von Großen. Doch diese Tiere sind im Bewuchs schlecht auszumachen und zudem häufig nur nacht- oder dämmerungsaktiv. Die Touristen sehen sie nicht.

Es war bereits acht Uhr am Abend, Zeit zum Abendessen. Es wurde ausnahmsweise einmal vollständig von Angestellten der Lodge am Tisch serviert und schmeckte, wie immer, vorzüglich.

Der letzte Reisetag brach an. Ursprünglich sollten wir schon an diesem Tag, einem Montag, zurückfliegen. Doch das klappte nicht, weil die Air Namibia in Schwierigkeiten steckte und sich dadurch Verspätungen summierten, die zu Verzögerungen von einem halben Tag führten.

Mit der Air Namibia war es so eine Sache. Die Fluggesellschaft war praktisch pleite und musste in der letzten Zeit in Luanda, Angola, auftanken, weil sie in Namibia kein Kerosin mehr bekam. Daher auch die laufenden Verspätungen. Wenn ihr der namibische Staat nicht mit Zuschüssen unter die Arme gegriffen hätte, wäre sie längst zusammengebrochen. Aus diesem Grund war noch eine Übernachtung in Windhoek nötig geworden, mit dem angenehmen Nebeneffekt, dass wir noch drei Stunden Zeit zum Shopping in Windhoek hatten.

Die Öffnungszeiten in Namibia gleichen denen Deutschlands in der Nachkriegszeit. Sonntags war außer in Tankstellen absolut tote Hose und an den anderen Wochentagen wurde spät aufgemacht und pünktlich um sechs Uhr abends geschlossen. Wieder zeigte sich einmal, dass Namibia sich vieles von Deutschland abguckt hatte, so auch die anachronistischen Öffnungszeiten, die mittlerweile zuhause längst abgeschafft waren.

Na egal, erst einmal war Kaufrausch angesagt. Ich ging mit Brigitte, Änne und Carola in das Einkaufszentrum beim Kalahari Sands Hotel. Während die Mädels die Räume der Harmonie aufsuchten, traf ich vor dem Safarigeschäft Holtz plötzlich meinen alten Jagdkameraden Manfred Knackstedt, mit dem ich vor zehn

Jahren zusammen mitten im Winter bei einer gefährlichen Nachsuche einen verwundeten Keiler zur Strecke gebracht hatte, dem ich zuvor zwei Kugeln mitten durch den Leib geschossen hatte.

Kaum zu glauben, Afrika muss vielleicht doch kleiner sein, als ich dachte.

Knackstedt kam von einem Jagdurlaub mit Freunden zurück und hatte Springböcke und Oryxes geschossen. Die Mädels erschienen wieder und deckten sich im Laden mit einer Anzahl von Springbockfellen ein. Ich kaufte im Erdgeschoss zwei bemalte Straußeneier, mit denen ich unserer Familie das nahende Osterfest verschönern wollte. Pünktlich um halb vier Uhr stiegen wir in den Bus und freuten uns auf ein paar Ruhestunden im Hotel „Klein Windhoek", wo wir die Nacht verbringen sollten.

Doch Afrika wäre nicht Afrika, wenn es nicht wieder ein Abenteuer parat hätte. Die Hotelleitung hatte vergessen, zu reservieren und das Hotel war voll. Wir standen fast zwei Stunden herum, während Eben wirbelte und palaverte, um eine komplette Busladung Touristen woanders unterzubringen. Schließlich gelang es ihm, im Hotel „Safari Court". Das Hotel war nicht schlecht, hatte sogar vier Sterne. Müde legte ich mich hin. Der Abend würde kurz sein, denn am frühen Morgen um halb sechs müssten wir zum Flughafen starten.

Das Flugzeug der Air Namibia stand schon vor dem Gate bereit. Keine Verspätung war angesagt. Wir stiegen pünktlich ein, der Flieger startete und wir waren in der Luft.

Diesmal klappt alles bestens – dachten wir.

Acht Stunden gab es Ruhe, soweit es Ruhe in einem Flieger geben kann. Über dem Mittelmeer schreckte uns eine plärrende Stimme aus dem Bordlautsprecher auf. Der Flughafen Frankfurt sei wegen Schneesturms und Temperaturen um zwölf Grad minus gesperrt, informierte sie – und das zum jetzigen Zeitpunkt Mitte

März! Man müsse jetzt in Rom Fiumicino zwischenlanden und der Dinge harren, die da kommen würden.

Wir harrten. Das Harren dauerte nicht lange, denn nach einer Stunde wurden wir gebeten, die Maschine zu verlassen. Zunächst dachte ich, das sei der Vermeidung des Gerüchleins geschuldet, das sich langsam in der Kabine entwickelte. Doch es ging nicht um ein Gerüchlein. Die Maschine wurde jetzt aufgetankt und es ist verboten, Flugpassagiere während des Auftankens in der Kabine zu belassen. Eine Rolltreppe wurde heran- und wir in zwei Busse hineingekarrt. Eine zehnminütige Sightseeingtour über das Gelände des Flughafens schloss sich an. Erster Akt: Bordgepäck- und Körperkontrolle. Meine Mitreisende Carola entdeckte später, dass sie ein derbes Messer in ihrem Bordgepäck vergessen hatte. Niemand hatte es bemerkt. Ein kurzer Rundgang durch den Flughafen mit Besichtigung der Läden schloss sich an und wir landeten in einem Abfluggate. Nach fünf Minuten wurden wir wieder zum Boarding aufgefordert. Neue Slalomfahrt mit Bussen und Einstieg in unseren Flieger der Air Namibia, in dem wir abermals drei Stunden auf der Erde verbringen sollten. Das Gerüchlein, zuvor etwas hinhaltend durch unseren Abmarsch behandelt, entwickelte sich nun prächtig, die Klos waren in keinem guten Zustand mehr.

Doch der Flughafen Frankfurt gesundete allmählich. Zwischen neun und zehn Uhr abends stiegen wir wieder auf. Weitere Komplikationen nach der Landung. Die Landebahn war zwar frei gewesen, doch die Zufahrt zu dem Terminal gestaltete sich wegen der Schneeberge als schwierig. Etwa um elf Uhr dreißig abends konnte uns die Air Namibia endlich entlassen. Über zwanzig Stunden waren wir mit ihr unterwegs gewesen. An eine Weiterfahrt mit der Deutschen Bahn war natürlich nicht mehr zu denken. Die nächsten Züge würden erst wieder am nächsten Morgen fahren.

Schon am Vormittag hatte ich meine Jagdkameraden Knackstedt & Co. getroffen. Sie saßen im gleichen Flieger und wollten auch nach Hildesheim, gute Möglichkeit, mich ihnen anzuschließen. Dafür gab es Abschied von meiner Namibia-Familie: Brigitte, Änne, Carola, Wally, Werner, Manfred, Frauke, Mechthild und Peter sollte es jetzt in alle Winde zerstreuen.

Das „Travelling with Deutsche Bahn" gestaltete sich normal, auch hier wieder stundenlange Verspätung und überfüllte Züge, schon morgens um fünf. Nach einer Irrfahrt über Hannover kam ich um elf Uhr morgens in meinem Wohnort an.

Fazit der Rückfahrt von Namibia:

Insgesamt dreißig Stunden mit Nachtaufenthalt in Frankfurt/Main, dazu vierzig Grad Temperaturunterschied zwischen Namibia und Deutschland.

Man muss gerecht sein. Für diesen Kälteeinbruch Mitte März in Europa konnten weder die Air Namibia noch die Deutsche Bahn etwas.

Na, Namibia, hat sich das alles gelohnt?

Doch. Zum einen das Land. Es ist groß, vielgestaltig, prächtig, abwechslungsreich und selbstbewusst, als würde es einen Gott jedweder Art verhöhnen, der es nach seiner Erschaffung noch zornig mit dem Fluch der Trockenheit belegt hatte.

Alle seine Bewohner, ob schwarz oder weiß, denen wir begegneten, waren freundlich zu uns. Hier muss jedoch eine meterhohe Einschränkung gemacht werden. Wir kamen fast nur mit Menschen zusammen, die im nahen und weiten Sinne im Tourismus tätig waren, seien es Guides, Mitarbeiter in den Lodges und Hotels, Markthändler oder Ladenbesitzer mit ihren Angestellten. Allen diesen Personen ist gemein, dass für sie die Freundlichkeit gegenüber Touristen ein Teil ihrer Profession ist. Wie die „normalen" Menschen in Namibia leben, denken und fühlen, konnten wir nicht erfahren. Das ist auch im Rahmen einer vierzehntägigen Busreise mit einem eng gestrickten Programm nicht möglich.

Eben, unser Guide, hatte versucht, dieses Defizit auszugleichen und uns viel über sein Land erzählt. Von ihm wussten wir, dass in Namibia die Schere zwischen reich und arm weit auseinanderklafft, ein Problem, welches in Deutschland auch existiert und zunehmen wird, obwohl es den wenigsten bewusst ist. Natürlich spielt sich dieser Prozess in Namibia auf einem wesentlich geringeren Niveau ab.

Man kann aber das Wohlstandsland Deutschland nicht ohne weiteres mit den meisten anderen Ländern auf der Welt vergleichen. In Namibia gibt es keine hungernde Bevölkerung und für einfache Wohnungen ist gesorgt, sogar für Strom und Wasser. Es gibt eine weitgehende medizinische Versorgung, wenn auch viele Leistungen beim Arzt selbst bezahlt werden müssen. Eben erzählte uns, dass der Staat sich sehr bemühe, den Einwohnern eine gute Schulbildung zukommen zu lassen. Tatsächlich sind nur etwa zehn Prozent der Einwohner Analphabeten und diese sind meist bei der älteren Bevölkerung aufzufinden. Gemessen an anderen afrikanischen Ländern geht es also den Namibiern gut.

Trotzdem kann es vorkommen, dass die Armut, wie auch in anderen Ländern der Welt, in Kriminalität mündet. Weil weiße Touristen von vielen Namibiern automatisch als „reich" empfunden werden, sind sie besonders betroffen und so ist bei abendlichen Ausgängen in den Städten eine gewisse Vorsicht angesagt. Die Regierung versucht aber, dieses Problem in den Griff zu bekommen. Straßenkontrollen und Überwachungskameras an den Brennpunkten kann man häufig sehen. Ob solches eine gute Lösung ist, darüber kann man streiten.

Die vielen Zeugnisse der deutschen Kolonialgeschichte, denen wir auf Schritt und Tritt begegneten, verwunderten auf den ersten

Blick. Die Deutschen unter Wilhelm II. hatten Namibia seit 1885 kolonialisiert – ein etwas netterer Ausdruck für besetzt oder unterworfen oder ein anderer Ausdruck für Kriegsverbrechen. Diese Kolonialzeit dauerte jedoch nur dreißig Jahre. Im Ersten Weltkrieg fielen die Soldaten der Südafrikanischen Republik in das Land ein und besetzten es weitere fünfundsiebzig Jahre lang bis zur Unabhängigkeit im Jahr 1990.

Doch Namibia ist ein Land mit einer sehr kurzen einheitlichen Geschichte. Sie beginnt tatsächlich erst mit der deutschen Besetzung. Vorher gab es lediglich die Geschichte der vielen einheimischen Stämme, die hier lebten und heute noch leben. So gesehen nimmt die Spanne der deutschen Kolonialzeit ein großes Stück Raum in der namibischen Geschichte ein. Eine große Rolle mag auch die evangelisch-lutherische Kirche gespielt haben, von der die Mission ausging und die auf diese Weise eine Menge deutscher Eigenarten transportiert haben könnte. Noch heute gehören mehr als die Hälfte aller Namibier dieser Kirche an. Überhaupt gibt es nur wenige Namibier, die keine Christen sind.

Eben, dessen Vater evangelischer Pfarrer ist und der die Verhältnisse in Deutschland wegen eines längeren Aufenthaltes dort gut kennt, erzählte uns viel über die praktische Religionsausübung in Namibia. Der sonntägliche Kirchgang ist hier etwas Übliches und Ehescheidungen gibt es nur selten. Wir haben in den Orten auch sehr viele Kirchen gesehen.

Die ältesten Gebäude in Namibia stammen aus der Jahrhundertwende zum zwanzigsten Jahrhundert. Natürlich sind sie jetzt Kulturgüter und werden dementsprechend gepflegt – Ausnahmen, wie in Lüderitz, sind selten. Auch die meisten deutschen Straßen- und Ortsnamen hat man belassen, vielleicht auch aus diesem Grund. Viele Namibier sprechen deutsch. Sogar das Essen in Namibia ist eher europäisch als afrikanisch, oft sogar typisch deutsch.

Das meiste Land gehört immer noch Weißen, darunter vielen deutschstämmigen Einwohnern. Die Regierung hat nichts oder wenig enteignet. Vielleicht hat sich bei ihrer folgenden Einsicht durchgesetzt:

Land kann man eigentlich nicht besitzen; es existiert ewig, während Menschen nur für eine kurze Zeitspanne leben. Es kommt weniger darauf an, wem es gehört, sondern wie es verwaltet wird, welchen Nutzen es abwirft und wie verhindert wird, dass es Schaden nimmt.

Vielleicht hat man von den Erfahrungen in Simbabwe gelernt. Simbabwe war einmal ein wohlhabendes Land, bis man Robert Mugabe zum Präsidenten wählte, der sich vom Wohltäter zum Diktator wandelte und sein Land in den Ruin geführt hat. Zu hoffen ist, dass Namibia ein solches Schicksal erspart bleibt.

Früh hat die namibische Regierung erkannt, dass die bislang intakt gebliebene Natur eines seiner großen Reichtümer ist und Konsequenzen daraus gezogen. Es gibt viele Naturparks und Naturschutzgebiete. Mehrere Projekte dienen der Arterhaltung der namibischen Tierwelt.

Ein großes Problem ist die hohe Arbeitslosigkeit. Der Grund dafür wird wohl in erster Linie das ebenfalls hohe Bevölkerungswachstum sein, das mit der Schaffung von Arbeitsplätzen nicht Schritt hält. Hier liegen im Gegensatz zu Deutschland umgekehrte Verhältnisse vor: viele Kinder, weniger Wohlstand, während es in Deutschland mehr Wohlstand und weniger Kinder gibt. Irgendwo in der Mitte muss wohl das richtige Verhältnis liegen. Namibia könnte es gelingen, dieses Problem zu meistern, denn das Land ist nicht arm, allein wegen seiner vielen Bodenschätze. Auch der anwachsende Tourismus könnte sein Teil beisteuern, wenn Namibia es schafft, politisch ruhig zu bleiben.

Wenn man von der geringen Artenvielfalt der wilden Säugetiere in Deutschland ausgeht, die sich auf Hirsch, Wildschwein, Reh, Hase, ein paar Marderarten und Nagetiere beschränkt, wird man von der Vielfalt der Wildarten in Namibia überrascht und fasziniert sein. Allein die ansässigen Antilopen kommen auf eine Anzahl von rund zwanzig Arten. Auch die Vielfalt und Anzahl der Reptilien und Vögel ist enorm.

Und diese Tierwelt ist für die Touristen auch präsent. Vieles ist schon von der Straße aus zu sehen. Überall werden Safaritouren angeboten, die zu den Highlights führen, so im Etosha-Park. Die Qualität der Unterkünfte und das Essen in den Lodges waren immer gut bis sehr gut. In allen Lodges, die wir besuchten, gab es einen Swimmingpool. Gern wären wir in der einen oder anderen Lodge noch ein paar Tage geblieben, um ganz entspannt etwas Urlaub zu genießen. Sogar Strandurlaub in Swakopmund oder Umgebung ist für den möglich, dem Wassertemperaturen wie an der Nordsee nichts ausmachen.

Um die Malaria mussten wir uns in diesem wasserarmen Land wenig Sorgen machen, keine Selbstverständlichkeit für afrikanische Länder.

Sicher ist Namibia als Urlaubsland für diejenigen nicht geeignet, die sonst am Mittelmeer wochenlang am Strand liegen oder Ausflüge zu kulturellen Höhepunkten unternehmen möchten.

Doch wer die Natur liebt, die weite Anfahrt und die langen Entfernungen im Land nicht scheut, sollte Namibia bereisen, solange das Land – hoffentlich – stabil ist. Er wird Einzigartiges erleben. Es lohnt sich.

Dublin kam Thomas zunächst weder typisch urban noch in irgendeiner Weise bemerkenswert vor. Er war vorher noch nie in dieser Stadt gewesen, hatte sich wenig informiert, und den Roman „Ulysses" von James Joyce, diese Hommage an Dublin, den er in seiner Schulzeit bis zur zwanzigsten Seite geschafft hatte, empfand er damals wie die sich ihm nun präsentierende Realität: langweilig. Der Entfernung vom „Radisson Blue Royal Hotel", seinem Tagungshotel, zum Amüsierviertel Temple Bar solle kurz sein, hatte man ihm gesagt. Er solle sich nur nach Osten wenden und zusätzlich den etwas nördlich gelegenen Fluss Liffey anpeilen, dann würde er schon hinkommen. Im Moment lief er durch ein paar Nebenstraßen der Stephen Street; es gab zwar einige Geschäfte und Restaurants, doch nichts Spektakuläres.

Der Grund für seinen Aufenthalt in Dublin war eine Tagung des mittleren Managements von VW zusammen mit den irischen Geschäftspartnern des Konzerns. VW und insbesondere dessen mittleres Management konnte er seit zwanzig Jahren als seine Heimat bezeichnen, zum Glück, ging es ihm durch den Kopf. An dieser Stelle schlug das eigentliche Herz der Firma, denn hier schuf man die lebenswichtige Verbindung zwischen den entwickelnden Ingenieuren und Designern und den Entscheidungsträgern, sozusagen den versorgenden Lungenkreislauf für den Gesamtkörper mit dem Zweck, seine Fitness zu erhalten und ihn auszubauen. Natürlich war das Kärrnerarbeit und erforderte ständige Auseinandersetzung mit der Konkurrenz mit dem Ziel, möglichst viel zu erfahren und möglichst wenig von sich preiszugeben. Diesem Zweck dienten die vielen Tagungen.

In seinem bisherigen Leben hatte sich alles perfekt für ihn gefügt, stellte er mit Erleichterung fest. Thomas stammte aus der niedersächsischen Kleinstadt Wolfenbüttel, nicht weit von Wolfsburg, der Zentrale des Konzerns, entfernt. Er hatte nach dem Abitur Betriebswirtschaft in Göttingen studiert, das Studium schnurrte und nach seinem Examen, das er mit „sehr gut" bestand, hatte er sich umgehend bei VW beworben. Man nahm seine Bewerbung wohlwollend auf und schickte ihn durch die betriebsinternen Tests, um schließlich festzustellen, dass sein Stallgeruch hervorragend zum Betrieb passe; man müsse ihm nur noch eine internationale Geruchsnote hinzufügen, ihn sozusagen parfümieren. Also stellte man ihn ein und beorderte ihn für ein Jahr zu Geschäftspartnern in die USA. Auf diese Weise lernte er dieses Land kennen, mit dem Nebeneffekt, dass er die Sprache hinterher makellos beherrschte. Es war die schönste Zeit seines Lebens gewesen, empfand er. Die Zeit wurde ihm besonders versüßt, als ihm Johanna im zweiten Halbjahr in die Staaten gefolgt war.

Johanna stammte wie Thomas ebenfalls aus Wolfenbüttel. In seiner Schulzeit hatte er nur wenig Kontakt zu ihr gehabt, ihr Zulauf schreckte ihn ab. Johanna war eine Kleinstadtschönheit mit langen blonden Haaren und einem rasch herangewachsenen Busen gewesen, die sich um Männerbekanntschaften keine Sorgen machen musste. Ihre Wahl fiel schließlich auf einen muskulösen, südlich aussehenden Sportlertyp, wohl eine tief im Innersten getroffene evolutionäre Entscheidung ihrer Spätpubertät. Nachdem dieser sie von der Jungfräulichkeit befreit hatte, blieben sie ein Jahr zusammen, wobei Johanna besonders den Neid ihrer Altersgenossinnen auskostete, wenn sie sich mit ihm in ihrer Heimatstadt blicken ließ.

Doch Johannas Zuneigung relativierte sich, als ihr Lover wegen schlechter Leistungen die Schule quittieren musste und als Taxifahrer endete. So geschah es, dass sie wieder Single war, als sie sich in der Göttinger Pädagogischen Hochschule als Studentin für das Lehramt einschrieb.

Sie blieb nicht lange allein und das Studentenleben in der ehrwürdigen Studentenstadt Göttingen, von nostalgisch-übermütiger

Quirligkeit geprägt, brachte es mit sich, dass sie bis kurz vor dem Examen wechselnde Beziehungen einging. Dies traf auch auf Thomas zu, und so fügte es sich, dass beide ungeachtet ihrer gemeinsamen Herkunft nur selten Kontakt zueinander hatten. Doch eines Tages geschah etwas.

Johanna war eine Sache passiert, mit der sie nie gerechnet hätte: ihr gegenwärtiger Freund, ein Jurastudent, hatte sie wegen einer anderen verlassen. Es war über die Maßen verletzend und zudem beleidigend für sie, denn in der Vergangenheit war immer sie diejenige gewesen, die ihren Partnern den Laufpass gegeben hatte. Dazu kam die Examenssituation, in ein paar Wochen würden Prüfungen anstehen. Ihr ging es richtig schlecht, zum ersten Mal in ihrem Leben.

In diesem Moment traf sie zufällig auf Thomas. Sie hatte bereits mit ihren Freundinnen im „Just", einer Studentenkneipe seit jeher, ein paar Glas Wein geleert, um sich das Auskotzen ihrer verwundeten Seele zu erleichtern und nicht viel mehr als ein Schulterzucken geerntet. Thomas, der zur späten Stunde das Lokal betrat, hatte die Situation noch nicht erfasst, als er sich auf den freien Platz an ihren Tisch setzte. Es änderte sich schnell.

Johannas Freundinnen verschwanden bald und Thomas kam ihr im Moment gerade recht, zumal er seine Aufmerksam auf sie richtete und auf diese Weise ihr Selbstbewusstsein wieder etwas aufpolierte. Sie schaffte es halbwegs, ihre Probleme beim Gespräch mit ihm auszuklammern, obwohl er natürlich ahnte, was in ihr vorging. Der Alkohol tat seine Wirkung und versetzte beide in einen Zustand genussvoller Euphorie.

Als letzte Gäste verließen sie im leichten Taumelgang die Kneipe und steuerten die Wohnung von Thomas an, die in der Nähe lag. Die folgende Nacht blieb ihnen als ein nebulöses Ereignis im Gedächtnis, mit Erinnerungsspitzen körperlicher Art. In diesem Zustand erwachten sie, beide pudelnackt, im Bett der Wohnung.

Sie verarbeiteten das Ereignis in unterschiedlicher Weise. In Thomas hatte sich auf der Stelle brennendes Verlangen nach Johanna entzündet und so wich er in den folgenden Wochen nicht von ihrer Seite.

Johanna befiel zunächst postkoitale Ödnis, aus der sie Thomas herausholte, indem er ihr mit verliebten Dackelaugen ein Frühstück am Bett servierte. Doch die Art und Weise, wie sich Thomas fortan um sie kümmerte, blieb nicht ohne Wirkung. Zum einen war er ihr eine wichtige Hilfe bei ihrem Examen und Dankbarkeit ist manchmal ein kleiner, aber wichtiger Schritt beim Aufbau von Gefühlen. Vielleicht hatte er sie auch mit seiner Verliebtheit infiziert, dachte sie manchmal. Jedenfalls gingen beide eine Beziehung ein, für ihn eine Wolke von Glück, für sie eher eine Wolke der Zufriedenheit, doch durchaus wohltuend und besser als das, was sie bis jetzt erlebt hatte. Der nächste Schlag kam für Johanna, als sie sich nach bestandenem Examen für den Schuldienst meldete.

Man schickte sie zum Antritt ihrer ersten Stelle nach Kreiensen im Leinetal, sozusagen in die Wildnis. Der Ort hatte schlichtweg nichts zu bieten und war so abgelegen, dass ihn kaum jemand kannte. Früher war er einmal Eisenknotenpunkt gewesen und so war seine größte Sehenswürdigkeit ein Bahnhof im wilhelminischen Stil, einladend aussehend, doch eher dazu einladend, den Ort schleunigst zu verlassen, dachte Johanna. Sie bezog eine hellhörige Einliegerwohnung in einem Einfamilienhaus und bekam von Mittag bis Abend mit, wie sich die Kinder der Familie zankten. Am Abend waren zwar die Kinder still, doch dann wechselten nur die Personen: jetzt zankten sich die Eltern.

Johanna war kreuzunglücklich und vermisste Thomas sehr.

Zum Glück war die Entfernung zwischen Göttingen und Kreiensen moderat und Thomas konnte sie auch manchmal in der Woche besuchen, wenn es ihr besonders schlecht ging. Die Wochenenden verbrachten sie gemeinsam entweder in Göttingen bei Thomas oder in Wolfenbüttel. Thomas war nach wie vor verliebt und Johanna begann, etwas zu spüren, was sie noch nicht kannte und von dem sie nicht wusste, was es war; vielleicht keimende Verliebtheit oder etwa sogar Liebe?

Als Thomas sein Examen abgeschlossen hatte, schickte ihn seine Firma in die USA. Johanna litt und ihr wurde langsam klar, dass alles darauf hinauslaufen musste, ihrer beider Beziehung zu verfestigen. So ließ sie sich nach ihrem zweiten Lehrerexamen beurlauben und zog Thomas hinterher. Als sie zurück nach Deutschland kamen, heirateten sie.

Thomas konnte gleich nach seinem Amerikaaufenthalt seine Stelle in Wolfsburg bei VW antreten und da sie verheiratet waren, hatte Johanna keine Probleme, eine Anstellung als Beamtin in der Nähe zu bekommen. Zunächst bezogen sie eine Neubauwohnung in Wolfsburg. Es gefiel ihnen dort nicht und sie fingen rasch an, nach einer neuen Bleibe Ausschau zu halten. Am liebsten wäre Johanna wieder nach Wolfenbüttel gezogen, denn sie hing sehr an ihrer Heimatstadt. Doch das schied für Thomas aus, denn trotz der räumlichen Nähe war Wolfsburg von Wolfenbüttel aus nur umständlich mit dem Auto zu erreichen. Schließlich fanden sie in Fallersleben, unweit von Wolfsburg, einen Bauplatz und errichteten mit Hilfe der Eltern und Finanzspritzen von VW innerhalb von zwei Jahren ein Einfamilienhaus, ganz klassisch, mit Sauna, Garten und kleinem Außenpool.

Eigentlich war damals ihre gemeinsame Beziehung auf einem Endpunkt gelandet, alles schön und gut, festgenietet und festgezurrt, so wie es Eltern und Vorgesetzte liebten, kam es Thomas in den Sinn, als er nachdenklich durch die Straßen von Dublin ging.

Eines fehlte noch. Für Thomas nicht, doch der Bau eines Nestes scheint wohl bei Frauen automatisch den Nesttrieb zu wecken, jedenfalls ging es Johanna so.

Und so kamen die beiden Jungs, kurz hintereinander. Es bereitete Johanna großes Vergnügen, sich als schöne Mutter mit ihren ebenfalls von Kindersegen betroffenen Freundinnen und Kolleginnen zu treffen und gemeinsam die Kinderwagen durch Fallersleben zu schieben, über Säuglingspflege und Erziehung parlierend. Etwas änderte sich für beide. Der Job bei VW nahm einen immer größeren zeitlichen Raum bei Thomas ein und dazu kamen die häufigen Kongresse und Fortbildungen, sodass er oft auch die Wochenenden nicht zuhause verbringen konnte. Auch Johanna war durch die Doppelbelastung als Lehrerin und Mutter eng eingespannt. Die Zeit, die sie miteinander teilten, schmolz dahin wie Butter in der Sonne, ein ganz normaler Vorgang, fand Thomas, so war es wahrscheinlich auch ihren Eltern gegangen. Das wirkte sich auf ihre Beziehung aus, nicht dramatisch, doch die heiße Verbundenheit, wie er sie mit ihr in der Kreiensener Zeit mit vollen Zügen genossen hatte, wich breiter Zufriedenheit, nichts Schlechtes, aber auch nichts Umwerfendes. Es fehlten wohl die damaligen Verwerfungen und Turbulenzen, die einer Beziehung erst die rechte Würze geben.

Sie sprachen darüber nicht, wie alle Ehepaare, sie wollten nicht undankbar sein, denn es ging ihnen gut, jedenfalls besser als vielen anderen.

Als die Kinder aus dem Haus zogen, gab es wieder eine Veränderung. Johanna schien sich zu langweilen und sie begann, sich für die Reisen von Thomas zu interessieren. Wann immer es ihr Beruf erlaubte, begleitete sie ihn zu seinen Tagungen. Auf diese Weise lernte sie ein paar Ehefrauen der Kollegen von Thomas kennen, denen es ähnlich ging wie ihr. VW hatte in dieser Zeit sogar Begleitprogramme angeboten, und auf diese Weise machte sie sich die Großstädte in Europa und Übersee bekannt; Shoppingtouren und abendliches geselliges Zusammensein kam hinzu.

In dieser Hinsicht war Dublin bisher enttäuschend für Johanna gewesen. Die Zeiten hatten sich offenbar geändert, Thomas gehörte bereits zu den älteren Managern der VW-Familie, die Jüngeren kamen ohne ihre Partnerinnen, blieben nach Tagungsende unter sich und diesmal hatte sie keine Frau bei der Tagung getroffen, die sie kannte oder die zu ihr passte. Thomas merkte das an ihrer schlechten Laune. Deshalb war er nach der Tagung noch einmal ins Hotelzimmer gekommen, während seine Kollegen bereits erwartungsvoll die Taxen besetzten, um sich diverse Vergnügungen zu beschaffen. Früher hatte er daran teilgenommen, manchmal kamen alle mitten in der Nacht nach Hause und die Ereignisse zuvor waren kaum für Jedermanns Augen und Ohren bestimmt, aber Hallo! VW hatte sich damals wie immer in jeder Hinsicht spendabel gezeigt.

Das Zimmer war leer. Johanna hatte ihm eine flüchtig hingeschriebene Notiz hinterlassen.

Lieber Thomas,

ich bin in die Innenstadt gefahren, mal gucken, ob es was Vernünftiges zu sehen oder zu kaufen gibt. Warte nicht auf mich und mach dir einen schönen Abend.

Johanna

Thomas zuckte mit den Schultern und machte sich auf den Weg.

Das Leben auf den Straßen, die er jetzt durchschritt, schien sich zu intensivieren; die Dichte der Geschäfte und Restaurants nahm zu. Unweit der Statue der Molly Malone fand er ein Feinkostgeschäft mit ein paar Sitzplätzen; er betrat es und bestellte ein Sandwich und ein Glas Wein. Nachdem er gegessen und getrunken hatte, ging er weiter.

Mit dem Wetter konnte er zufrieden sein. Die Restwärme des Augusts war trotz des wolkenverhangenen Himmels noch deutlich zu spüren, manchmal blitzte sogar die Sonne auf und einmal hatte es kurz geregnet. Also genau das typische irische Wetter, wie es im Reiseführer beschrieben wurde. Langsam fing es an zu dämmern. Es wurde bunter und lauter, Laternen und farbige Schriftzüge flammten auf und die schmalen Straßen füllten sich mit Menschen. Rufe ertönten, Musik- und Gesangsfetzen drangen aus den Pubs, deren Zahl zunahm. Offensichtlich befand er sich nun im Vergnügungszentrum von Dublin, dem Ort, wo er hinwollte.

Die meisten Kneipen hatten ihre Türen geöffnet. Die milde Witterung gestattete es und auf diese Weise zeigten sie ihre Visitenkarten, wenn die Vorübergehenden einen kurzen Blick hineinwarfen.

In der Anne Street fiel ihm ein besonders geräumiger Pub auf. Über seiner Tür hing ein großes, bunt bemaltes Schild, dessen dicke Farbschichten anzeigten, dass man es mehrfach ausgebessert und übermalt hatte. Auf einem grünen Untergrund, wohl eine Wiese darstellend, schaute ihm eine goldfarbene Gans mit rotem Schnabel und roten Füßen entgegen und über ihr vermeldete ein bogenförmiger goldener Schriftzug den Namen des Lokals:

Golden Goose

Thomas schaute in das Innere. Der Pub war noch nicht ganz besetzt, besaß eine lange Theke und machte einen behaglichen Eindruck. In einer Ecke standen zwei Mikrofone, rechts davon ein Lautsprecher. Welche Darbietung zu erwarten war, darüber informierte eine Tafel, die man vor dem Lokal aufgestellt hatte:

Archibald Jameson + Dominique
Performance tonight

Thomas ging hinein und setzte sich an einen Tisch in der Nähe der Bar.

Kurz darauf kam eine Serviererin. Sie war groß, hatte lange rote Locken und wirkte etwas verblüht, sprach ihn aber freundlich an. Thomas bestellte ein Pint Guiness. Während er trank, wurde es voller. Er schaute sich die Menschen an, eine bunte Mischung zwischen einfachen Personen und gut gekleideten Geschäftsleuten mit Anzug und Krawatte. Zwischen ihnen saßen Frauen und Mädchen, manche fand er sehr hübsch.

Nach einer Dreiviertelstunde, als es draußen schon dunkel war, kamen ein Mann und eine Frau durch den Eingang, drängten sich durch die Schar der Gäste und nahmen vor den Mikrofonen Platz. Sie schienen bekannt zu sein, denn es empfing sie lauter Beifall, einige trampelten mit den Füßen. Der Mann hatte ein Banjo in der Hand, prüfte es kurz und die Frau zog ein Waschbrett hinter einem Stuhl hervor.

Sie nickten sich zu und begannen zu spielen. Ihr Programm bestand aus einer Mischung geläufiger amerikanischer Standards wie „Blueberry Hill" und „All of Me", darunter viele Stücke, die auch im Jazz Verwendung finden. Zusätzlich reicherten sie es mit englischer und irischer Volksmusik an.

Der Mann beherrschte bravourös sein Banjo, genau die richtige Mischung zwischen vollmundigem Akkord- und virtuosem Melodiespiel, immer dem Charakter des jeweiligen Stückes angepasst. Als er sang, erschrak Thomas zunächst. Eine unglaublich raue, versoffen klingende Stimme drang durch den Pub; jedoch die Töne traf er genau und manchmal kam sogar ein passables Vibrato zustande. Thomas schaute sich die Musiker an. Äußerlich kamen sie ihm ziemlich heruntergekommen vor.

Der Banjospieler war klein und dünn, ein Wicht hinter seinem Instrument. Seine löchrigen Jeans schienen uralt zu sein. Er trug darüber ein fleckiges Hemd und eine schäbige schwarze Weste. Sein Kopf wirkte zu groß für diesen schütteren Körper und gab seiner Gestalt ein kindliches Aussehen. Strähnige, ungepflegte Haare bedeckten seine Kopfhaut, sie hatten eine undefinierbare Farbe zwischen blond und weiß. Seine Gesichtshaut sah schlimm und ungepflegt aus, voller Falten und Unreinheiten, dazwischen zeigten sich Verletzungsnarben. Man konnte über sein Alter nur spekulieren, es konnte zwischen fünfzig und siebzig Jahren liegen, schätzte Thomas. Am verräterischsten zeigten sich seine Augen. Sie lagen wässrig und triefend in ihren Höhlen und verrieten schon bei kurzem Hinsehen den langjährigen Alkoholiker.

Die Musikerin, noch kleiner als der Mann, saß neben ihm auf einem Stuhl und hielt das Waschbrett auf den Knien. Sie trug ein Leinenkleid mit einem grünen irischen Muster, das ihr ein froschiges Aussehen verlieh, weil es sich beim Sitzen dicht um ihren pummeligen Körper spannte. Unterhalb ihrer dicken Unterschenkel steckten ihre Füße in Sandalen. Ihr Gesicht mit nur wenig Falten darin sah dagegen durchaus gefällig aus und ihre schwarzen Haare, von grauen Strähnen durchsetzt, trug sie lang. Sie erschienen dadurch etwas zu jugendlich für ihr Alter, das vermutlich etwa fünfzig Jahre betrug. Ihr Waschbrett hatte sie mit kleinen Becken und Glöckchen bestückt. Sie schlug es abwechselnd mit den Fingern, einem Jazzbesen oder zwei Stöcken und machte ihre Sache großartig und mit ebenso viel Gefühl wie der Mann.

Als die Musiker sich zur Pause zurückzogen, setzte anhaltender Beifall ein. Sie hatten mit ihrer Musik den Gästen des Pubs gute Laune verschafft, registrierten sie stolz und setzten sich an einen Tisch, den man für sie freigehalten hatte. Auch Thomas gefiel ihre Darbietung, ebenso das Flair des Lokals und die Stimmung der Gäste; er fühlte sich wohl und beschloss, noch eine Weile zu bleiben. Als die Servierin vorbeikam, bestellte er noch ein Guiness.

Nach einer Weile stand das Musikerpaar auf. Der Mann gab der Frau sein Banjo und holte aus seiner Weste eine Tin Whistle hervor, eine irische Flöte. Sie spielten weitere Stücke und es zeigte sich, dass der Mann die Flöte ebenso gut beherrschte wie das Banjo und die Frau ihn perfekt mit dem Banjo begleiten konnte. Zwischendurch sang er wieder. Plötzlich geschah etwas, das Thomas zusammenzucken ließ.

„Hol mir die Posaune", herrschte der Mann die Frau grob an. Auf Deutsch.

104

Die Frau stand auf. Sie ging hinter die Theke, zog eine Posaune hervor und brachte sie dem Mann. Das Instrument war uralt und abgegriffen. Der ursprüngliche Messingglanz existierte nicht mehr, ein taubes Gelb mit Kupferton kam zum Vorschein. Der Musiker zog die Posaune auseinander und tröpfelte etwas Öl hinein. Die Frau – wohl die angekündigte Dominique – sagte, diesmal auf Englisch, das nächste Stück an.

„Archie wird jetzt den Tin Roof Blues spielen."

Sie nickten sich wieder zu und fingen an. Beim ersten Posaunenton riss es Thomas fast vom Stuhl. Der Blues, den Archie spielte, hatte nichts gefühlvoll Einschmeichelndes. Eine ohrenbetäubend laute Tonfolge kam ihm entgegen, wie das Geschrei eines zornigen aggressiven Kindes. Es war so, als solle man mit Gewalt zum Zuhören gezwungen werden. Thomas ging der Posaunenton durch Mark und Bein. Er weckte Erinnerungen.

Thomas kannte den Ton. Er hatte ihn schon einmal seiner Schulzeit gehört und danach nie wieder. Es war die Art und Weise, wie Klaus Mittmann aus Wolfenbüttel seine Posaune spielte. Es musste Klaus selbst sein, der sie hier auf diese Weise spielte. Er hatte ihn in Dublin nach Jahrzehnten wiedergefunden!

Sie waren auf dem Gymnasium in der gleichen Klasse gewesen. Klaus kam aus einer einfachen Familie, die in Wolfenbüttel etwas schief angesehen wurde. Der Vater wechselte häufig seinen Arbeitsplatz und die Mutter musste putzen gehen, damit die Familie durchkam. Klaus hatte drei ältere Brüder, alle waren durch ihre Aggressivität stadtbekannt. Sie prügelten sich oft mit anderen und Sachbeschädigungen aus Wut kamen häufig vor, besonders, wenn sie getrunken hatten.

Klaus war lange Zeit ein unauffälliger Schüler gewesen, doch als er in die Pubertät kam, änderte sich das. Er wurde renitent und legte sich mit den Lehrern und Klassenkameraden an. In dieser Zeit begann er, Posaune zu spielen und schloss sich einer Jazzband aus Braunschweig an. Das Nachtleben in Wolfenbüttel war damals, abgesehen von einer Disko am Ortsrand, eher so etwas wie Träne im Knopfloch.

Die Musiker hatten ein regelmäßiges Engagement in einem Braunschweiger Jazzclub, der sich in einem baufälligen Geschäftshaus angesiedelt hatte; neben ihm befand sich eine Hähnchenbraterei und im Obergeschoss ein Bordell. Wolfenbüttel liegt dicht an Braunschweig und Thomas fuhr häufig zum Wochenende hin. Die Spielweise und den speziellen Posaunenton von Klaus kannte er also genau.

Wie Klaus es damals geschafft hatte, an die kleine Französin zu kommen, hatte ihn immer gewundert. Richtig, sie hieß Dominique, war bildhübsch und hatte Klaus zunächst nur in ihren Schulferien besucht, blieb aber später ganz in Deutschland. Obwohl ihr Freund sie auf eine grobe Weise schlecht behandelte, vor allem, wenn er üble Laune hatte, blieb sie bei ihm und schaute ihn stets aus verliebten Augen an. Möglichkeiten, ihn zu verlassen, hatte sie genug gehabt, denn alle waren scharf auf sie gewesen, auch Thomas.

In dieser Zeit hatte Klaus auch damit angefangen, regelmäßig und ausgiebig zu trinken. Seine Schulleistungen verschlechterten sich. Zwei Jahre vor dem Abitur verließ er die Schule und zog mit Dominique aus Wolfenbüttel fort. Seither hatte Thomas ihn nicht mehr gesehen.

Klaus legte die Posaune beiseite und sang den Text des Blues:

„Yes, a New Orleans Woman, She's alright with me ..."

Seine rauchige, alkoholgeschwängerte Stimme passte genial zu dem jetzt zarten, perlenden Banjospiel von Dominique. Thomas stand auf stellte sich dicht vor Klaus. Ihre Blicke trafen sich. Im ersten Moment stutzte der Musiker, doch nach einem Moment lief ein Schimmer des Erkennens über sein Gesicht. Er nickte Thomas zu. In der nächsten Pause gab er ihm einen Wink, sich an seinen

Tisch zu setzen. Thomas setzte sich neben das Paar. Archie – oder Klaus – sprach ihn sofort auf Deutsch an.

„Du bist doch der Thomas! Hast dich nicht viel verändert, wohl im Gegensatz zu mir. Das Wiedersehen müssen wir feiern. Dominique, bring mir den Whisky!" Er herrschte sie wieder an. Dominique brachte ihm eine Flasche von der Bar. Er wollte sie zurückscheuchen. „Natürlich mit einem Glas für unseren Gast!" Thomas unterbrach. „Ich trinke grundsätzlich keinen Whisky, Klaus. Ich mag ihn nicht. Du musst nicht aufstehen, Dominique." Klaus überlegte einen Moment. „Dann nimm sie wenigstens einmal in den Arm!"

Thomas stand auf und machte es. Dominique fühlte sich warm und weich an. Als er ihr in das Gesicht schaute, meinte er in ihren Augen den Glanz von zurückgehaltenen Tränen zu spüren.

„Hätte nie gedacht, dass wir uns noch einmal wiedersehen würden", sagte Dominique.

Klaus nahm die Flasche, setzte sie an den Mund und trank. Auf ihrem Etikett stand: Jameson, Triple Distilled, Irish Whiskey. Er grinste.

„Nun weißt du auch, warum ich mir den Künstlernamen „Jameson" zugelegt habe. Weil wir beide in Südirland ein bisschen bekannt sind, zahlt uns die Brennerei deswegen ein paar Euro im Jahr."

„Und was machst du so im Jahr?"

„Im Herbst bis Frühjahr ziehen wir durch die Pubs und spielen. Du weißt ja, dass ich schon damals in Wolfenbüttel Musik gemacht habe. Dominique musste das erst noch lernen." Sie legte ihren Arm um ihn.

„Alles, was ich heute kann, hat mir Klaus beigebracht."

„Und wo wohnt ihr?"

„Mal hier, mal da. Hier in der Nähe haben wir in einem Dorf ein kleines Haus. Ab und zu ziehen wir uns dahin zurück. Wenn uns Engagements fehlen, wird es klamm. Aber auf einem irischen Dorf braucht man nicht viel und für das da reicht es meist auch noch." Er zeigte auf die Flasche. Dominique streichelte seine Schulter.

„Ich muss doch ständig aufpassen, dass er nicht so viel trinkt."

„Und was macht ihr im Sommer?", fragte Thomas. Dominique antwortete ihm.

„Dann reicht es in Irland nicht mehr für uns. Wir ziehen aufs Festland, entweder nach Frankreich oder nach Deutschland und arbeiten in der Gastronomie, ich als Stubenmädchen und Klaus als Küchenhelfer."

„Seid ihr manchmal in Wolfenbüttel gewesen?"

„Nur dreimal", sagte Klaus, „jedes Mal zu Beerdigungen. Erst meine Eltern und dann mein ältester Bruder. Dass es dir gut geht, Thomas, brauchst du mir nicht mitzuteilen. Man sieht es."

Thomas erzählte den beiden von seinem Job bei VW und erwähnte, dass er in Fallersleben wohne und eine Familie habe.

„Und mit welcher Frau bist du zusammen?"

„Du kennst sie aus Wolfenbüttel. Es ist Johanna." Klaus riss die Augen weit auf.

„Donnerwetter! Das hätte ich nie gedacht!"

Mittlerweile wurde es wieder Zeit für einen Auftritt. Klaus und Dominique verabschiedeten sich von Thomas und gingen zu ihren Plätzen. Klaus nahm sein Banjo, Dominique ihr Waschbrett. Sie rückte ihr Mikrofon zurecht und wendete sich zum Publikum.

„Heute ist ein besonderer Tag für mich, liebe Gäste. Denn der Tag vor dreißig Jahren war der schönste Tag in meinem Leben. An diesem Tag habe ich nämlich Archie kennengelernt." Sie schauten sich an und begannen zu spielen. Klaus spielte leise Banjo und sang dazu einen Titel von Louis Armstrong, Dominique wischte langsam über ihr Waschbrett.

"Give me what you alone can give, a kiss to build a dream on ..."

Alles dies geschah in einer unglaublichen Zartheit. Im Pub wurden die Gespräche leiser, die Ergriffenheit der Gäste war zu spüren. Auch Thomas konnte sich der Wirkung dieser Musik nicht entziehen. Langsam trank er sein Bier aus. Eine Weile blieb er noch. Dann verließ er das Golden Goose. Auf dem Heimweg zum Hotel breitete sich Nachdenklichkeit in seinem Kopf aus.

Klaus und Dominique hatten sich trotz ihrer offensichtlichen Heruntergekommenheit etwas bewahrt, das er und Johanna verloren hatten. Oder hatten sie es vielleicht nie besessen? Jedenfalls war es etwas zutiefst Unschuldiges.

Als er die Tür zum Hotelzimmer öffnete, erblickte er Johanna, wie sie auf der Bettkante saß und ihr Smartphone bearbeitete. Sie blickte kurz hoch und begrüßte ihn, wie nebenbei. Dann widmete sie sich wieder dem Smartphone. Neben ihr auf dem Boden standen zwei kleine papierne Einkaufstaschen. Die Shoppingtour musste wohl nicht so ergiebig gewesen war, dachte Thomas. Er schaute sie sich genau an.

Johanna hatte sich ihren Körper über die Zeit bestens erhalten; war wohl auch mühsam, kostete Sport, manchen Essensverzicht und vor allen Dingen viel Disziplin. Sie trug sommerliche Kleidung, einen champagnerfarbenen kurzen Rock und eine auf Figur geschnittene taubenblaue Seidenbluse. Ihre schlanken Beine liefen in hochhackige Sandalen aus: die Fußnägel hatte sie matt rosa lackiert. Irgendwann wurde sie unruhig, sie hatte wohl seinen intensiven Blick registriert.

„Weißt du was, Johanna?", sagte Thomas, „eigentlich liebe ich dich!"

Johanna drehte sich zu ihm hin, zunächst sprachlos.

Ihr Blick wandelte sich von Erstaunen zu Skepsis, um schließlich einen Ausdruck ärgerlichen Mitleids anzunehmen.

„Thomas", sagte sie, „hast wohl wieder deine tiefsinnige Phase, was? Mach dir lieber darüber Gedanken, wie wir morgen unsere Zeit in dieser Stadt sinnvoll verbringen könnten."

Als Zauberer wird man nicht geboren. Obwohl – es ist schon eine Art Zauber, wie die Evolution es schafft, nach einem Vorgang einfachster Art ein derart hochkomplexes Wesen in die Welt zu bringen, welches zudem einer äußerst mühseligen und schwierigen Aufzucht bedarf, um zur Reife zu gelangen.

Der erste Trick des Zauberers geschah ohne sein Zutun: er verzauberte seine Umgebung mit seinem Lächeln und seiner Niedlichkeit und spürte sofort, dass die Belohnung folgte, wobei es ihm weniger auf materielle Dinge wie Süßigkeiten ankam, sondern auf die Anerkennung seiner kindlichen Persönlichkeit. Als er alt genug war, diese Kausalität bewusst wahrzunehmen, sollte sie hinfort zur wichtigsten Triebfeder seines Lebens werden.

Die Kindergartenzeit erlebte er als unangenehm; musste er doch hier zum ersten Mal die Wucht der Konkurrenz erfahren und zur Feststellung kommen, dass seine bloße Anwesenheit auf Dauer nicht genügen würde, um ihn über die anderen zu erheben. In der Schule wurde es nicht besser. Seine mäßigen Leistungen bewirkten höchstens ein Achselzucken bei seinen Lehrern, nichts, was ihn hätte beflügeln können. Also galt es, sich etwas einfallen zu lassen und so kam er zum ersten Mal auf die Idee, es mit Zauberkunststücken zu versuchen.

Doch das Leben ist hart. Seine Lehrer, bereits mit Zauberkunststücken vertraut, scheuten sich nicht, seine schriftlichen Klassenarbeiten durchzustreichen und mit dem Vermerk „Ungenügend, weil abgeschrieben" zu versehen, was bei ihm zu Zähneknirschen führte. Folglich musste er Federn lassen und vorzeitig von der Schule abgehen.

Frustriert von diesem ersten Misserfolg sann er über die Gründe nach, die zu diesem geführt hatten und kam zu dem Schluss, dass es daran lag, dass er seine Zauberei zu wenig professionell ausgeübt hatte. Dies war der Moment, als er beschloss, Zauberer zu werden und bei einem Berufszauberer in die Lehre zu gehen. Gerne wurde er aufgenommen. Sein Zaubermeister erkannte sein Potential und ahnte, dass sein Lehrling ihn und seine Kunst erhöhen könnte, wenn er ihn in gebührender Weise ausbildete. Er war eben mental ähnlich aufgestellt wie sein Lehrling. Es klappte. Der Lehrling hielt sich zurück, was ihm anfangs sehr schwerfiel. Er assistierte seinem Meister, genoss den Beifall des Publikums, wenn er sich im Licht der Scheinwerfer neben ihm verneigte und machte keine Fehler wie in Goethes Gedicht vom Zauberlehrling. Es kam ihm vielmehr darauf an, die Zauberkunststücke seines Meisters sauber und nachhaltig zu erlernen, eine richtige Entscheidung, die ihm lebenslang Erfolg verschaffen sollte. Die Lehrzeit legte er mit Engagement und Freude ab, gleichzeitig die süße Versuchung der Öffentlichkeit spürend und er nahm sich vor, sich in der Zauberei weiterzubilden, um solches hinterher in voller Weise zu genießen.

Er besuchte nach seiner Lehre eine weiterführende Schule für Zauberei und musste zum ersten Mal seinen Heimatort verlassen, eine Entscheidung, die ihm nicht schwerfiel. In der Fremde saugte er alles begierig auf, was seine Kunststücke perfektionieren könnte und es gelang ihm, mit ein paar kleinen Nummern vor Publikum aufzutreten, wenn auch nur im Rahmen einer größeren Varietéveranstaltung. Um seine Kunst bekannt zu machen, ließ er keine Gelegenheit aus, und sei es nur im engen Freundeskreis. Doch eines fehlte noch. Eine Zaubererfrau.

Keine Konkurrenz, mitnichten. Doch er brauchte jemanden, der seinen Zauberstab polierte, seine Tücher wusch, die er verschwinden ließ und wieder zum Vorschein brachte oder die Blutreste in dem Holzkasten abwischte, wenn ihm einmal beim Zersägen der Jungfrau ein Fehler passierte. Auch die Tauben, welche aus seinem Zylinder flatterten, mussten gefüttert werden. Weil der Kreis seiner Bewunderer langsam anwuchs, gelang es ihm, für diese Aufgabe eine attraktive Partnerin zu finden, die zudem selbst ein wenig von der Zauberei verstand und ihm manchmal bei Bedarf assistierte. Es war eine Zweckehe, sicher, doch sie hielt ihn nicht davon ab, im Laufe der Zeit ein paar Zaubererkinder in die Welt zu setzen. Um ihre Erziehung kümmerte er sich wenig, denn zu dieser Zeit war er damit beschäftigt, Kontakte zu seinen Mitzauberern zu knüpfen; leider zunächst ohne große Resonanz, denn im Gegensatz zu seinem Publikum durchschauten sie sofort seine Zaubertricks. Um dem abzuhelfen, schloss er sich dem Zaubererverband an. Wie immer bestand seine Intention darin, stets im Mittelpunkt zu stehen, wie ein leuchtender Fels, von Respekt umheischt und von Anerkennung umflort.

Dabei kam es ihm weniger darauf an, in die Herzen seiner Bewunderer einzudringen, sondern vielmehr auf die Würdigung seiner Persönlichkeit. In dieser Zeit entwickelte sich in ihm die Erkenntnis, dass er nur durch absoluten Ordnungssinn und penible Pflichterfüllung sein Ziel erreichen würde und so begann er seine Karriere mit dem ungeliebten Amt des Kassenwarts. Langsam arbeitete er sich hoch. Schließlich gelang es ihm, einen Sitz im lokalen Zaubererrat zu erlangen und so traf er auf Zauberer anderer Verbände, mit denen er sich Zauberwettkämpfe lieferte. Doch diese Gefilde schienen ihm zu niedrig. Lieber wäre er in den Landeszauberrat eingetreten und vielleicht sogar in das höchste Zauberparlament, in denen Zauberinnen und Zauberer jeglicher Couleur sich auf ringförmig angeordneten Bänken reihten und sich gegenseitig beschimpften, unter dem Vorsitz der großen Zauberkönigin. Von ihr hieß es, sie schaffe alles, selbst die schwierigsten Zaubertricks. Hier hätte er wohl breiteste Öffentlichkeit gehabt, wenn er ans Mikrofon getreten wäre, während hoch hinter seinem Rücken ein fetter Adler schwebte.

Leider reichte seine bisherige Schwindelkunst dafür nicht aus; es hätte reichlich Kärrnerarbeit und das Einüben von noch viel mehr Zaubertricks bedurft, um zu diesem Ziel zu gelangen.

Das Leben ist dafür zu kurz, sagte er sich und so trat er aus seinem Verband wieder aus.

Seine Taktik bestand jetzt darin, in verschiedene Gruppierungen einzutreten, in denen er der einzige Zauberer war. Wenn er hier seine Zauberkünste vorführte, konnte er sich sicher sein, dass niemand sie kannte, sodass er ordentlichen Applaus erhielt und sich auf diese Weise das ersehnte Wohlgefühl einstellte. Eines Tages nahm sein Schicksal eine unvorhergesehene glückliche Wendung.

Er erhielt einen Brief von der Zauberbehörde. In ihm stand, er sei zum Oberzauberer ernannt worden und man übertrage ihm die Leitung der örtlichen Zauberschule. Die Schule war zwar klein, aber bekannt, das Herz des Zauberers hüpfte vor Freude, er nahm sofort an.

Der Missmut seiner Zaubererkollegen war groß, als sie dies erfuhren; war es doch sonst allgemein üblich, dass man den Titel „Oberzauberer" nur bekam, wenn man eigene neue Zauberkunststücke ersann, welche eine Kommission auf ihre Wertigkeit penibel überprüfte. Aber Derartiges konnte der Zauberer nicht aufweisen. Er grübelte nach und kam zu dem Schluss, dass er irgendwann etwas Ähnliches erarbeiten müsse, um sein Selbstwertgefühl hochzuhalten.

Doch der Unterricht in der Schule machte ihm große Freude. Andächtig hingen die Augen seiner Schülerinnen und Schüler an seinen Lippen, wenn ihr Meister mit dem Zauberstab auf die Tafel deutete und ihnen seine Tricks erklärte. Unter den Schülerinnen gab es viele hübsche Lehrmädchen, auch das machte ihm Freude und ließ seine Fantasie schweifen. So meinte er, fast schon am Ziel angekommen zu sein.

Nur – privat fehlte etwas. Die Zaubererfrau, die ihn nun schon viele Jahre kannte, ließ den rechten Respekt und vor allem die Bewunderung vermissen, die seine narzisstische Seele brauchte.

Sie kannte eben seine Tricks, die er in Ermangelung neuer Tricks ständig wiederholte, bis ins kleinste Detail.

So brachte es ihn in Wallung, als eine besonders hübsche Zauberschülerin begann, sich für ihn zu interessieren und vor und nach dem Unterricht um ihn herumtänzelte. Er ließ sich nicht lange bitten und so geschah es, dass er die Zaubererfrau verließ und mit der Schülerin zusammenzog. Es kam zu einer über die Maßen befriedigenden Verbindung für beide; während sie das Ziel ihrer Sehnsucht pflückte wie eine reife Frucht, verschaffte sie ihm gleichzeitig die erhofften Glückgefühle, wenn sie mit feuchten Augen seinen Zukunftsplänen lauschte. Und diese konkretisierten sich im Lauf der Zeit.

Sie entstanden einer einfachen Einsicht. Letztlich ging es ihm ja darum, sich über die anderen zu erheben, um seine Größe für die Öffentlichkeit sichtbar zu machen. Und dafür kamen nur drei Möglichkeiten infrage.

Zum einen, man ist wirklich größer als die anderen. Das ist etwas wie ein Hauptgewinn in einer Lotterie. In diesem seltenen Fall braucht man nichts zu tun. Dass er den nicht erwischt hatte, wusste er, soweit ging seine gering entwickelte Selbstkritik schon.

Oder man macht sich selbst größer. Das ist ein knochenharter Job. Dazu hatte er keine Lust. Einmal muss man etliche Dinge durch harte Arbeit vollbringen, die niemandem nutzen, am wenigsten der eigenen Person und man verliert wertvolle Zeit, die man sonst dem Spaß und Genuss zugute hätte kommen lassen. Abgesehen von seinem narzisstischen Ehrgeiz war er eben auch ein Hedonist.

Bleibt die dritte Möglichkeit. Die besteht darin, größenmäßig auf seinem angestammten Platz zu verbleiben, jedoch seine Umgebung kleiner zu machen. Man musste eben die Konkurrenz um sich herum schrumpfen lassen, dann würde man relativ der Größte sein. Also gewöhnte er sich daran, auf die Misserfolge seiner Zaubererkollegen zu achten. Es passierte immer wieder einmal, dass ein Entfesselungskünstler während der Vorstellung die Feuerwehr rief, weil er sich nicht aus den Ketten befreien konnte oder der herbeigezauberte Löwe mit Mühe eingefangen werden musste, weil er seinen Herrn anbrüllte und bedrohte. In solchen Fällen spielte er der Presse einen scheinbar von einem neutralen Autor geschriebenen Artikel zu, in dem er sich über die Kunst des Versagers lustig machte und zugleich auf seine eigenen überlegenen Fähigkeiten hinwies. Gleichermaßen setzte er sich mit dem jeweiligen Unglücksraben in Verbindung, sandte ihm einen Brief mit der Note des aufrichtigen Bedauerns und fügte ein Foto von sich bei, das ihn mit erhobenem Zauberstab inmitten einer applaudierenden Menge zeigte. Es war klar, dass er sich auf diese Weise keine Freunde machte.

Auf die Spitze trieb er seine Taktik, als er seine wissenschaftliche Fähigkeit zur Zauberei beweisen wollte. Es hatte ihn immer gewurmt, dass man ihn oft nicht ernst nahm, weil er seinen Titel „Oberzauberer" lediglich von einer Behörde verliehen bekommen hatte. Also setzte er sich an den Schreibtisch und arbeitete. Ihm war ein Artikel eines Kollegen in die Hände gefallen, in dem dieser seine Arbeit an einem Zaubertrick beschrieb, der so grandios und neu war, dass er die Zauberei revolutionieren könne. Der Zauberer las viele Bücher und Artikel der Zauberliteratur, arbeitete und zitierte penibel, wie es seine Art war und verfasste einen Gegenartikel, in dem er bewies, dass dieser Trick derart angelegt war, dass er niemals funktionieren könne. Es dauerte zwei Jahre, und der Kollege trat öffentlich mit dem Trick auf, und siehe da, er funktionierte.

Es war die schlimmste Erfahrung, die der Zauberer in seinem Leben machen musste. Sein Lebensmut schwand dahin und hätte ihm seine neue Zaubererfrau, die nach wie vor für ihn schwärmte, ihm nicht beigestanden, wäre er der Depression verfallen gewesen. So rappelte er sich wieder auf. Doch auf die Verwirklichung seines Lebenszieles wollte er auf keinen Fall verzichten.

Ach ja, es gab ja noch eine vierte Möglichkeit! Man müsste eben seine Zauberei dort betreiben, wo die Leute keine Ahnung von ihr hatten. Dann würde man der Größte unter den Kleinen sein, wie geplant. Von diesem Gesichtspunkt aus entwickelte er eine neue Taktik.

Er machte jetzt Tourneen im Ausland und trat dort in kleinen Theatern auf. Die Gelegenheit war da, weil die Zauberbehörde ihn als Oberzauberer pensioniert hatte, das war die einzige bitterer Pille, die er schlucken musste.

Die Resonanz des Publikums erstaunte ihn außerordentlich. Der Applaus wollte nicht aufhören, wenn er seine Kunststücke durchführte. Leider wurde seine Arbeit schlecht bezahlt, und so finanzierte er seine Reisen, indem er für die Zauberbehörde Gutachten über die Zaubertricks seiner Kollegen verfasste.

Die Jahre gingen dahin. Der Zauberer lebte glücklich und zufrieden. Wäre alles so weitergegangen, hätte er wohl seinen Lebensabend mit einem milden Alterstod beendet. Doch es sollte noch einmal dramatisch werden.

An einem heißen Sommerabend gedachte er, etwas Erfrischendes zu sich zu nehmen und so machte er sich daran, einen Rollmops zu verspeisen.

Ein Rollmops ist, wie man weiß, ein gerollter und mit Gewürzgurke und Zwiebeln gefüllter saurer Hering. Um ihn zusammenzuhalten, steckt man ihn mit zwei flachen Holzstäbchen fest. Es sind immer zwei Holzstäbchen, egal wie groß der Rollmops ist.

Der Rollmops lag auf einem weißen Teller vor dem Zauberer. Er hielt ihn mit der Gabel fest und zog die beiden Holzstäbchen heraus. Dann teilte er ihn mit dem Messer in zwei Hälften. Er nahm nun wieder die Gabel, schob eine Hälfte in den Mund, zerkaute sie und schluckte sie hinunter. Das gleiche hatte er mit der anderen Hälfte vor. Doch nun spielte ihm sein durch lange Zauberkarriere festgefügtes Regelbewusstsein einen Streich. Er konnte sich nicht vorstellen, dass infolge eines Verarbeitungsfehlers in einem Rollmops auch einmal – wenn auch nur in jedem zehntausendsten Fall – ein drittes Stäbchen stecken könnte. Das war hier der Fall.

Beim Zerkauen der anderen Hälfte rutschte das dritte Holzstäbchen unter seinen Kehlkopfdeckel, dann fiel es in den Kehlkopf und verhakte sich über der Stimmritze. Sofort kam es zu einem heftigen Hustenanfall; sein Kopf färbte sich puterrot und sein Blutdruck stieg auf Werte über dreihundert. Das hielt wiederum sein Altersherz nicht aus, sodass ein größeres Herzgefäß platzte und seinen Inhalt in eine der beiden Herzkammern ergoss, was das Herz irritierte und zum Stillstand veranlasste. Der Zauberer stand auf und fiel gleich um wie ein Baum. Der eilig herbeigerufene Notarzt konnte nur seinen Tod feststellen.

Eine Woche später erschien eine schwarzumrandete Anzeige in der Tageszeitung. Seine trauernde Witwe hatte unter seinen Namen und das Todesdatum setzen lassen:

„Er war ein großer Zauberer."

Wer über Rheinsberg schreiben möchte, hat es schwer. Zwei Giganten der deutschen Literatur haben es ihm schon vorgemacht und es ist aussichtslos, sich mit ihnen zu messen. Man muss sich eben ducken und bescheiden und in Kauf nehmen, beiseitegelegt zu werden. Der eine dieser Giganten ist Kurt Tucholsky. Seine Erzählung „Rheinsberg" ist außer einem Bilderbuch für Verliebte einer der kostbarsten kleinen Edelsteine der deutschen Literatur, ein Webstück aus Liebe und Naturempfinden, durchsetzt mit dem Faden der Zärtlichkeit. Jedoch ist das Motiv, die Ausflugsfahrt eines jungen Paares mit der Eisenbahn in die brandenburgische Provinz zum Zweck des Miteinanders, fast gleichzeitig von zwei Autoren aufgenommen worden, die sich hinterher um das Urheberrecht hätten streiten können.

Auch Heinrich Mann hat in seinem Roman „Der Untertan" solches beschrieben, hier aber unter ganz anderen Vorzeichen und keineswegs mit ähnlicher Poesie. Dennoch, Tucholsky hat ihn später gelesen und den „Untertan" geschätzt, ihn sogar als „Herbarium des deutschen Mannes" gepriesen, steckt er doch voller Satire, deren Meister auch Tucholsky war. Obwohl der „Untertan" den Nationalismus der wilhelminischen Ära offen anprangerte, ist er im Kaiserreich nie verboten worden, dagegen hat man in den fünfziger Jahren in der Bundesrepublik Deutschland den gleichnamigen Film von Wolfgang Staudte zensiert und verboten – bezeichnenderweise in einer Zeit, als man bei allem, was rechtsnational oder braun war, die Köpfe in den Sand steckte. Wieder hat Gerechtigkeit zu walten. Der „Untertan" ist im Kaiserreich des adlerhäuptigen Wilhelm nur in Auszügen veröffentlicht worden, er war erst kurz vor dem Ersten Weltkrieg fertig.

Die Köpfe in den Sand stecken wollten sie nun auch, die drei alten Männer in dieser Geschichte, und zwar in den Sand der märkischen Heide, und damit kommen wir zu Theodor Fontane, dem zweiten Giganten, der die „Wanderungen durch die Mark Brandenburg" geschrieben hatte. Fontane brauchte nicht lange zu wandern, um Rheinsberg zu beschreiben, denn er wuchs in Neuruppin auf, keine 30 km von Rheinsberg entfernt; er kannte die Gegend also gut. In seiner ruhigen Sprache offenbarte er all das, was ihm merk- und denkwürdig erschien. Stets durchwehte der Atem der Geschichte seine Texte und gab ihnen eine ganz eigene, fontanesche Poesie, von ganz anderer Art als Tucholskys kleines Meisterwerk. Der Kirche von Rheinsberg mit ihren vielen Gräbern widmete er große Aufmerksamkeit, beschrieb das Werden und Vergehen der Adelsgeschlechter, ging dann zur Beschreibung des Schlosses über und kam schließlich zu dem Prinzen Heinrich, Bruder Friedrichs des Großen, der das Schloss fünfzig Jahre lang bewohnte. Ihm widmete Fontane den Großteil seiner Rheinsberger Reisebeschreibung.

Friedrich und Heinrich wurden von Fontane als zerstrittene Brüder bezeichnet, wobei der Grund für ihre Zerstrittenheit nicht ihre Andersartigkeit, sondern im Gegenteil ihre Ähnlichkeit sei. Schon äußerlich glichen sie sich, beide waren klein und sahen, vorsichtig ausgedrückt, nicht gerade attraktiv aus. Beide hatten sich eine überdurchschnittliche Bildung angeeignet, auch im Hinblick, dass sie preußische Prinzen waren. Sie liebten die französische Sprache, die Gedanken der Aufklärung und besonders Voltaire. Das mag auch eine stille Opposition gegen ihren derben, übermächtigen Vater, König Friedrich Wilhelm I, gewesen sein, wie Fontane erzählt. Doch am deutlichsten tritt die Ähnlichkeit wohl bei ihrer sexuellen Orientierung zutage: sie hassten Frauen, schickten ihre Ehefrauen fort und umgaben sich nur mit Männern, soweit es ging. Heinrich lebte seine Neigung offener aus als der König; Fontane sprach davon, dass er von Zeit zu Zeit bestimmte Freunde favorisierte, so auch einen Schauspieler, der sich seinetwegen das Leben nahm.

Heinriche waren sie nun nicht, Robert, Hans und Albrecht, sie lebten mit ihren Ehefrauen zusammen und hatten erwachsene Kinder, obgleich selbst das in diesem Bezug manchmal nichts heißen will. Also machten sich die Männer auf, die brandenburgische Provinz zu erkunden, diesmal mit dem Automobil, im Kontrast zu Tucholskys Eisenbahn und Fontanes Kutsche. Das Wetter allerdings schenkte ihnen gleiche Bedingungen wie den schriftstellernden Vorgängern: ein milder Spätfrühlingstag erwachte und das Klappern der Müllwagen und das Hämmern auf den Baustellen vermischte sich mit den Wortfetzen der Passanten zu einer geschäftigen, montaglichen Melodie, so wahrgenommen von Albrecht, als er am geöffneten Fenster in der Linienstraße zu Berlin saß, Kaffee trank und auf Robert und Hans wartete.

Vorher hatte es Kalamitäten gegeben. Ursprünglich sollten sich die Rheinsbergausflügler bei Robert in Zehlendorf treffen und von dort aus starten. Das hätte vorausgesetzt, dass Albrecht samt Gepäck von Berlin Mitte mit der S-Bahn zum Mexikoplatz gefahren, von Robert mit dem Auto abgeholt und in sein Haus gebracht worden wäre und zusammen mit Hans und den Frauen ein ausgedehntes Mittagsmahl verzehrt hätte, um irgendwann am Nachmittag auf den Aufbruch nach Rheinsberg zu warten. Zusätzlich musste am Vormittag noch Roberts Klavierstunde dazwischen geschoben werden und Albrecht wäre genötigt worden, mit seinem arthrotischen Knie und Reisegepäck zu Fuß zur S-Bahnstation Oranienburger Straße zu gehen – eine unangenehme Aktivität, denn die Arthrose bewirkt, dass man permanent auf den plötzlichen rasiermesserartigen Schmerz wartet, der meistens zwischen dem fünfzigsten und sechzigsten Schritt auftritt. Also musste Robert davon überzeugt werden, dass es sinnvoller sei, beim Aufbruch nach Rheinsberg einen kleinen Umweg zu machen und Albrecht in der Linienstraße abzuholen.

Das war nicht ganz einfach. Robert als Zehlendorfer kennt sich in Berlin natürlich nicht so gut aus und bewegt sich mit dem Auto nicht so angstfrei wie ein Auswärtiger; ein Zehlendorfer fürchtet sich vor dem Großstadtverkehr und besonders davor, dass eine unvermutete Streckensperrung seinen Plan über den Haufen wirft. Zudem ist man ab einem gewissen Alter des Umganges mit dem Handy nicht so mächtig oder willig, sodass die Gefahr der Verzweiflung besteht, falls sich der Strecken- oder Zeitplan während einer Autofahrt ändert. Kurz gesagt, Robert fürchtete sich davor, allzu mühselig aus Berlin herauszustolpern, wenn er den Umweg mache, Albrecht von Berlin Mitte abzuholen. Doch er ließ sich überreden und traf am Mittag in der Linienstraße ein. Albrecht samt schmerzendem Knie und Gepäck stieg ein, man machte sich auf den Weg und freute sich darauf, das lärmende Berlin zu verlassen und in die Stille der Mark einzutauchen. Das sanfte Wetter hielt an und nach einer Stunde, ab Löwenberg, zerstreute sich auch der Autoverkehr und machte dem Blick auf die Landschaft Platz.

Der war zunächst wenig spektakulär. Felder von Mais, Weizen und Raps, durchsetzt von kleinen Waldinseln, wechselten einander ab, manchmal ging es durch Straßendörfer mit Tankstelle, Gewerbehof und Feldsteinkirche. Doch rotglühender Klatschmohn und blaue Kornblumen winkten freundlich zwischen den Halmen.

Es wurde nun hügeliger. Linden tauchten einzeln auf und verdichteten sich zu Alleen. Rheinsberg erschien, eine Opulenz von Linden säumte die Straßen. Der Bahnhof, alt und verträumt, erschien und ließ an Tucholsky denken: Claire und Wölfchen, seine Protagonisten, müssen hier ausgestiegen sein, der Blick auf die Hässlichkeit von Supermarkt und Lagerhalle blieb ihnen allerdings erspart.

Die Lange Straße war das Ziel der Männer. Beiderseits standen nahtlos ein- und zweigeschossige Wohnhäuser, steingewordene Mark, doch ihnen fehlte meistens der sonst übliche Giebel in der Mitte. Die Nr. 5, weiß und frisch gestrichen, begrüßte sie mit blinkenden Fenstern; sie schlossen auf und traten ein. Die kiefernholzbestückte Wohnküche mit einem geräumigen Tisch in der Mitte bot sich heimelig dar. Zum Westen schloss sich der Garten an, bestückt mit Grill und Sitzecke, während sich zu den Seiten des Raumes Bad und zwei Schlafzimmer verbargen. Die drei Freunde hatten es gut getroffen, fanden sie.

Doch nun ging es wieder zu Fuß in den Ort, Rheinsberg erkunden. Etwas beschwingt Städtisches empfing sie; breite Straßen und Plätze mit vielen Bäumen darin, deren Blattgrün ihnen zuzunicken schien. Die Niedrigkeit der Häuser: ein seltsamer Gegensatz. Keineswegs spürte man die Enge und Trutzhaftigkeit süddeutscher Kleinstädte, die ursprünglich mit Mauern bewehrt waren. Hier wirkte alles weit und licht, wenn auch der vergraute und löchrige Putz mancher Gebäude an östliche Gesellschaftsordnungen erinnern ließ und in der Nase einen Geruch von Steinkohlenteer und Braunkohle erzeugte. Doch man schien sich besonnen zu haben und hatte die beiden Supermärkte, zwei Peinlichkeiten, die abgepackte Lebensmittel und verfaulte Erdbeeren verkauften, respektvoll hinter den Häusern versteckt. Das Beschwingte des Städtchens hatte auch sein Aber: hinter der lässig erscheinenden Großrahmigkeit des Ortsbildes stand für die Planer ehemals wohl nicht der Wunsch nach Hübschem, sondern voran der Zweck.

Denn in Rheinsberg gab es Militär und in Preußenzeiten muss man sich alles mit Preußischblau gefüllt vorstellen, wie ein Baukasten mit Zinnsoldaten. Doch von Romantik kann nicht geredet werden. Die königlichen Brüder hatten Kriege geführt und das Blut aus dem Blau tropfen lassen. In diesem Zusammenhang sei an Fontane erinnert: Fritz, so schrieb er, schlug grob und rücksichtslos zu, während Heinrich bremste, versuchte zu schonen und zu retten. Fontane lobte ihn dafür mehrfach. Vielleicht hat ihm die helle Heiterkeit Rheinsbergs einen Dienst erwiesen.

Der Hunger meldete sich. In der Nähe des Marktplatzes gab es reichlich Gaststätten und – zwei Fleischereien.

„Versucht mal, in Berlin eine Fleischerei zu finden", sagte Albrecht.

Zwei Fritzen lagen auf dem Weg, Restaurant zum Alten Fritz und Restaurant zum Jungen Fritz. Sie wählten den Jungen Fritz. Innen sah er alt aus, dunkle Möbel, verwinkelte Ecken. Robert und Albrecht wählten Eisbein, der kleine Hans nahm Forelle. Die Eisbeine, kindskopfgroß, kamen und schwammen auf einem Meer von Erbspüree und Sauerkraut. Zu Eisbein gehörten Bier und zum Schluss ein Schnaps.

Die Mägen füllten sich. Als sie aufstanden, waren sie schon etwas taumelig. Zuhause saßen sie um den großen Tisch, weitere Biere, Schnäpse und Gespräche folgten und Rheinsberg versank in friedlicher Dunkelheit.

Der Morgen brachte Graues. Die Temperatur war gesunken und die Sonne machte sich rar. Auch den Mägen war grau zumute. Die Freunde aßen zum Frühstück dickbröseliges Vollkornbrot und beschlossen, Fahrräder zu mieten. Auf ging es, am Grienericksee und am Hafendorf entlang nach Zechlinerhütte. Der kleine Ort sollte Haltepunkt für die Mittagspause sein, er erwies sich zwar als hübsch, aber gaststättenarm. Auch eine auf der Wanderkarte eingezeichnete Gaststätte am Bikowsee gab es nicht wirklich, vermutlich war damit der Laden eines Campingplatzes gemeint, der geschlossen und unfreundlich aussah. Irgendwann wurden sie müde, Hans breitete seinen Poncho auf dem Waldboden aus und die alten Männer hielten darauf Rast, während die Sonne durch die Kifernnadeln blinzelte. Ein kurzer Dämmerschlaf erfrischte, die Fahrradsättel wurden wieder bestiegen und es ging weiter, vorbei an einem Gut, das mitten im Wald lag. Pferde wieherten aus dem Hauptgebäude, das kleine weiße Herrenhaus grüßte in klassizistischer Manier, kein Mensch war weit und breit zu sehen, aber ein Lastwagen quälte sich durch den märkischen Sand. Nach dem Gut eine nervige Überraschung: der Weg war nun mit kieseligem Pflaster belegt, das die Hände flattern und Albrechts Knie schmerzen ließ. Zwischendurch gab es manchmal kurze Stücke glatter Fahrbahn, doch der Pflasterweg erstreckte sich bis nach Rheinsberg. Am Ortseingang winkte die Gaststätte „Zum Elch". Die Freunde setzten sich und tranken durstig das erste Bier des Tages, während der Wirt traurig darein schaute, weil man nichts aus seiner reichhaltigen Speisekarte bestellte. Hans machte Sorgen, weil er aus der Toilette nicht zurückkam.

„Schaut euch das mal an, die ganze Toilette hängt voller Sprüche!"

Man tat. Jeden Quadratzentimeter Wand hatte der Wirt mit Papierbögen behängt, die mit dem bedruckt waren, was man in Deutschland für Humor hält. Alles war sehr schmuddelig, macht nichts, ist schließlich eine Toilette.

Der Abend gehörte Albrecht, der seinen siebzigsten Geburtstag mit seinen Freunden nachfeiern wollte. Nun ging es zum „Alten Fritz", der in der gleichnamigen Gaststätte von einem Ölgemälde herab misstrauisch und etwas vorwurfsvoll auf die Gäste herabschaute, jeden Anflug von Lächeln vermeidend. Pfirsichsekt und Sherry läuteten das Mahl ein; Lachsfilet und Maispoularde mit Mascarponegemüse und Kräutergnocchi folgten und Robert genoss eine gebratene und in Schinken gehüllte Forelle mit Kartoffeln und Blattspinat. Eine Flasche frischen Grünen Veltliners rundete ab und Mirabellenschnaps und Ramazotti bildeten den Abschluss. Wohlbehagen stellte sich ein und sogar der Himmel zeigte sich gnädig, denn am Abend verliefen sich die Wolken. Noch eine Runde Skat und die Runde sank ins Bett, während am dunkelblauen Himmel gelbe Sterne erschienen.

Der diesmal solider verbrachte Abend machte Mut, man nahm sich am nächsten Morgen eine längere Strecke vor. Los ging es, erst nach Zechow, dann nach Köpernitz und Dollgow. Graugelber Sand und grüne Kiefern, Eichen und Linden säumten die Wege, ab und an ging es kleine Flusstäler hinab, die von Seitenarmen des Rhin durchflossen wurden. Fontane hatte Köpernitz einen besonderen Platz in den „Wanderungen" gegeben, denn hier wohnte und residierte die Gräfin Caroline Amalie Marie de La Roche-Aymon, die ehemalige Hofdame der Schwester der späteren Königin Luise und eine vielbewunderte Schönheit am Hof des Prinzen Heinrich. Doch die Gräfin lebt nicht mehr, das Herrenhaus macht einen abweisenden Eindruck, also zogen die drei alten Männer weiter nach Dollgow, einem winzigen Straßendorf, wunderschön auf einem Höhenrücken über dem Dollgower See gelegen. Auch Dollgow streifte ein Hauch von Literatur, denn im Ortsteil Schulzenhof lebte und starb Erwin Strittmatter, bekannter Schriftsteller in der DDR und Freund und Weggenosse von Bert Brecht. Albrecht streckte sich auf einer Bank aus, schaute auf den blauen Himmel, den Scharen von Blütenblättern durchstreiften, die sich von zwei großen Robinien lösten, und döste ein. Robert erkundete den Ort und fand einen Gasthof, der seine Pforte geöffnet hatte. Die Freunde setzten sich und bekamen vom Wirt etwas Besonderes offeriert: Sülze von Edelfischen, die ein Fischer aus der Gegend zubereitet hatte. Man aß sie mit Bratkartoffeln, verfuhr sich anschließend bei Schulzenhof mit den Rädern, landete auf Sandwegen und war schließlich wortwörtlich dabei, die Köpfe in den märkischen Sand zu stecken, denn bei jeder Beschleunigung stellten sich die Räder quer und drohten umzufallen. Ein Radweg an der Straße erlöste und am Nachmittag erreichten die Freunde wieder Rheinsberg.

Sie waren bereits von einem Imker, bei welchem Hans ein Glas Lindenhonig erstanden hatte, vorgewarnt worden: das freundliche Wetter solle nicht anhalten. Es machte sein Versprechen wahr, ein paar Stunden später vergraute der Himmel wieder und die Temperatur sank. Die Freunde saßen mit Pullover und Jacke am Gartentisch, öffneten ihr erstes Bier an jenem Abend und Albrecht rauchte einen Zigarillo, dessen wärmender, jedoch ungeliebter Rauch bedenkliche Mienen erzeugte.

„So richtig Lust, habe ich nicht, heute essen zu gehen", bemerkte Hans. Robert stimmte zu.

„Wir haben doch genug", warf Robert ein.

„Bier fehlt noch", sagte Albrecht.

„Dann hole ich welches", bot Robert an.

„Du kannst doch nicht mehr fahren!" „Kein Problem."

Robert machte sich mit Fahrrad und Rucksack auf den Weg. Eine halbe Stunde später kam er wieder. In seinem Rucksack steckten zehn Flaschen Bier. Man machte es sich im Garten bequem, bei Schnaps und Leberwurst. Schwatzhafte Schwalben flogen über den Himmel. Als es dunkelte, kamen die Skatkarten zum Einsatz. Man ging hinein.

Regen passt nicht zu Rheinsberg, Heiterkeit mag keine Tränen. Das hat der Regen gewusst und sich in der Nacht zaghaft übers Land geschlichen. Der märkische Sand hat ihn gleich gierig aufgesogen, denn seit Wochen war es trocken gewesen. Im Lauf des Vormittags heiterte es auf, die Schafskälte verlor sich.

Was wäre die Mark Brandenburg ohne das Wasser? Seine Seen sind für den Wanderer stille Heimlichkeiten, die er durch den Wald hindurch nur ahnen kann, bis er unvermittelt vor ihnen steht. Nur die Fahrt mit Boot oder Schiff kann den vollen Überblick über die Rheinsberger Seenkette verschaffen, einen Eindruck, zu dem man den Eindruck zu Lande addieren muss, um die Landschaft in ihrer Gänze zu erfassen. Eine vierstündige Schifffahrt wurde am Donnerstag angeboten; die Männer entschieden sich für sie. Es sollte von der Anlegestelle neben dem Schloss über den Grienericksee, den Rheinsberger See und den Schlabornsee nach Zechlinerhütte gehen. Von da aus würde das Schiff über weitere Kanäle den Tietzowsee, den Zootzensee, den Großen Zechliner See und schließlich den Schwarzen See erreichen, wo man am Flecken Zechlin halten würde. Auf dem gleichen Weg sollte es wieder zurück nach Rheinsberg gehen. Ein Blick in den Himmel ließ vermuten, dass die Fahrt vielleicht ausfallen könne. Hans radelte zum Anleger und erkundigte sich.

Nein, sagte man zu ihm, man wisse nicht, ob die Fahrt vielleicht ausfallen könne. Wie viele Personen denn mit ihm kommen würden? Drei, sagte Hans. Man bekam glänzende Augen. Ja, sagte man, die Fahrt würde wahrscheinlich stattfinden. Ob man Fahrräder mitnehmen könne? Jawohl, auch das könne man.

Die gute Nachricht im Gepäck strebte Hans wieder der Wohnung zu. Robert und Hans beschlossen, bis zum Flecken Zechlin mitzufahren, um dann mit dem Rad zurückzukehren. Albrecht würde die volle Fahrt mitmachen, denn sein Sitzfleisch war an den beiden vorangegangenen Tagen durch den Fahrradsattel etwas lädiert worden.

Es betrat das Schiff „Rhinperle" die Besatzung: Schiffskapitän, Koch und Servierfrau. Koch und Kapitän hätten Brüder sein können und waren es vielleicht auch; beide verfügten gleichermaßen über eine militärische Kurzhaarfrisur, fast einen Gefängnisschnitt, und eine pralle, muskulöse Schulterpartie. Da sich ungefähr zwanzig Passagiere einfanden, betrug der Schlüssel von Besatzung zu Passagieren eins zu sieben. Zu hoffen war, dass unter diesen Umständen für die Reederei noch ein kleiner Gewinn übrigbliebe.

Als das Schiff die Anlegestelle verließ, eröffnete sich der Blick auf das Rheinsberger Schloss vom Wasser aus, wohl der einzige Blick, mit dem sich die Schlossanlage in seiner malerischen Schönheit erfassen lässt. Die beiden runden Türme rahmten die kleine barocke Anlage ein und verschafften ihr einen Hauch Märchenhaftes; der gelbe Anstrich gesellte sich zum Grün der Wiesen und Bäume, alles wirkte einladend und freundlich. Gegenüber, auf der anderen Seite des Grienericksees, lag eine terrassierte Gartenanlage mit Hecken und Zypressen, in ihrer Mitte der berühmte Obelisk. Heinrich hatte ihn mit Widmungen an die Helden des Siebenjährigen Krieges geschmückt, der Name seines ungeliebten Bruders Fritz fehlt, ein bewusster Affront, schrieb Fontane.

Das Schiff drehte sich zum Ufer hin und verließ den Grienericksee durch den Rheinsberger Kanal, um in den gleichnamigen

See einzufahren. Zur Rechten erschien das Hafendorf Rheinsberg, eine neu erbaute Wendelandschaft. Ein Leuchtturm wies den Weg in einen Bootshafen. In der Mitte thronte das Hotel Maritim, flankiert von zwei Türmen und offensichtlich dem Rheinsberger Schloss nachempfunden, zu seinen Füßen duckten sich moderne Ferienhäuser, zum Hotel gehörig oder in Privathand befindlich.

Merkwürdig, hier lag ein kleines künstliches Rheinsberg am großen Rheinsberger See, während sein Pendant, das große alte Rheinsberg, am kleinen Grienericksee lag.

Weiter ging es durch den Schlabornkanal nach Zechlinerhütte. Ein Graureiher stand am Ufer wie eine Statue und blickte die alten Männer stumm an. Weiden und Schilf drängten sich und versperrten den Blick auf das Hinterland, aus dem die roten Spitzen kleiner Dächer herausschauten. Die Seen zeigten sich artenreich, umgeben von Buchen, Birken und Erlen, während sich die bescheidenen Kiefern, die den Sand liebten, in den Hintergrund zurückzogen. Die Uferstreifen wurden durchbrochen von Siedlungen und Stränden; offensichtlich genügte es allein, die Pflanzen zur Seite zu räumen, um einen passablen Sandstrand zu schaffen.

Das Schiff fuhr unter einer Brücke hindurch. Seitlich hatte es nur ein paar Zentimeter Platz, was der Kapitän stolz verkündete. Dafür erhielt er Beifall, riet aber den Passagieren auf dem Oberdeck ab, sich zu erheben, damit sie sich nicht die Köpfe an der Brücke stießen.

Die Seen wurden jetzt immer größer und die Ferienhaussiedlungen an ihren Ufern auch; verdatscht war die Gegend. Auch der Verkehr auf dem Wasser nahm zu, den sich die Schwimmvögel und die Boote teilten. Manchmal schwammen die Haubentaucher ganz dicht an das Schiff heran und erhoben ihre Köpfe, die wie Periskope kleiner U-Boote aussahen, manchmal trugen sie Küken auf dem Rücken.

Am Repenter Kanal gab es Konfusion, verschreckte Graureiher umflogen das Schiff, um sich schließlich mit ihren stakeligen Beinen auf den Erlen niederzulassen und das Schiff böse zu beobachten.

Schließlich wurde Flecken Zechlin erreicht. Der Ort gruppierte sich wie ein kleines Amphitheater am aufsteigenden Ufer des Schwarzen Sees; der Kapitän pries seine Abgelegenheit, welche der Erholung in einer der kleinen Pensionen diene, von denen es im Ort zahlreiche geben solle.

Robert und Hans verließen mit ihren Rädern das Schiff. Albrecht verbrachte die halbstündige Pause auf einer Bank am Ufer, bis der Kapitän zur Abfahrt rief. Hunger meldete sich, der durch ein Ragout fin, begleitet von einem Glas Chardonnay, gestillt wurde. Ein plötzliches Ereignis unterbrach die betuliche Schiffsfahrt.

„Festhalten", schrie der Kapitän und das Schiff stieß mit voller Fahrt gegen einen hölzernen Brückenpfosten.

„Tut mir leid, die Steuerung hat grad mal ausgesetzt!"

Die arme Steuerung. Kann sich gegen unberechtigte Vorwürfe nicht wehren, wenn der Kapitän einen Fahrfehler macht.

Nach dem Verlassen des Schiffes ging Albrecht zu einem Fischereibetrieb neben dem Anleger, wo mit Fischverkauf und einem Fischrestaurant geworben wurde. Auf der Speisekarte stand: „Aal grün mit Dillsauce und Gurkensalat". Das ist ein Nostalgiegericht, welches die Berliner früher häufig in ihren Ausflugsrestaurants bestellt haben und das heute nur sehr selten angeboten wird. Der Grund ist einfach. Aal war preiswert, weil es ihn in den brandenburgischen Seen massenhaft gab. Heute ist Aal rar und teuer.

Albrecht betrat den Laden der Fischerei, kaufte ein Stück geräucherten Aales und fragte nach, ob „Aal grün" in dem Restaurant heute tatsächlich angeboten würde und woher der Aal stamme.

Jawohl, "Aal grün" gibt es immer und ja, er stammt aus den hiesigen Seen, wenn auch von anderen Fischereien zugekauft werden muss.

Ein Mittagsschlaf in der Wohnung folgte, aus dem Albrecht jäh von Robert und Hans geweckt wurde, die mit ihren Rädern vom Flecken Zechlin zurückgekommen waren. Die Entscheidung für den Abend fiel leicht. Man suchte das Fischrestaurant auf – erstaunlich, es war voll, das erste volle Restaurant dieser Tage in Rheinsberg! – und ließ sich von einer hübschen Serviererin, groß und dunkelhaarig, mit dreimal „Aal grün" verwöhnen. Obstbrand, eiskalter Malteser und rote Grütze mit Eis rundeten die Mahlzeit ab.

Auf der anderen Seite der Langen Straße, gegenüber der Wohnung, stand ein Häuschen, an dessem einzigen Fenster ein Schild befestigt war. Auf ihm stand:

10 frische Eier

3 €

Also ein Eierhandel.

Die alten Männer pflegten, jeden Tag zum Frühstück frische Eier zu verzehren. Es lag also nahe, die Eier vom Eierhandel gegenüber zu kaufen. Doch das Unterfangen gestaltete sich als äußerst schwierig. Der erste Versuch kurz nach der Ankunft in Rheinsberg scheiterte daran, dass niemand öffnete, als sie klingelten. Zwei Tage später versuchte Hans es allein. Er kam etwas weiter, die Tür öffnete sich, eine Blondine trat heraus. „Guten Morgen, ich hätte gern zehn Eier." Die Blondine bedauerte.

„Kann ich ihnen heute nicht geben, die Hühner haben nicht gelegt. Kommen Sie doch Morgen wieder, dann haben sie gelegt."

Hans war guten Willens. Er verwickelte die Blondine in ein Gespräch über Hühner und Eierlegen im Besonderen und erfragte nebenbei, wann er am nächsten Tag in der Frühe wiederkommen solle.

„Ooch, jederzeit, wir sind da."

Freitag, 19. Juni, 8:30 Uhr.

Robert ging zum Eierhaus und klingelte. Niemand war da.

Freitag, 19. Juni, 9:30 Uhr.

Eierhaus, zum vierten. Robert ging noch einmal hinüber und klingelte. Wieder war niemand da.

Der Eierhandel scheint in Rheinsberg nicht so richtig zu funktionieren. Ein eierloses Frühstück mit Roberts daumendick geschnittenem Bröckelbrot schloss sich an.

Die Schafskälte zog in die Glieder. Man plante hin und her und entschloss sich schließlich, mit dem Fahrrad einen Abstecher zum Stechlin zu versuchen, diesem See, den Fontanes mit seinem Altersroman in die Literaturgeschichte eingebracht hatte. Albrecht verzichtete, denn ein arthrotisches Knie mag keine dreißig Radfahrkilometer. Robert und Hans starteten.

Alleinsein ist nicht schön. Albrecht musste sich wenigstens dafür belohnen, also hin zum „Norma" Supermarkt, um Bier zu kaufen. „Norma" passte, alles war normiert, klarer Übergang vom sozialistischem „Konsum" zur kapitalistischen Aldi-Lidl-Edeka-Gesellschaft.

Der Stechlin ging Albrecht nicht aus dem Kopf. Er kannte den berühmten See, hatte zu DDR-Zeiten an seinem Ufer übernachtet, in einem honeckerigen Ferienhaus, das man am Morgen verlassen musste, um in den „Fontane-Stuben" mit Aluminiumbesteck zu frühstücken. Er konnte sich noch an den unangenehmen Stromstoß erinnern, als er mit der Gabel an eine seiner Zahnfüllungen aus Gold stieß.

Die Fontanestuben gab es immer noch, als er ihn zwanzig Jahre später besuchte. Als er Neuglobsow sah, den einzigen Ort an seinem Ufer, musste er an Fontane denken, der den alten Dubslav von Stechlin sinngemäß sagen ließ: lasst mir die Neuglobsower nicht so hochkommen. Sinngemäß hatte Fontane sein Meisterwerk auch bescheiden herunter geredet, indem er bemerkte, dass nichts passiere, außer dass ein Alter sterbe und zwei Junge sich kriegen. Doch es gibt auch eine Dramatik.

Der rote Hahn, groß und furchtbar, eine Art slawischer Apokalypse, steigt aus dem Wasser hervor, wenn sich ein Fischer seinem Versteck nähert und der See schlägt Wellen, wenn irgendwo auf dem Erdball Ungeheures passiert, wie Erdbeben oder Flutkatastrophen.

Den roten Hahn sah Albrecht nicht, wohl aber die roten Sterne am Russenfriedhof an der Königstraße, auf den er zufuhr, als er den Norma-Markt verließ.

Als er zurückkam, schien es so, als wolle sich die Schafskälte etwas zurückziehen. Mitunter erschien ein streifender Wärmehauch und erinnerte daran, dass übermorgen die Mittsommerwende anstehe; Albrecht beschloss, den Nachmittag pulloverbekleidet am Gartentisch zu verbringen, jederzeit auf Rückzug eingestellt. Zur Beruhigung diente ein Stoß abgelagertes Birkenholz an der Mauer zum Nachbarn; seine blaue Flamme würde die Wohnung wärmen, sollte die Schafskälte plötzlich wieder erbarmungslos zuschlagen.

Die Gartenplanzen, Sommerflieder und Stockrosen, umkränzten einen akkurat gepflasterten Gartenweg, der auf einen großen Birnbaum zulief, dessen Ästen ein Herr von Ribbeck hätte entsteigen können. Zwischen ihnen standen Küchenkräuter, Salbei, Schnittlauch, Basilikum und Minze. Doch nichts blühte richtig, alles wartete wohl auf den Schub des Sommers. Der ließ auf sich warten. Auch Robert und Hans ließen auf sich warten, erst um fünf Uhr nachmittags kamen sie wieder, gerade rechtzeitig, um die Fahrräder beim Verleih abzuliefern.

Das gemeinsame Abendessen fiel weg, wegen Müdigkeit und Sattheit von Robert und Hans, die am Stechlinsee ihren Bauch mit Quappe, einem speziellem Fisch, und Bratkartoffeln gefüllt hatten.

Also machte sich Albrecht allein auf den Weg und da nun schon „Alter Fritz" und „Junger Fritz" bekannt waren, wäre es jetzt angebracht, nach dem „Mittleren Fritz" zu suchen, das schien der Ratskeller zu sein, gegenüber dem Denkmal angesiedelt, auf dem ein gelockter Bronzefritz stand, mit der Inschrift „Kronprinz Friedrich".

Nach Scampi und Kalbfleischklößchen trafen auch Robert und Hans ein. Es hatte angefangen zu regnen, der Bronzefritz schaute trübe drein, tat er eigentlich immer, wahrscheinlich wegen seiner Kriege, war also nicht weiter bemerkenswert.

Die alten Männer wollten einer Musikvorführung beiwohnen, einer „Brass Band", die versprochen hatte, im Schlosshof oder witterungshalber in dem Kleintheater der Musikakademie zu gastieren, einem gebauten Solidaritätszuschlag, sozusagen eine Wendespende.

Rheinsberg und Musik, das macht nachdenklich. Beim Friedrich ist es noch einfach, leicht ist es, sich Flötentöne vorzustellen, die über den Grienericksee schwirren, um in den Kieferwäldern zu verklingen.

Heinrich macht es schwieriger; keine Ahnung, was er liebte, außer Frankreich, Kultur und Männer, doch er scheint auch Mäzen und Genießer gewesen zu sein, vielleicht liebte er Vivaldi? Aufführungen musikalischer Art gab es genug in seiner Rheinsberger Residenz.

Fontane macht es noch viel schwieriger. Weil er so viel schrieb, wird er wohl kaum Zeit für Musik gehabt haben – Musikgenuss setzte damals voraus, dass man die Musik als Event verstand, mit sorgfältiger Vorbereitung, eingeflochten in eine stringente Kleiderordnung mit Nachbereitung bei Lutter & Wegner oder ähnlichen Lokalitäten. Man kann annehmen, dass der geniale Theodor, der finanziell nicht reich gesegnet war, dazu weder die Zeit noch die

Mittel hatte. Was die „Wanderungen" oder explizit darin „Rheinsberg" betrifft, so spielt Musik darin nirgendwo eine große Rolle. Vielleicht hat er ganz gern in irgendwelchen Berliner Ausflugsgaststätten gesessen und den Operettenklängen der Musiker in ihren kleinen Besetzungen zugehört, jedenfalls kommt in seiner Beschreibung von Rheinsberg Musik nicht vor.

Besser steht es bei Tucholsky. Eine Menge Töne außer den dichterisch-kreativen hat er „Rheinsberg" zukommen lassen. Zuerst kamen sie aus dem hämmernden, begleitenden Klavier während der kinematographischen Episode, die der Claire Freude bereitete, dem Wölfchen aber nicht. Später, ganz zum Schluss, folgte eine einfühlsame und zugleich pompöse Schilderung der Musik, die aus der Villa auf dem Hügel drang, an welcher das Paar bei einem Spaziergang vorüberging.

Überhaupt, Tucholsky. Später wird er wohl mit Genuss in den musikalischen Taumel der Zwanziger Jahre hineingeraten sein, dieser verrückten Mixtur aus Charleston, Claire Waldoff und Friedrich Hollaender.

Die Männer kamen etwas spät, der Saal war gefüllt, die Band hatte schon zu spielen begonnen.

Es waren an die zwanzig jungen Menschen, sie saßen auf Stühlen und hatten einen Bandleader, der wie ein Lehrer aussah und vermutlich auch einer war. In der vordersten Reihe saßen sechs Augenweiden, hübsche junge Mädchen mit Saxophonen. Ihre Beine steckten schüchtern in Jeans und Sportschuhen. Duke Ellington, Count Basie und George Gershwin schwirrten durch den Raum, volltönend war die Musik, emsig und brav.

Albrecht vermisste in ihr die dritte Dimension. „Das meiste spielen sie in der gleichen Lautstärke, kein Auf und Ab. Kommt alles durch die Diskomusik. Da wird auch alles immer in der gleichen Lautstärke gespielt." Manchmal erhob sich ein älterer Saxophonist und spielte ein Solo, machte das sehr virtuos und kraftvoll. Die Band war fleißig, spielte eineinhalb Stunden ohne Pause und lieferte noch zwei Zugaben.

Als die Freunde das Theater verließen, hatte der Regen aufgehört, es war jedoch sehr kalt und es dunkelte; herbstliche Stimmung entstand, denn das Grün der Plätze und Bäume war nur noch zu erahnen. Man trat ein in die am Tag von der Sonne aufgewärmte Rheinsberger Wohnung, Robert holte die Skatkarten herbei und der restliche Abend war Anlass, die letzten Flaschen Bier zu leeren. Am nächsten Tag würde man Rheinsberg verlassen. Das Frühstück mit Bröckelbrot und Resten dauerte diesmal lange. Zwischendurch wurde gepackt, aufgeräumt und gewartet, weil Robert im Kampf mit der Geschirrspülmaschine darauf bestand, sie vorzeitig auszuräumen und das Geschirr mit der Hand zu waschen. Schließlich ging es mit dem Auto hinaus, vorbei an dem Bahnhof, an dem Tucholskys Paar, Claire und Wölfchen, die Stadt verlassen hatten, hinein in das Grün der Landschaft. Rheinsberg versank hinter den Freunden in den märkischen Wäldern.

Am Straßenrand grüßten zum Abschied der Reihenfolge nach ein Graureiher, ein Kranich und ein Storch, unbewegt mit spitzen Schnäbeln vor sich hinschauend, auf der Suche nach überfahrenen Fröschen und Mäusen.

Sie erreichten Gransee und parkten vor dem Ruppiner Tor. Man wollte sich den Ort anschauen, der berühmt sei durch sein mittelalterliches Flair. Ein Blick auf den Stadtplan zeigte, dass sein Grundriss einem Ei glich, das mit einem Gitternetz von Straßen gefüllt und von einer Stadtmauer umgeben war.

„Sie war einmal zwei Kilometer lang", sagte Herr Kalle, „doch bei der letzten Zerstörung hat sie hundertsiebzig Meter verloren."

Herr Kalle trug eine Mönchskutte und war der Stadtführer des Verschönerungsvereins, der in der Kaiserzeit erblühte, während der Kriege im märkischen Sand versickerte und nach der Wende wiederbelebt wurde. Herr Kalle stand auf dem Platz, auf dem einmal die preußische Königin Luise als Leichnam auf dem Weg von ihrem mecklenburgischem Gut Hohenzieritz nach Berlin Halt gemacht hatte und der von „Luisenplatz" zu „Ernst-Thälmann-Platz" und schließlich zu „Schinkelplatz" umbenannt wurde. Man sollte seinen Mitmenschen testamentarisch verbieten, Straßen und Plätze nach sich zu benennen, sonst unterliegt man irgendwann der Gefahr der Leichenschändung, dachte Albrecht.

Jedenfalls lud Herr Kalle die drei Männer freundlich zur Stadtrundfahrt in einen Kleinbus ein. Der Bus durchstreifte die Stadt und hielt vor mehreren alten Gebäuden, die nach Kriegen und Bränden übriggeblieben waren: Kloster, Kirche, Spital und Stadttor. Es waren rote Inseln aus Backsteingotik im ruhigen weißen Stadtbild. Auch Gransee hielt sich an die märkische Tradition, zweistöckig und schlicht waren die Häuser, mit schmucklosen Fassaden, wenn man von ein paar Häusern aus der Gründerzeit absah.

Herr Kalle war ein belesener und mitteilsamer Mann und hielt bei jedem Halt einen weit ausgeführten Vortrag über die geschichtlichen Imponderabilien und Modalitäten, den er zum Schluss brachte, wenn ihn eine bestimmte Mitfahrerin, offensichtlich auch Mitglied des Verschönerungsvereins, zur Weiterfahrt drängte. Nur mit den Jahreszahlen hatte er etwas Probleme, die vordem genannte Mitfahrerin sprang dann helfend ein.

Eine seltsame Ruhe lag an diesem Samstagnachmittag über der Stadt, die Einwohner schienen in ihren Häusern festgenagelt zu sein. Selten sah man einen Menschen auf den Straßen, nur wenige Autos parkten an ihren Rändern und es war kaum Geschäftsverkehr zu spüren.

„Man kommt sich vor wie im Museum", sagte Hans.

Die Ruhe Gransees verlief sich. Als sich das Auto mit den drei Freunden auf die Autobahn einfädelte, wurde es Teil eines Verkehrsschwarmes, der auf Berlin zusteuerte. Wälder und Felder wichen, verstreute Höfe und Wohnhäuser gerieten ins Blickfeld. Berlin meldete sich wenig spektakulär. Zwischen grünen Bäumen standen am Rand der Autobahn Lagerhallen und halb abgerissene Fabriken. Irgendwo erschien ein Schild:

Deutsche Teilung
1949 – 1990

Durch die Berliner Stadtlandschaft ging es nun, lärmig und voll war es, die Avus kam und brachte wieder etwas Ruhe, denn der Grunewald schaute freundlich herüber. Bald würden sie Roberts Haus in Zehlendorf erreichen.

Und dort würden drei alte Herren zwei alte Damen treffen.

Es wurde sehr früh warm. Die Stadt lag im Sommerlicht. Der Fluss, der sie umgürtete, schien die Betulichkeit des Tages in seinen langsamen Lauf aufzunehmen und eine Schar Enten, die sich in der Morgendämmerung auf den Äckern und Wiesen ihre Nahrung geholt hatten, landeten auf seinem Wasser. Zwischen den Häusern erhoben sich zwitschernd Schwalben in die Luft, denn auch die Insekten waren bereits erwacht.

Der Bürgermeister hatte seinen Wagen neben dem Rathaus abgestellt und machte noch einen kurzen Spaziergang durch die Innenstadt. Alles sah sauber und gepflegt aus. Die bunten Fachwerkhäuser mit ihren hergerichteten Fassaden wechselten ab mit Häusern der Gründerzeit, gebaut aus roten Ziegelsteinen; der Leerstand, welcher sich mancherorts zu einer Plage der Innenstädte entwickelt hatte, trat hier noch nicht sehr in Erscheinung. Das war sein Verdienst, ging es ihm stolz durch den Kopf. Er, Dominik Trumberg, hatte sich erfolgreich den Roten widersetzt, welche die Innenstadt autofrei machen wollten und stattdessen zwei Großparkplätze am Rand des Altstadtkerns errichten lassen, von denen man auf kurzem Weg über einen Durchgang die Innenstadt erreichen konnte. Dafür mussten natürlich ein paar denkmalgeschützte Fachwerkgebäude abgerissen werden, in zähen Gerichtsprozessen hatte er das hingekriegt.

Seine Devise, die er schon vor seiner Wahl dem Volk eingehämmert hatte, lautete: „Erst die Stadt, alles andere zählt nicht!"

Die Leute hatten verstanden. Vor acht Jahren war es ein schwerer Kampf gewesen, die Sozis aus dem Rathaus zu verjagen. Der Zufall kam ihm zu Hilfe.

Die dummen Sozis hatten eine Frau als Kandidatin ausgewählt, die ausgerechnet die Leiterin des örtlichen Finanzamtes war. Eine so schöne Vorlage konnte man sich nur wünschen. Zusammen mit seinen Parteifreunden hatte er den Mittelständlern der Stadt untergejubelt, sie dürften sich nicht wundern, wenn sie nach ihrer Wahl mit Steuerprüfungen so drangsaliert würden, dass ihre Läden und Handwerksbetriebe in die Knie gingen. Und sie könnten auch gleich ihren Angestellten verklickern, dass sie sich ebenfalls nicht wundern sollten, wenn ihre Arbeitsplätze futsch wären, falls sie die Soze wählten.

Die Rechnung ging auf. Die Soze verlor, wenn auch nur knapp. Seither war er der uneingeschränkte Herr über die Stadt, jede wichtige Entscheidung wurde von seinem Schreibtisch aus getroffen. Als erstes kündigte er die Mitgliedschaft im Tourismusverband auf. So ein Unfug, das Geld der Stadt für etwas auszugeben, was niemandem nützt. Auf der Suche nach weiteren Einsparungen durchforstete er sämtliche Behörden und warf einen Großteil der städtischen Angestellten hinaus. Besonders das Gesundheitsamt erregte seinen Argwohn. Er hatte es um die Hälfte verkleinert, schließlich sind die Leute selbst für ihre Gesundheit verantwortlich. Die beamteten Mitarbeiter konnte er leider nicht entlassen; wenn es ging, versetzte er sie an andere Stellen, so an das Amt für Wirtschaft und Verkehr. Die Presseabteilung des Rathauses hatte er gleich völlig umgekrempelt, versteht sich, dass er sich in diesem Bereich nur mit loyalen Personen umgab, Sozis hatten hier nichts mehr zu suchen.

An der Hauptstraße kam er an einem Hotel und vier Geschäftshäusern vorbei, die ihm gehörten. Sofort wurde er beflissen von einem Hotelangestellten gegrüßt, der gerade aus der Tür kam. Seine Stadthäuser hatte er vermietet, das Geld floss reichlich. Er selbst wohnte nicht in der Stadt, sondern mit seiner Familie auf einem Reiterhof in der Umgebung.

Ja, die Familie. Es hatte lange gedauert, sie auf das richtige Gleis zu stellen. Die erste Frau, die seine zwei Töchter zur Welt gebracht hatte, war Vergangenheit. Ihre Aufmüpfigkeit hatte ihn genervt; nur weil er ein paarmal fremdgegangen war, wurde sie zickig. So eine Unbotmäßigkeit, schließlich ist man ein Mann. Er hatte sich getrennt und musste dabei leider abdrücken, nicht ganz eine Million, das tat weh. Bei der zweiten Frau Melina war er vorsichtiger gewesen und hatte gleich zwei Fliegen mit einer Klappe geschlagen. Erst einmal war sie ehemaliges Model und sah spitze aus, sodass er sie überall vorzeigen konnte. Dann war sie zwanzig Jahre jünger als er, quatschte nicht so viel und hatte damit das Zeug, ihn jung zu erhalten. Von ihr stammten seine beiden Söhne, Daniel und Ronald.

Kindererziehung ist eigentlich eine einfache Sache, dachte er. Ganz einfaches Prinzip. Belohnung für Gehorsam, Strafe für Renitenz. Es ist bei den Tieren genauso. Wenn fünf Vogelküken im Nest ihre Schnäbel aufsperren, liegt es nur an den Eltern, welche Schnäbel sie bevorzugt bedienen. Und wenn die Kinder noch nicht in der Pubertät sind, kann auch eine Maulschelle als Erziehungsmittel nicht schaden. Überhaupt, die Pubertät.

Als sein Sohn Daniel einmal mit ihm reden wollte, weil es durch seine Schüchternheit Probleme mit den Mädchen gab, hatte er ihm gesagt:

„Du Stiesel! Werde erfolgreich, dann kannst du jeder Frau an die Muschi fassen, wenn du willst. Und merke dir: nichts macht einen Mann so sexy wie Geld oder Macht!"

Aber Kinder werden nicht immer so, wie man will. Daniel war und blieb ein Pflaumenaugust. Sein jüngerer Bruder Ronald: ein ganz anderes Kaliber. Ein paar Dummheiten hatte er gemacht, zwei Autos kaputtgefahren und ein Mädchen mit Folgen angebumst. Es hatte seine ganze Überredungskunst gefordert, die heulende Tussi zu einer Abtreibung zu bewegen, natürlich auch mit reichlich Geld. Egal, jetzt klappte alles prima mit Ronald, er stand solidarisch an der Seite seines Vaters, unterstützte ihn mit Leserbriefen an die örtliche Presse, wenn man sich über ihn aufregte und half ihm dabei, die Firma Trumberg zu leiten.

Er erreichte den Marktplatz vor dem Rathaus. Als er zwischen den Ständen umherging, wurde er von allen Seiten begrüßt, manche Marktbeschicker klatschten sogar. Seine Brust wölbte sich vor Stolz. Kein Wunder, dass sie ihn mochten, schließlich hatte er mit einem Paukenschlag alle ihre Probleme gelöst.

Ein Problem der Stadt war schon immer gewesen, dass zwei andere Bundesländer in ihrer Nähe lagen. Und das war Konkurrenz. Und die musste man beseitigen. Das ging ganz einfach. Er schloss für vier Wochen den Marktplatz, ließ ihn umbauen und verpachtete die Stände neu. Den Zuschlag bekamen nur Geschäftsleute aus der Stadt oder aus der näheren Umgebung. Der Beifall kam prompt. Es ging so immer weiter und lief bis heute bestens.

Trumberg betrat nun das Rathaus und öffnete die Tür zu seinem Büro. Seine Sekretärin stand vor einem Regal an der Wand und räumte Akten ein. Er tätschelte im Vorübergehen geistesabwesend ihren Hintern, sie kicherte und er setzte sich an seinen Schreibtisch. Es war bereits seine dritte Sekretärin, ihre beiden Vorgängerinnen hatte er gefeuert, weil sie ihm zu unsolidarisch waren.

Es lief alles gut, er war zufrieden.

Doch als er die Post durchging, zog sich sein Magen zusammen; es packte ihn schlechte Laune, sodass sich Sorgen auf seine Stirn schlichen und sich als Falten vermenschlichten. In etwas mehr als einer Woche sollte die Wahl für den neuen Bürgermeister stattfinden und nach ein paar Presseumfragen sollte es ein Kopf an Kopf-Rennen zwischen ihm und Josef Brinkmann geben, dem alten Esel. Das empfand er beinahe als Beleidigung. Brinkmann war das letzte Aufgebot der Sozis, die sich bis vor einem halben Jahr noch nicht auf einen Kandidaten einigen konnten, die verzankte Bande. Als sie nicht mehr weiterwussten, pickten sie sich aus Verlegenheit den Politopa heraus, der zwar lange Jahre im Rat gesessen hatte, aber eigentlich ins Altersheim gehörte. Das hatte er den Leuten in seiner Wahlwerbung auch alle paar Tage eingebläut.

Sicher, er selbst war nur drei Jahre jünger als Brinkmann, er sah aber doch mindestens ein Jahrzehnt jünger aus! Ihm wurde schlecht, er brauchte frische Luft. Er öffnete das Fenster und steckte seinen blondgefärbten Kopf hinaus. Ein plötzlicher Windstoß fegte unter seine Stirntolle und ließ das Toupet verrutschen, er rückte es wieder zurecht, schloss das Fenster und setzte sich wieder.

Natürlich waren auch Fehler passiert.

Da war die Sache mit der Escortdame. Die hatte er abends nach einer stinklangweiligen Bürgermeistertagung auf sein Hotelzimmer bestellt, die Sozis und die Presse hatten es irgendwie mitgekriegt. Solche Probleme lässt man am besten durch seinen Rechtsanwalt und einen Batzen Geld lösen. Der hatte sich trottelig angestellt und so musste er ihn feuern und einen neuen Rechtsverdreher engagieren. Der füllte die Dame ordentlich mit Geld, eine für sie ungewohnte Füllung und fortan hielt sie den Mund.

Auch das mit der Schweinepest war nicht so gut gelaufen. Als sie in den Landkreis kam, hatte ihn der Kreisveterinär gewarnt, dass sie hochansteckend sei und die Schweine am besten in Klausur gehen sollten. Das hatten die Nachbarkreise und Nachbargemeinden auch getan, doch als ihn die Landwirte fragten, was sie machen sollten, hatte er ihnen geraten:

„Das ganze Problem wird maßlos übertrieben! Euch kann sowieso nichts passieren, um unsere Gemeinde herum stecken alle Schweine in den Ställen, wer soll dann eure Schweine noch infizieren? Außerdem brauchen wir sie, wo sollen denn sonst die Bratwürste und Nackensteaks für den Grill herkommen? Macht alles so wie sonst und desinfiziert die Viecher und die Ställe lieber vernünftig."

Er hatte sich wohl verrechnet. Ein Großteil der Schweine in den Höfen um die Stadt herum musste gekeult werden und auch die paar Schweine auf dem Reiterhof, die er für die Eigenversorgung hielt, hatten frühzeitig das Zeitliche gesegnet.

Na egal, wird sich überstehen lassen.

Er ging wieder aus dem Rathaus hinaus zu seinem Auto. Zwischendurch drückte er ein paar Leuten die Hand, die ihn freundlich begrüßten. Na bitte, er war beliebt, das ist doch das Wichtigste bei einer Wahl! Er fuhr zu seinem Reiterhof.

Im Ratskeller hatten sich in einem separaten Raum die Frauen und Männer versammelt, die zum Wahlausschuss der Sozialdemokraten gehörten. „Es wird knapp werden", sagte Josef Brinkmann. „Trumberg ist äußerst beliebt in der Stadt. Die Leute merken nicht, dass er sie pausenlos anlügt. So hat er ihnen vorgemacht, die Stadtkasse habe noch etliche Reserven, weil er durch seinen Austritt aus dem Verband und der Verkleinerung der Gesundheitsbehörde Geld gespart habe. Und die Grundsteuer hat er auch gesenkt. Das ist aber nur eine Wohltat für die Grundstücksbesitzer, die kleinen Leute haben davon nichts. Das mit den Reserven ist in Wirklichkeit eine Luftbuchung, das ist aber von Laien nur schwer zu durchschauen. Und was seinen Wahlkampf betrifft, so behauptet er, er habe ihn allein aus seinem Vermögen finanziert. Dass er die städtischen Angestellten, die wir alle bezahlen, pausenlos damit beschäftigt, hält er unter der Decke. Und wenn wir nachfassen wollen, treffen wir auf eine Mauer des Schweigens, weil sich niemand traut, etwas gegen ihn zu sagen."

„Und wie sieht es mit den Finanzen der Stadt aus?", fragte Hildegard Klintheim, die Finanzamtsleiterin und Verliererin der letzten Wahl gegen Trumberg. Brinkmann faltete die Hände, legte seinen Kopf nach hinten und schaute deprimiert auf die Decke des Gewölbekellers.

„Das müsstest du selbst doch am besten wissen!"

„Tut mir leid, wir vom Finanzamt sind auf die Zahlen angewiesen, die wir von der Stadt bekommen."

„Und die sind getürkt! Dass die Stadt kein Geld mehr hat, siehst du an dem schäbigen Zustand der Schulen und Zufahrtsstraßen. Trumberg hat die Stadt isoliert und die Verbindungen zu den Nachbargemeinden heruntergefahren, das trifft selbst auf den Nahverkehr zu. Die Stadt selbst sieht aus wie geleckt, daran zieht er sich hoch. Doch der Austritt aus dem Tourismusverband hat zur Folge gehabt, dass die Gästezahl in den Keller gegangen ist. Die angeblichen Einsparungen, mit denen er kommt, sind längst durch andere Ausgaben aufgefressen. Der ständige Wechsel des Personals der Stadtverwaltung hat einen Haufen Geld für Abfindungen und vorzeitige Versorgungsansprüche gekostet. Er geht ja nach dem Motto vor: wer mir im Wege steht, der fliegt. Dagegen hat er zwei seiner Kinder zu Dezernenten gemacht, mit fetten Gehältern und Boni.

Und wenn wir alles im Rat zur Sprache bringen wollen, würgt er uns ab und bezeichnet uns als Kommunisten. Selbst die Reduzierung der Lieferanten von Frischwaren auf örtliche Produzenten ist in Wahrheit nur eine Wohltat für die Landwirte, Bäcker, Fleischer und Gemüsehändler, die ihn wählen. Den Bürgern hat es nur höhere Preise beschert, weil die überörtliche Konkurrenz weggefallen ist. Mit Bio und Nachhaltigkeit hat das überhaupt nichts zu tun. Und weil die Schweinepest von ihm lange nicht ernst genommen wurde, hat er der Stadt und den Landwirten ebenfalls erheblichen finanziellen Schaden zugefügt."

„Man sollte den Wahlkampf mit der Keule führen!"

Von allen Seiten wurden Stimmen laut. Brinkmann stand auf und schaute lächelnd und entspannt in die Runde.

„Genau das sollten wir nicht tun! Wir sollten ihn mit seiner Polemik auflaufen lassen. Unsere größten Verbündeten sind die Frauen. Trumberg ist ein egozentrischer Macho, die Frauen spüren das instinktiv. Wir brauchen Geduld und Zuversicht. Und dann werfen wir diesen irren Chaoten aus dem Rathaus hinaus, damit er uns in den nächsten Jahren nicht die Stadt ruiniert."

Trumberg erreichte seinen Reiterhof, der in einer Senke zwischen zwei Hügeln lag, idyllisch von fetten, grünen Weiden umgeben. Als er das Tor durchfuhr, wieherten ein paar Pferde, die auf einer kleinen Grasfläche neben dem Abreitplatz standen. Sieh mal einer an, die begrüßen mich auch, fuhr es ihm durch den Kopf. Links neben dem Tor lagen die Ställe in einem reetgedeckten Langgebäude mit einer Länge von etwa 150 Metern, dahinter ragte die Reithalle in die Höhe. Zur Rechten stand das stattliche Hauptgebäude. Sein Vater hatte das Bauernhaus, ein niederdeutsches Hallenhaus mit vier Ständern aus dem 17. Jahrhundert, vor fünfzig Jahren erworben. Er selbst hatte es sorgfältig renovieren lassen und um Anbauten erweitert. Zu dessen Seite zog sich der Garten hin, mehr ein Park, mit dem großen Swimmingpool. Trumberg stellte das Auto ab und ging durch das stirnseitige Haupttor in die Eingangshalle, in der sich die Familie meistens aufhielt. Von der Halle zweigten mehrere Zimmer und die offene Küche ab. Eine gewundene Holztreppe führte nach oben. Hier lagen die Schlaf- und Fremdenzimmer. Trumbergs Frau Melina und die beiden Töchter Irina und Tilla waren zuhause. Tilla hockte in Shorts auf einem breiten ledernen Sessel und lackierte sich die Fußnägel. Irina lag in Reitkleidung auf dem Ledersofa und hatte die Beine mit den Stiefeln auf den Armlehnen hochgelegt. Seine Frau werkelte in der Küche. Trumberg ging zu der Bar, machte sich einen Drink und setzte sich zu den Töchtern.

„Wo sind die Jungs?"

„Reiten noch", antwortete Tilla, ohne aufzuschauen. Die Mutter kam und setzte sich zu ihnen. Eine Weile blieb es bei gemeinsamer Schweigsamkeit. Trumberg unterbrach.

„Sonntag in einer Woche ist die Wahl. Davor müssen wir noch einen Familienauftritt machen."

Die Frauen schauten sich gelangweilt an.

„Wir hatten doch schon zwei davon!", maulte Irina. Trumberg wurde ärgerlich.

„Nächsten Freitag ist unser wichtigster Auftritt, er findet direkt vor dem Rathaus statt. Ihr braucht nicht viel zu machen außer lächeln und gut aussehen. Ich erwarte von euch, dass ihr was Vernünftiges anzieht, hochhackige Schuhe und kurze enge Kleider, damit man eure Hintern sieht. Oder soll das so weit gehen, dass du nach Pferd stinkst, Irina?" Melina versuchte, ihren Mann zu beschwichtigen.

„Muss doch nicht immer sein, dass wir so glamouröse Auftritte haben, Dominik!" Trumberg platzte der Kragen.

„Was denkt ihr, warum mein Vater mir den Namen Dominik gegeben hat? Dominik kommt von do-mi-nie-ren. Und wer nicht dominiert, fällt runter!"

Eine Woche später hatte man auf dem Marktplatz ein Podium aufgebaut, die Menschen drängten sich. Direkt vor dem Podium hatten sich Trumbergs konservative Parteifreunde versammelt und hielten Fahnen hoch, mit den Farben der Stadt und der Aufschrift: „Dominik Trumberg für uns alle!"

Als Trumberg das Podium mit seiner Frau und seinen Söhnen und Töchter betrat, gönnten sie ihm ein anhaltendes Klatschkonzert; die Menge dahinter hielt sich einstweilen zurück. Trumberg ging zum Mikrofon und schaute zufrieden über den Platz. Er und seine Söhne hatten elegante schwarze Anzüge mit einfarbigen Krawatten an, die Frauen trugen kurze Cocktailkleider und lächelten. Vorher waren sie beim Friseur und bei einer Visagistin gewesen, die ihnen volles Make-up verpasst hatte. Trumberg begrüßte die Bürger und begann seine Rede.

Wenn er zu seinen potenziellen Wählern redete, spielte sich eine ausgearbeitete Mimik ab.

Er streckte seinen Kopf nach oben und hinten, vorsichtig darauf achtend, dass ihm nicht unter seine Stirntolle geguckt wurde, die aus dem Toupet herausragte. Der Schwung seiner Augenbrauen verdichtete sich zu einem arroganten Zug, den er für den Ausdruck von Überlegenheit hielt. Darunter blitzten seine Augen raubtierhaft auf. Wenn er sprach, schürzte er seine Lippen und stülpte sie nach außen. Dies hatte normalerweise zur Folge, dass seine Umgebung, die ihn kannte, sich frontal von ihm fernhielt, um dem darauffolgenden Spuckenebel zu entgehen.

Seine Mimik wechselte zwischen triumphierend und hassgeladen. Der Hass überwog, denn der umfangreichste Teil seiner halbstündigen Rede war darauf angelegt, seinen Herausforderer lächerlich zu machen. Es kam zum Schlussakkord.

„Wollt ihr wirklich, dass uns ein Sozi aus dem Altersheim regiert?"

Seine Anhänger brüllten.

Zufrieden verließ Trumberg mit seiner Familie das Podium. Vierzehn Tage zuvor hatte er noch einen Coup gelandet. Der notorisch klammen Gemeinde der Stadtpfarrkirche hatte er einen Scheck in der Höhe von hunderttausend Euro überreicht. Am folgenden Sonntagsgottesdienst ließ er sich mit seiner Familie in der Kirche blicken. In der Predigt erwähnte der Geistliche die großzügige Schenkung und schloss mit den Worten: „Möge Gott den großzügigen Spender, unseren Bürgermeister, segnen!"

Und löste damit breite Zufriedenheit in Trumbergs Gesicht aus.

Eigentlich konnte nichts mehr schief gehen.

Am Rand des Platzes stand Josef Brinkmann mit einem kleinen Haufen Frauen und Männer aus seiner Partei. Ihnen stand die Wut ins Gesicht geschrieben. Nur Brinkmann strahlte Zuversicht und Gelassenheit aus.

„Seid geduldig und habt Vertrauen! Der Sieger unserer Wahl steht erst am Ende fest. Die Menschen in unserer Stadt sind nicht so dumm, wie Trumberg sie einschätzt. Was ihr heute erlebt habt, ist eine Versammlung von Claqueuren und Ahnungslosen. Was uns hilft, ist Freundlichkeit zu unseren Wählern und Mut."

Am Wahlsonntag erschien Trumberg mit seiner Familie in seinem Wahllokal, einer Schule am Stadtrand. Sie waren ähnlich gekleidet wie bei der Wahlveranstaltung am Freitag. Weil er die örtliche Presse zu dem Termin bestellt hatte, blitzten die Kameras auf, als er den Wahlakt vollführte. Er streckte triumphierend die Hand mit dem zusammengefalteten Wahlbrief in die Höhe und warf ihn mit einer energischen Bewegung in den Schlitz der Wahlurne. Brinkmann dagegen hatte als einer der ersten Bürger in seinem Wahllokal am Rathaus gewählt, ohne die Anwesenheit der Öffentlichkeit.

Die Stimmen wurden abends im Ratskeller ausgezählt, der zu diesem Zweck für den Restaurantbetrieb geschlossen hatte. Ab 18:00 Uhr trafen nach und nach die versiegelten Wahlbehälter aus den einzelnen Wahllokalen ein, deren Stimmzettel nach Öffnung sofort ausgezählt wurden. Je ein Wahlbeobachter, der von den Sozialdemokraten und Konservativen vorgeschlagen wurde, war anwesend.

Trumberg hatte am späten Nachmittag seinen Reiterhof verlassen und sich in das Rathaus begeben, wo er zusammen mit ein paar Parteifreunden in seinem Büro auf das Wahlergebnis wartete. Auf dem Marktplatz hatte sich auch zu diesem Zweck eine Menge von Bürgern versammelt. Es zeigte sich zunächst das erwartete Kopf an Kopf-Rennen zwischen ihm und Josef Brinkmann.

Um 19:00 gab der Wahlleiter ein Zwischenergebnis bekannt. Trumberg führte mit 52% der ausgezählten Stimmen. Trumberg triumphierte, lief zum Fenster, riss es auf und zeigte sich der Menge.

„Ihr seht hier den Gewinner der Bürgermeisterwahl", rief er laut in die Menge.

Die meisten klatschten, es wurden aber auch Pfiffe laut. Trumberg setzte sich in seinen mächtigen Schreibtischsessel, lehnte sich zurück und wischte sich die Stirn.

„So, das wäre geschafft!" Trumbergs Sekretärin ging zum Kühlschrank, öffnete eine Flasche Champagner und schenkte den Anwesenden ein.

Um 22:00 Uhr sollte das Wahlergebnis im Sitzungssaal des Rathauses verkündet werden. Trumberg mit seinem Anhang und seiner Familie sowie Brinkmann mit seinen Parteifreunden hatten auf den Stühlen Platz genommen. Die örtliche Presse hatte sich vorn postiert. Das Stimmengemurmel ebbte ab, als der Wahlleiter mit einem Bogen Papier den Raum betrat und zum Mikrofon ging.

Er las ab.

„Ich verkünde jetzt das Wahlergebnis.

Gültige Stimmen: 36 209. Für Dominik Trumberg stimmten: 17 561 Wähler, das sind rund 48,5% der Stimmen, für Josef Brinkmann stimmten 18 540 Wähler, das sind rund 51,5% der Stimmen. Somit steht der Wahlsieger fest, es ist Josef Brinkmann."

Aus den Reihen der Sozialdemokraten kam lautes Rufen und Klatschen.

Trumbergs Gesichtsfarbe wechselte von wachsbleich zu puterrot. Er sprang auf und schrie:

„Das ist Wahlbetrug! Ich bin der Sieger, das stand vorhin schon fest! Ich möchte die ungültigen Stimmen sehen, es sind bestimmt gültige darunter!" Der Wahlleiter blieb besonnen.

„Sie können ganz ruhig sein, Herr Bürgermeister. Es ging alles mit rechten Dingen zu. Wir werden sowieso in den nächsten Tagen noch einmal auszählen. Erfahrungsgemäß kann es Veränderungen geben, das betrifft aber in aller Regel weniger als eine zweistellige Zahl von Stimmen. Am Wahlergebnis ändert sich dadurch nichts."

Trumberg hielt es nicht auf seinem Sitz. Er winkte seiner Familie und verließ den Sitzungssaal mit eiligen Schritten.

Als sie den Reiterhof erreichten, wieherten die Pferde wie immer. Doch heute empfand er es, anders als vor einer Woche, nicht als Begrüßung. Es schien ihm so, als lachten sie ihn aus.

Am nächsten Tag telefonierte er häufig mit Dr. Winkelmann, seinem vierten Rechtsanwalt innerhalb der letzten acht Jahre. Die Anwälte davor hatte er gefeuert. Er wies ihn an, sich auf die Suche nach einem Grund zu machen, das Wahlergebnis gerichtlich anzufechten.

Zwei Tage später erschien Winkelmann auf dem Reiterhof. Es sah so aus, als sei er fündig geworden.

„Eins ist klar, Dominik, der Wahlbeobachter von euch Konservativen konnte der Auszählung wohl kaum folgen", sagte Winkelmann lächelnd.

„Wieso?"

„Er war offensichtlich stockbesoffen." „Lässt sich das beweisen? Und wer war das überhaupt?"

„Dein Stallmeister. Du hast ihn selbst vorgeschlagen. Weißt du das nicht mehr? Ich habe recherchiert. Einen Tag zuvor hat er im Ratskeller gesessen und gezecht. Anschließend war er noch in der Langen Straße und ist erst am frühen Morgen nach Hause gekommen."

Was damit gemeint war, wusste jeder in der Stadt. In der Langen Straße gab es einen Nachtclub mit angeschlossenem Bordellbetrieb. Trumbergs Laune besserte sich.

„Dann haben wir doch einen Grund, die Wahl anzufechten. Wir brauchen jetzt nur noch Zeugen, das heißt Zeuginnen, die uns bescheinigen, was er alles intus hatte!" Winkelmann zuckte mit den Schultern.

„Was denkst du, was ich versucht habe! Aus der Bordellwirtin war nichts herauszukriegen. Sie sagte, wenn aus ihrem Haus Indiskretionen nach außen dringen würden, könne sie den Laden gleich zumachen." Trumberg packte die Wut.

„Dann kauf doch den Puff für mich, damit die Dame den Mund aufmacht", schrie er. Jetzt wurde auch Winkelmann laut.

„Nun halt mal die Luft an, Dominik und lass diesen Aktionismus! Bis auf die Geschichte mit dem besoffenen Wahlbeobachter ist die Wahl völlig korrekt gelaufen. Ob das allein einen Richter dazu bewegen könnte, die Wahl für ungültig zu erklären, ist mehr als zweifelhaft. Und wenn er erfährt, dass du deinen Stallmeister selbst als Beobachter vorgeschlagen hast, was der Fall sein wird, sehe ich dafür überhaupt keine Chance!"

In vierzehn Tagen würde Trumbergs Amtszeit abgelaufen sein. Er ließ sich kaum noch zu Hause blicken, saß in seinem Büro und beschäftigte pausenlos seine Beamten und Angestellten damit, noch letzte Beschlüsse auf den Weg zu bringen. So erteilte er seinem Schwager aus erster Ehe, der eine Baufirma besaß, den Auftrag für den Umbau der städtischen Kindertagesstätte. An die Landesbehörde für Umweltschutz richtete er einen Antrag zur Aufhebung des Landschaftsschutzes für einen Teil des Stadtwaldes, nachdem er dazu in letzter Sekunde mehrere Gutachten hatte anfertigen lassen. Vor einem Vierteljahr hatte er nach einem Urlaub auf den Bahamas auf Kosten eines Autozulieferers der Firma versprochen, ihr an dieser Stelle ein Grundstück für ein Zweigwerk zur Verfügung zu stellen.

Doch nun wurde es enger. Am Abend vor der Amtsübergabe räumte er seinen Schreibtisch aus, um das Büro endgültig zu verlassen.

In der Nacht schlief er schlecht. Mitten in der Nacht fiel ihm ein, dass er noch zwei wichtige Aktenordner im Büro zurückgelassen hatte, in denen Vorgänge enthalten waren, die für Niemandes Auge und Ohr bestimmt waren. In aller Frühe stand er auf, schloss das Rathaus auf und eilte zu seinem Büro. Als er die Tür öffnete, erblickte er Josef Brinkmann, der gerade dabei, seine Sachen in den Schreibtisch zu räumen. Auch Hildegard Klintheim, die Finanzamtsvorsteherin, war anwesend.

Trumberg grüßte kurz, ging zum Wandregal und entnahm ihm die beiden Aktenordner. Die Klintheim versuchte, ihn daran zu hindern.

„Das sind alles städtische Akten und nicht ihr Privatbesitz, Herr Trumberg. Lassen Sie das bitte stehen!"

Es entwickelte sich ein Handgemenge. Brinkmann kam hinzu und versuchte, die Kontrahenten zu trennen Bei dieser Gelegenheit fiel Trumberg das Toupet vom Kopf und entblößte seine Stirnglatze und das schüttere Haupthaar. Trumberg gingen die Nerven durch. Er lief aus dem Büro hinaus. Brinkmann nahm das Toupet und warf es ihm durch das Treppenhaus zu.

„Das gehört Ihnen, Herr Trumberg!"

Trumberg bückte sich, hob das Toupet auf, rannte zu seinem Auto, ließ den Motor aufheulen und fuhr mit Volldampf durch die Stadt.

Auf dem Reiterhof angekommen, hielt er mit quietschenden Bremsen. Er verließ das Auto und ging in sein Haus. Dabei passierte er einen Rasenfleck mit einer Krähe, die an einem Pferdeapfel pickte.

Die Krähe schaute nicht einmal auf.

HAHNENSCHREIE AM DAMASKUSTOR
EIN REISEBERICHT AUS ISRAEL

Die Grabeskirche ist geschlossen.

Na gut, na schlecht. Ist noch nie passiert. Die christlichen Konkurrenzreligionen in der Grabeskirche, die sich sonst in herzlicher Abneigung zugetan sind, waren sich ausnahmsweise einig. Es ging nämlich um Geld. Um Steuern. Die wollte der Jerusalemer Bürgermeister von ihnen haben, nicht für die Kirche, sondern für ihre Geschäfte, Betrieb von Hotels, Vermietung von Häusern und so weiter, wie von jedem anderen auch. Die Kirchen machen eben gern Geschäfte.

Wie heißt es doch im Johannesevangelium?

Weil das Osterfest der Juden nahe bevorstand, zog Jesus nach Jerusalem hinauf. Er fand dort im Tempel die Verkäufer von Rindern, Schafen und Tauben und die Geldwechsler sitzen. Da flocht er sich eine Geißel aus Stricken und trieb sie alle samt ihren Schafen und Rindern aus dem Tempel hinaus, verschüttete den Wechslern das Geld und stieß ihre Tische um und rief den Taubenhändlern zu: „Schafft das weg von hier! Macht das Haus meines Vaters nicht zu einem Kaufhause!"

Ist wohl nicht so, wie es sein sollte, wie es in der Bibel steht. Und bei Matthäus hat Jesus gesagt:

"So gebt dem Kaiser, was des Kaisers ist und Gott, was Gottes ist."

Na egal. Dann müssen wir eben auf die Grabeskirche verzichten. Die Grabkapelle kenne ich schon, aus der Kirche der Kapuziner in Eichstätt, als Nachbau, aber immerhin. Wir reisen trotzdem alle nach Israel, es scheint so, als würde unser Vorsatz belohnt werden. Plötzlich ist die Grabeskirche wieder auf.

Wir starten in Hannover, steigen in München um, hecheln uns durch endlose Steige und Rollbahnen. Unterwegs begegnen uns schwarzgekleidete Weißwurstverschmäher mit Schläfenlocken, schwarzen Filzhüten und weißen Hemden. Israel, wir spüren dich. Eigentlich eine praktische Kleidung. Ein derartiges Exemplar hängt tief bei mir im Schrank, mein ehemaliger Examensanzug.

Wir, das ist eine Gruppe von Pilgerinnen und Pilgern aus Hannover, die mit ihrem Pfarrer für eine Woche ins Heilige Land fliegt, zur Einsicht und Einkehr.

In Tel Aviv wird es voll. Der Flughafen scheint besetzt von Reisegruppen, die alle das Gleiche vorhaben. Nach einer Stunde Wartezeit bei Passkontrolle und Gepäck sind wir immer noch nicht vollzählig, weil zwei aus unserer Gruppe plötzlich auf die Idee kamen, noch schnell mal Geld einzutauschen. Fluch des Gruppenreisens.

Es geht nun in den Bus. Gepäck ist drin, die Pilgerschar auch. Er startet. Dann reiht er sich ein. In einen Stau.

Der Stau sollte sich für die ganze Fahrt fortsetzen, vom Flughafen Tel Aviv bis nach Nazareth zu unserem Hotel, über die Nord-Süd-Autobahn und eine Nebenstraße, über die schon der listige Pharao Thutmosis III. vor 3500 Jahren mit seinem Heer gekommen war, um die Einwohner des Heiligen Landes bei Megiddo zu überraschen und ihre Streitmacht niederzumetzeln. Es blieb genug Zeit, um die Landschaft jenseits der Route einzuschätzen.

Tel Aviv hob sich weit im Dunst mit seinen Wolkenkratzertürmen ab, um mit seinen Vorstädten die Gegend krakenarmig zu infiltrieren. Fabrikareale wechselten ab mit siloartigen Wohnanlagen, fast war es so, als fuhren wir durch eine einzige Stadt. Auf der rechten Seite erschien plötzlich etwas Gewohntes, eine gefängnishohe Betonmauer, durchsetzt mit Wachtürmen.

„Das ist unsere Schutzmauer zum Westjordanland", sagte Maroun, unser Guide.

Mit Mauern kennt man sich aus und man hat als jemand, der in Deutschland lebt, unangenehme Assoziationen.

Es wurde dunkler. Die Konturen der Landschaft lösten sich auf, Lichter erschienen. Der Autostau wurde zum Leuchtwurm. Doch es gab keine ruhige Dunkelheit; die Seitenhänge der Täler wirkten wie mit Leuchtkäfern durchsetzt. Orte kamen und gingen, manchmal blinkten Tankstellen, Werkstätten und Läden auf. Israel scheint wohl ein stark besiedeltes Land zu sein.

Es ging nun bergan, nach Nazareth. Der Bus mühte sich, fügte sich ein in eine neue Schlange von Bussen, um ächzend vor dem Hotel zu halten, dessen Eingang man durch eine Geschäftspassage erreichte. Es war spät, wir ließen das Gepäck stehen, um im lärmigen Speisesaal Platz zu nehmen, bedient von überforderten Kellnern. Ich sah zu, dass ich in mein Zimmer kam und wartete auf die Helligkeit des Morgens.

Als das Licht in das Zimmer drang, ging ich ans Fenster.

Ein Hang mit ineinander verschachtelten weißgrauen würfelförmigen Flachdachhäusern erschien, dazwischen einzelne grüne Flecken mit Palmen und Bäumen. Die Sonne erhob sich über dem Hang und beleuchtete eine Stadt, groß und lebendig.

Nazareth hat mehr als siebzigtausend Einwohner, sagte Maroun. Die meisten sind Araber.

Ich musste an die Abbildungen in der biblischen Geschichte aus meiner Kindheit denken. Ein Bild fiel mir ein. Jesus hilft seinem Vater Joseph in seiner Schreinerwerkstatt. Vor dem Haus steht ein Olivenbaum, ein Esel ist angebunden und grast. Maria bringt das Essen.

Für die Seele bot Nazareth genug. Mächtige Kirchen, wie Burgen, erhoben sich über das Schachtelwerk der Häuser und die Kuppeln der Moscheen steuerten ihre Farbigkeit bei. Minarette stachen in den Himmel. Wir setzten uns in den Bus und fuhren nach Kana, dem Ort des Weinwunders.

Grüne Hänge erschienen, mit dem Weiß der Häuser durchsetzt. Voll war es überall, voller Menschen, Gebäude und Autos. Ein Ort löste den anderen ab.

Die meisten sind Dörfer, sagte Maroun, fast alle von Arabern bewohnt, manche von Beduinen. Ein Dorf hier in Galiläa hat normalerweise über zehntausend Bewohner.

Es gab nirgendwo Ländlichkeit, doch das Licht und das Grün ließen zusammen mit den Palmen und Zypressen eine gewisse orientalische Romantik aufkommen. Manche Orte lagen geballt auf Bergrücken, wie Festungen.

In Kana stiegen wir aus, gingen durch Andenken- und Imbissbuden zur Hochzeitskirche, wie die meisten christlichen Kirchen in Israel erst im neunzehnten Jahrhundert erbaut. Es wurde voll und bunt; weißgekleidete Pilgerscharen aus Äthiopien mit ihren braunen Gesichtern, Inderinnen mit ihren Glitzergewändern, Geistliche mit farbigen Umhängen und topfförmigen Hüten drängten sich; dazwischen Franziskaner in ihren braunen Kutten. In der Kirche führte eine Treppe aus grob behauenen Stufen in den Keller. Ein Weinkeller? Weiß gekalkt war er, rohe Wände umschlossen einen niedrigen Raum. Wir sahen eine steinerne Amphore, mehr eine Tonne, mit dicken Wänden, von einem Glaskasten umschlossen.

„Das soll einer der Behälter sein, in denen Christus das Wasser zu Wein verwandelt hat", erklärte Maroun. Durch eine andere Treppe ging es wieder nach oben. Eine längliche Kammer erschien, mit einem Rost abgedeckt. Ihr Boden war übersät mit Zetteln, Geldstücken und Banknoten.

Wir stiegen wieder in den Bus und machten uns auf zum Berg Tabor, dem Berg der Verklärung Christi, wo die Propheten Moses und Elias ihm und drei Jüngern erschienen waren, Christus als den Messias erkannt und bereits seinen Tod in Jerusalem prophezeit hatten. Niemand weiß, ob der Berg Tabor wirklich der Berg der Verklärung war, doch die Byzantiner unter Konstantin nahmen es an, weil in der Bibel von einem „hohen Berg" die Rede ist und der Berg Tabor allein liegt und der höchste Berg in der Umgebung von Nazareth ist. Sie bauten eine Kirche, von der nur noch Grundmauern erhalten sind. Heute stehen dort zwei Kirchen; eine katholische und eine orthodoxe, beide keine zweihundert Jahre alt. Wir sparten uns den Pilgermarsch auf den Berg und ließen uns von Kleinbussen fahren. Oben erwartete uns eine parkartige, liebliche Gartenlandschaft, leuchtend, luftig und gepflegt. Der Blick in die fruchtbare Ebene um den Berg ließ innehalten. Wie ein Füllhorn sprießten Gemüse- und Obstfelder, alles von geschickt angelegten Wassergräben durchzogen.

Die Kirche der Franziskaner war in zwei Ebenen angelegt, hübsch, aber nicht sonderlich bemerkenswert. Auf der unteren Ebene fand gerade ein Gottesdienst statt. Als wir die Kirche verließen, dröhnte uns eine überdimensionierte Glocke von der orthodoxen Kirche die Ohren voll. Sie war riesig, stand auf dem Boden und war in eine Art Rad eingespannt; die Orthodoxen fürchteten wohl, die katholische Konkurrenz wolle ihnen das Ohr der Gläubigen rauben.

Wir fuhren zurück nach Nazareth. Hier hatte man dem Ort der Verkündigung Mariens die Ehre erwiesen; ein Kirchenmonstrum, mehr Palast als Kirche, erhob sich über Nazareths Häuserschar. An die Kirche hatte man eine kreuzgangähnliche Galerie angelehnt, geschmückt mit Mariendarstellungen aus aller Welt. Aus Deutschland stammte die schlechteste Darstellung; eine einfallslose Madonna beschützte zwei Kinder, Mädchen und Junge. Die Kinder waren so angezogen und sahen aus wie Hänsel und Gretel. Letzter Preis.

Und wieder war das Wichtigste im Keller zu sehen.

Eine schlichte Grotte aus gekalktem Tuffstein, der Überlieferung nach Marias Wohnung, befand sich ganz unten in der Kirche. Sonst war die Kirche durchzogen von Treppen und Emporen, überall sprangen Details, Abbildungen und Reliefs ins Auge, um jede Ecke ein anderer Blick. Mir gefiel das alles nicht. Außen ging es wieder über Treppen nach oben, zur Josephskirche, die ganz in der Nähe lag, kein Wunder, dachte ich, Maria und Joseph kannten sich ja.

Die Josephskirche wirkte schöner und bescheidener als die üppige Verkündigungskirche. Auch sie hatte ein Kellergeheimnis. Über enge Treppen stieg man ab zu einer kleinen Kammer und einer Zisterne, Josephs Wohnung.

Bereits an diesem Tag hatten wir festgestellt, dass es für fast alle Kirchen, welche über Orten aus dem Neuen Testament errichtet sind, offensichtlich ein Muster gibt.

Die ersten Christen, in der Regel Juden, hatten über den biblischen Orten, die ihnen noch durch die direkte Überlieferung bekannt waren, zunächst ganz einfache Kirchen, eher Räume für die Zusammenkunft, gebaut. Diese Kirchen wurden später von den frühen byzantinischen Gemeinden überbaut, von den Persern und später den Moslems zerstört, von den Kreuzfahrern wiedererrichtet, später wieder zerstört, bis sie ganz zum Schluss, meistens im 19. Jahrhundert, ihre heutige Form annahmen.

Das geschundene Heilige Land mit seinen vielen Kriegen und Vertreibungen hat ihnen also seinen Stempel aufgedrückt – wenn man zum Ursprung kommen will, muss man eben über Gänge, Stufen, Grotten und Engstellen ganz nach unten gehen und demütig seinen Kopf einziehen.

Hier ist alles von größter Einfachheit. Doch hier, nur hier, hat man eine Chance, in seine Fantasie einen Hauch des Göttlichen einzubringen – wenn man es will.

Für mich war das Laufen über die vielen Treppen anstrengend. Mein rechtes künstliches Knie, einoperiert vor zwei Jahren, haderte mit dem neuen linken künstlichen Knie. Weil es erst sechs Wochen alt war, wollte ich es auf Kosten des rechten Knies schonen. Ich beschloss, zu versuchen, meine Knie miteinander zu versöhnen, ging zurück ins Hotel und legte meine Beine hoch.

Um sechs Uhr abends weckte mich die leiernde Lautsprecherstimme des Muezzins. Nach ein paar Minuten bellten wütend die Glocken der vielen Kirchen von Nazareth los, sie schienen beleidigt zu sein, wohl Alltag in diesem Land mit seinem Religionsgemisch.

Einige aus unserer Gruppe versuchten, nach dem Abendessen der Hotelbar einen Besuch abzustatten. Dass es in dem hohen Raum unangenehm zog, weil ständig Türen geöffnet wurden, hätte sie besser davon abhalten sollen. Der Barkeeper, ein junger Araber, schien über den Besuch ebenfalls nicht erfreut zu sein. Obwohl die Bar nicht voll war, bemüßigte er sich wenig, auf Sichtkontakte und Handzeichen zu reagieren und widmete sich lieber irgendwelchen zufälligen Verrichtungen. So kam es, dass die Dauer der Bestell- und Bezahlvorgänge gegenüber dem Genuss der geistigen Getränke den zeitlich größten Raum einnahm. Hoffentlich ist das keine typische arabische Gastlichkeit, denkt man.

Am nächsten Tag ging es zum See Genezareth, in dessen Orten Jesus Christus die meiste Zeit seines Lebens verbrachte. Bereits auf der Fahrt dahin erfreute ein Wechsel des Landschaftsbildes; die Landschaft wurde lieblicher, die Besiedlung nahm ab und auch die Autostaus lösten sich auf. Bei Magdala kamen wir zum See; mächtig und silbern lag er vor uns, inmitten einer parkartigen Gemüse- und Obstanbaulandschaft, durchsetzt mit Palmen und Zypressen. Sanfte Hänge zogen sich an seinen Rändern hoch. Sicher wäre ein solcher See auch in Europa außerordentlich bemerkenswert und hätte einen hohen Urlaubswert.

Wir fingen an mit den Bauten auf dem „Berg der Seligpreisungen". Hier war nichts alt, weder die pompöse Kuppelkirche, von Mussolini gespendet, noch das angeschlossene Kloster der Franziskanerinnen mit Unterkunftshaus. Dafür entschädigten die Gartenanlage und der wunderschöne Blick über den See. Der Ort der Bergpredigt liegt jedoch im Dunkeln, wenn es ihn überhaupt je gegeben hat.

Im Gegensatz dazu hat Tabgha, dicht am Ufer des Sees gelegen, schon früh eine große religiöse Bedeutung gehabt. Hier, an diesem Ort mit sieben Quellen, soll die wundersame Brotvermehrung stattgefunden haben. Und tatsächlich fand man 1911 den gut erhaltenen Mosaikfußboden einer uralten byzantinischen Kirche mit einem Bild von Fischen und einem Korb mit Broten. Die über dem antiken Kunstwerk errichtete Kirche ist einfach, aber geschmackvoll. Sie wurde von Benediktinern erbaut, die zusätzlich daneben ein kleines Kloster errichteten, das organisatorisch mit der Dormitiokirche in Jerusalem verbunden ist. Im Kreuzgang der Kirche gab es einen kleinen Teich mit Kois, japanischen Zierkarpfen; manche der Besucher interessierten sich mehr für die Kois als für die Kirche.

Direkt am Seeufer feierten wir eine kleine Messe, von einer wunderschönen Stimmung getragen. Der See und die biblische Überlieferung des Ortes vereinigten sich mit dem sanften Frühlingswetter in idealer Weise. Wenn wir auf unserer Reise Jesus Christus nahekamen, dann am ehesten hier, denn die Wahrscheinlichkeit ist groß, dass er diesen Boden betreten hat.

Nach der Messe ging es zu einem Großrestaurant am See zum Petersfischessen, das ist eine Fischart, die im See vorkommt. Eine Anzahl von Bussen zeigte an, dass man damit rechnen musste, dass das Restaurant überlaufen sei; dies war aber nicht der Fall und wir hatten schöne Plätze mit Seeblick.

Weiter ging es nach Kapernaum. Den Ort, zu Christi Zeiten wohl groß und von Christus häufig besucht, gibt es nicht mehr. Dafür wurde viel ausgegraben; neben mehreren Ansammlungen von Hausfundamenten zeigte sich eine gut erhaltene Synagoge aus späterer Zeit. Von einer frühen byzantinischen Kirche ist kaum noch etwas zu sehen und die über der Ausgrabungsstätte errichtete moderne Kirche ist wenig bemerkenswert.

Auch von der ehemals großen Stadt Magdala, dem Wohnort der Jüngerin Christi, blieb kaum noch etwas übrig. Die „Legionäre Christi", eine neue Brüderschaft von denkbar schlechtem Ruf, doch hoch geschätzt von Papst Wojtyla, auch genannt Johannes Paul II., hat sich dieses Ortes angenommen. Neben der Ausgrabungsstätte errichteten sie das „Magdala-Center" mit Kirche und Gästehaus. Eine Bootsfahrt entlang des Sees rundete unseren Besuch ab und wir erlebten den See ruhig, nicht so stürmisch wie in der Bibel, als Jesus seine Jünger rettete und beruhigte.

Wir fuhren weiter, am See entlang über Tiberias, schon früher groß und heute noch größer und ein Urlaubszentrum. Jesus Christus hat die Stadt nie betreten. Sie galt als unrein, weil sie damals über einem alten Friedhof errichtet wurde.

Wir verließen den See Genezareth bei der Einmündung des Jordan und fuhren das Jordantal hinab, das sich nach kurzer Zeit weitete. Der Jordan wurde zum Grenzfluss zwischen Israel und Jordanien. Auf beiden Seiten: Unmengen von Anbauflächen für Gemüse und Obst, dazu viele Gewächshäuser. Oft sahen wir Schare von Störchen, einmal fast fünfzig Vögel, die sich für den Rückflug nach Europa versammelten. Ein stark bewachter Kontrollpunkt mit Soldaten zeigte an, dass wir Palästinenserland betraten und verschaffte unangenehme Gefühle.

Irgendwann verließen wir das Jordantal und bogen ab nach Jerusalem. Es wurde nun dunkel. Als wir Jerusalem erreichten, sahen wir nicht mehr viel, nur der Tempelberg mit dem Felsendom schälte sich einmal aus der Dämmerung, als wolle er uns freundlich begrüßen. Wir kamen gerade noch rechtzeitig zum Abendessen bei unserem Hotel an. Müde gingen wir danach auf unsere Zimmer.

Am nächsten Tag starteten wir mit dem Bus zum Berg Zion. Viele Gebäude auf ihm waren wegen eines religiösen Hintergrundes entstanden. Er lehnt sich an die Jerusalemer Stadtmauer, die hier vom Zionstor unterbrochen wird. Zum ersten Mal spürte ich die Ausstrahlung dieses mächtigen Mauerwerkes, das die Altstadt vollständig umfasst und trotz seines hohen Alters erstaunlich gut erhalten geblieben ist. Seine Farbe – helles Ocker – ist die dominierende Farbe der meisten Gebäude in Jerusalem, da die Steine den umliegenden Steinbrüchen entstammen. Dadurch macht die Stadt einen einheitlichen und gepflegten Eindruck, ganz anders als die Städte im Norden wie Nazareth.

Das dominierende Gebäude auf dem Berg ist die Dormitiokirche. Ihr Name rührt daher, dass nach der Legende Maria hier an dieser Stelle gestorben sein soll, wie in einer Kapelle im Untergeschoss dargestellt. Die Kirche wurde mit Mitteln des deutschen Kaiser Wilhelm II. erbaut, der das Grundstück von seinem Verbündeten, dem osmanischem Sultan, gekauft hatte und es anschließend dem Benediktinerorden vermachte. Vielleicht war das ein Bemühen des lutherischen Kaisers um ausgleichende Gerechtigkeit, denn der Sultan hatte ihm vorher das Grundstück in der Altstadt überlassen, auf dem die lutherische Erlöserkirche steht. Neben der Kirche hatte der Orden zusätzlich eine Abtei errichtet. Die Kirche entspricht dem damaligen Zeitgeschmack, üppig im neubyzantinischen Stil errichtet, doch nichts Besonderes oder Einmaliges. Dafür hatte man dem Turm neben der Kirche eine Kuppel aufgesetzt, die an eine Pickelhaube erinnert; der eitle Kaiser wird seine Freude daran gehabt haben. Der Abendmahlssaal, in dem Jesus Christus das letzte Abendmahl mit seinen Jüngern verzehrt haben soll, liegt neben der Kirche und wurde wie vieles mehrfach zerstört. Heute ist es ein schlichter Raum, mit Steinbögen ausgestattet und lebt durch seinen Mythos.

Unter ihm befindet sich der Legende nach das Davidgrab, ein kleines Ensemble von Räumen, das den jüdischen Gläubigen gehört. Wir durften es betreten, jedoch nur mit Kopfbedeckung, getrennt nach Frauen und Männern. Der eigentliche Grabraum war klein und roch nach Staub, denn in einer Regalwand türmten sich alte Bücher.

Das Grab war ein schlichter Sarg, mit einem Tuch überdeckt. Vor ihm standen orthodoxe Juden mit Schläfenlocken in ihrer schwarzen Einheitskluft und wiegten ihre Oberkörper murmelnd im Gebet, während sie aufgeschlagene Bücher hielten. Ein alter, dicker orthodoxer Jude kam plötzlich herein und zog wie gehetzt einen Rollkoffer hinter sich her, während er uns misstrauisch ansah. Seine Kleidung war nicht gerade von koscherer Sauberkeit, das ursprüngliche Schwarz war vergraut und verstaubt und er sah so aus, als sei er hereingekommen mit der Absicht, schnell mal zu beten.

Die anschließende Besichtigung der unter der Dormitiokirche liegenden Kirche St. Peter Gallicantu, Kirche der Verleugnung Petri, sparte ich mir. Ich setzte mich auf eine Bank vor dem Grundstück und schaute auf den Ölberg. Er zog sich gegenüber der Altstadt, die das Kidrontal von ihm trennt, einen Hang hinauf und seine Kirchen unterbrachen manchmal das Grün der Bäume, zeigten Gold wie die russische Maria-Magdalena-Kirche oder die Kirche der Nationen. Links von ihr sah man eine kleine Grünfläche.

Unterhalb und neben der Kirche: der große, alte jüdische Friedhof, der wie der Ölberg einen Teil des Hanges ausfüllt. Aber hier gab es keine Spur von Grün, ein Puzzle von Steinplatten bedeckte alles, sauber geordnet, denn jüdische Gräber sind für die Ewigkeit gedacht.

Eine Turteltaube kam, setzte sich auf einen Mimosenbaum mir gegenüber und schaute mich freundlich an. Nachsinnend empfand ich das Ensemble Ölberg – Kidrontal – Tempelberg – wie einen Schnittpunkt der drei Weltreligionen, die hier an diesem Platz eine Einmütigkeit zeigen, die ihnen vielleicht nicht einmal recht bewusst ist. Der Bus kam. Ich ging zu ihm.

Unser Weg führte und jetzt in den Süden, durch die judäische Wüste. Sie begann bereits kurz hinter Jerusalem und das Grün, die

Bäume und die Palmen verschwanden und machten einer überaus kargen Landschaft Platz. Zu beiden Seiten der Straße erhoben sich öde, steinige Hügel, gequert von Tälern, auf deren Grund zwar kein Wasser floss, jedoch Spuren von Pflanzen oder ab und zu ein vereinzelter Baum anzeigten, dass dies zumindest manchmal der Fall sein musste. Auf den Hügeln und an den Hängen bestand der einzige Bewuchs aus niedrigen, immergrünen Gewächsen, die sich wie winzige Büsche streuten.

Einzige Bewohner der Gegend waren Beduinen. Sie wohnten in zusammengezimmerten würfelförmigen Hütten, bedeckt von Brettern und Wellblech; an den Seiten dieser provisorisch erscheinenden Behausungen wehten Stofffahnen im Wind. In kleinen eingezäunten Gevierten zwischen den Hütten tummelten sich schwarzweiß gefleckte Ziegen.

Am „Haus des barmherzigen Samariters", einer uralten Pilgerstation zwischen Jericho und Jerusalem mit Museum und Ausgrabungen mit berühmten Mosaiken machten wir Halt zu einem Gottesdienst.

Es ging nun abwärts, zum Toten Meer, das in einer diesigen, heißen Landschaft vor unseren Augen lag. Auch hier eine majestätische Kulisse: es wirkte zwar nicht so lieblich wie der See Genezareth, imponierte jedoch auch als eine blaue, dominierende Wasserfläche, umrahmt von steilen, felsigen Bergen, alles in Ocker gehalten, die Farbe von Judäa. Manchmal durchzog schwarzer Tuffstein den Fels.

Wir bogen ab zu einer Taufstelle am Jordan. Die Zufahrt erschreckte, Schranken und Grenzzäune erschienen, Soldatinnen und Soldaten sicherten mit umgehängten Maschinenpistolen, denn der Jordan war gleichzeitig Grenze zu Jordanien. Unterwegs warnten Schilder vor Minen und wir kamen an einem verlassenen Kloster vorbei. Als wir den Fluss erreichten, ordnete sich unser Fahrer in den Pulk von Bussen ein, der bereits auf dem Parkplatz stand.

Eine breite Treppe führte an das Ufer des Jordan. Der Fluss, an seinen Rändern mit nur wenig Grün ausgestattet, floss träge, braun und schmutzig auf seinem Weg in das Tote Meer entlang.

Die meisten Besucher der Taufstelle waren Schaulustige, auch wir. Mittelpunkt des Interesses waren Menschen, die sich bis auf die Unterwäsche ausgezogen, einen weißen Überwurf darüber gestreift hatten und in den Jordan stiegen, zum Teil darin untertauchend. Den Überwurf gab es gleich nebenan in einem Geschäft zu kaufen.

Eine Gruppe von Ordensbrüdern in dunkelbraunen Kutten betrachtete wohlwollend das Geschehen; ihr Oberbruder schien eine Art Predigt zu ihnen zu halten, der sie andächtig lauschten. Die meisten „Täuflinge" waren ihrer Sprache nach Amerikaner und Osteuropäer, jedes Mal, wenn eine „Taufe" zustande kam, wurde geklatscht und gesungen.

Was trieb vernünftige, wahrscheinlich längst christlich getaufte Menschen dazu, sich in dreckiges, offensichtlich verkeimtes Wasser zu stürzen und solch einen Unsinn zu zelebrieren? Und dann noch Amerikaner, die sonst ein übertriebenes Hygienebewusstsein an den Tag legen und lieber umweltschädliches Einmalgeschirr für ihr Fastfood benutzen als wiederverwendbares Geschirr? Ich weiß es nicht.

Wenn Gott den Menschen einen Verstand gegeben hat, hat er sicher gewollt, dass sie ihn auch benutzen. Ich war froh, als wir diesen Ort verließen.

Das nächste Ziel, der Ausgrabungsort Qumran, wo man die berühmten Schriftrollen gefunden hatte, erwies sich als perfekt gestaltete Touristenshow. Natürlich standen auch hier die Busse Seite an Seite. Doch man soll nicht ungerecht sein; die Präsentation mit Film, Museumsräumen und Rundgang durch die Ausgrabungen verschaffte einen guten Einblick in das Wesen der rätselhaften jüdischen Gemeinschaft, die sich in diese unwirtliche Gegend zurückgezogen hatte, um ihre Vorstellungen von Religion zu verwirklichen.

Wenn man an „Baden im Toten Meer" denkt, stellt man sich blauglitzerndes, gesundes, salzgesättigtes Wasser vor, in dem man schwerelos schwebt. Wir wollten es ausprobieren.

Eine Art Badeanstalt mit dem Namen „Kali Beach" schien uns dieses zu versprechen. Der erste Eindruck ernüchterte bereits. Die versifften Umkleideräume waren überfüllt, man musste eine Unzahl rutschiger Treppen hinabsteigen, weil der Wasserspiegel des Gewässers bereits erheblich gesunken war, überall wurde alles Mögliche an Ständen verkauft und es rauchte und stank nach Gegrilltem. Der „Strand" erwies sich als eine dunkelgraue Matschkuhle, in der man sich, einen Fuß vor den anderen setzend, durchmühen musste, um nicht das Gleichgewicht zu verlieren. Für mich mit meinen Gelenkproblemen war es unmöglich, in dem schmuddeligen Wasser die Balance zu halten und ich musste Hilfe beanspruchen, um aus dem ganzen Schmutz wieder hinauszukommen.

Eines muss man den Israelis lassen: es ist schon eine reife Leistung, aus so einem Drecksloch Geld zu machen. Als Pilger hätten wir schon beim Namen des „Beach" vorsichtig werden müssen.

„Kali" ist eine üble hinduistische Göttin, die Schlimmste überhaupt und man hatte ihr einst Menschenopfer dargebracht.

Als der Bus auf dem Rückweg am Wadi Qelt hielt, damit wir einen Blick auf das wie ein Schwalbennest an einer Felswand hängende Kloster St. Georg werfen konnten, stieg ich mit einigen anderen nicht aus. Dafür erlebten wir kurze Zeit später eine Idylle. Ein Mann ritt auf einem Esel die Straße entlang.

Auf dem Weg zum Hotel streiften wir das Viertel Mea Sharim, eine Hochburg der orthodoxen Juden. Mehrere Juden, in die bei den Orthodoxen übliche schwarze Kleidung gewandet, liefen die Straße entlang, Manche trugen auf ihrem Kopf einen zylinderförmigen Hut, der aussah wie ein Topf. Später erfuhren wir, dass ein solcher Hut „Schtreimel" heißt, aus Osteuropa stammt und ursprünglich aus Zobelfellen gefertigt wurde. Nur sehr wohlhabende Juden konnten sich ihn leisten und er war ein Merkmal der jüdischen Oberschicht. Heute ist er eine Reminiszenz. Andere hatten einen weißen, glänzenden Kittel an, einer trug einen Plastikstuhl vor sich her.

„Das sind Ultras", sagte Maroun, unser Guide. „Es ist der Abend vor Sabbat, die gehen jetzt zur Klagemauer."

Der Ölberg mit seiner großen Bedeutung im Neuen Testament der Bibel war unser nächstes Ziel. Auf der Höhe des Hanges besuchten wir die Paternosterkirche, eine Kirche, deren Bau wegen Geldmangel unterbrochen wurde und die einzige Kirche in Israel ist, die vom Karmeliterorden geführt wird. Natürlich gibt es auch hier eine Grotte mit alten Bauresten früherer Kirchen.

Ihre Sehenswürdigkeit ist eine Unzahl von Fassungen des Vaterunsers in allen Sprachen der Welt, darunter auch auf Helgoländisch. Die Texte befanden sich auf Fliesen, die als Wandtafeln in die Wand eingelassen waren. Unsere Gruppe ging jetzt den Ölberg hinunter; ich ging wegen meiner Knieprobleme nicht mit. Wir wollten uns unten an der „Kirche der Nation" treffen. Der Bus brachte mich hin, ich ging schon mal hinein.

Diese neobyzantinische Kirche mit viel Farben und Gold war groß, teuer und gefällig, doch ihr fehlte etwas, was man künstlerische Kreativität nennt.

Daneben lag der kleine Park mit uralten Olivenbäumen, den ich vom Berg Zion aus schon gesehen hatte. Leider standen keine Bänke darin, auch war er eingezäunt, schade, dachte ich, denn ich hätte ihn gern betreten. Später erfuhr ich, dass es sich um den Garten Gethsemane handelte, der eine große biblische Bedeutung hat, weil dort Jesus Christus vor seiner Kreuzigung von den Abgesandten des Hohepriesters verhaftet wurde.

Neben ihm eine weitere Sehenswürdigkeit: das Mariengrab. Hier sollen Maria, ihre Eltern und ihr Mann Josef begraben liegen. Maria gibt immer wieder Rätsel auf. Wie kann sie ein Grab haben, wenn sie doch in den Himmel aufgestiegen ist, die Kirche feiert ja ganz groß das Fest Mariä Himmelfahrt? Auf Nachfragen erfuhr ich die wahre Fassung.

Maria ist am Berg Zion gestorben, bei der Dormitiokirche, der von Kaiser Wilhelm. Der Leichnam wurde in das Mariengrab am Ölberg gelegt. Nach ein paar Tagen ist sie aufgefahren in den Himmel.

Also so ist das. Hab ich vorher nicht gewusst.

Das Grab wird von der armenischen und der griechisch-orthodoxen Kirche gepflegt. Es liegt sehr tief und ich bin wegen der vielen und steilen Stufen nicht hinabgestiegen.

Unser Weg führte uns jetzt nach Bethlehem. Die Grenzmauer zu den Palästinensergebieten kam wieder in Sicht, mit ihren Türmen und Kontrollpunkten. In Israel ist über die Zeit so viel zerstört worden, um das es schade ist, doch die Zerstörung dieses Machwerkes wünscht man sich förmlich, kam es mir in den Kopf.

Die Stadt Bethlehem liegt dicht bei Jerusalem und besitzt etwa dreißigtausend Einwohner. Sie wird wohl schon zu Christi Zeiten nicht klein gewesen sein, weil ihre Umgebung fruchtbar ist. Seit jeher war eine ihrer Haupteinnahmen das Geschäft mit christlichen Pilgern, die die Geburtsstadt Jesu besuchen wollten.

Wir besuchten zuerst die Milchgrotte, einen Ort, der nicht nach einer Bibelstelle, sondern nach einer Legende benannt ist. Die stillende Maria soll dort auf der Flucht nach Ägypten Halt gemacht und einen Tropfen Milch verloren haben. Dadurch seien die Wände weiß geworden. Dem Wandabrieb schrieb man heilende Wirkung zu, besonders auf Mütter, deren Milchfluss gering war. Tatsächlich bestehen die Wände aus weichem, weißem Kalkstein, einer Art Gips, der manchmal in der Gegend vorkommt.

Doch die Grotte machte einen wohltuend hellen und freundlichen Eindruck und die darin enthaltenen Abbildungen der stillenden Maria zeigten ein Bild rührender Mütterlichkeit.

Nach einem Gottesdienst in einem Kirchenraum bei der Grotte ging es weiter zur Geburtskirche. Sie ist zwar eine Kirche wie viele andere orthodoxe Kirchen auch; überaus prächtig ausgestattet, doch weitaus mit Zierrat überfüllt. Überall von den Decken herab hingen silberne Ampeln, hier mit roten Weihnachtskugeln bestückt. Der Unterschied ist, sie ist wirklich alt und die wunderschönen Mosaiken an ihren Wänden stammen aus der Zeit des römischen Kaisers Konstantin und seiner Mutter Helena.

Doch eigentlich sehen alle orthodoxen Kirchen ähnlich bis gleich aus, dachte ich. Vielleicht hat das sein Gutes; es ist ein Ausdruck der Kontinuität und der liebevoll-hartnäckigen Festigkeit im Glauben.

Weil vor der Geburtsgrotte eine Menschenschlange stand, die eine halbe Stunde bis zum Einlass brauchte, besorgte unser Guide mir und einer Pilgergefährtin, die sich den Fuß verletzt hatte, einen Platz vor der Ikonostase. Hier sollten wir uns setzen und warten, bis unsere Gruppe an der Reihe war und uns dann einreihen.

Eine Gruppe kam zu uns, orthodoxe Pilger aus Osteuropa. Man hatte sie offensichtlich bei uns platziert, um sie vorzulassen. Die Kleidung der Frauen, alle mit bunten Kopftüchern oder Hüten ausgestattet, zeigte modisch eine kaum glaubliche Geschmacklosigkeit. Grellfarbige Stoffe, fast alle gemustert, wurden in den unpassendsten Kombinationen zueinander getragen. Hier merkte man, wer das alles kauft, was auf osteuropäischen Märkten neben den Autobahnen zu haben ist.

Plötzlich lief ein kleiner, krötiger Aufseher auf uns zu und deutete auf die behosten Beine meiner Reisegefährtin, einer Frau gesetzten Alters. Ihn störte wohl, dass sie die Beine ausstreckte, das tat sie aber nur, weil sie Schmerzen hatte. Nachdem sie später irgendwann die Beine übereinandergeschlagen hatte, kam er noch einmal und wurde laut. Jetzt kam unser Guide Maroun hinzu und versuchte Ruhe zu schaffen, was ihm nicht gelang. Es muss ein falsches Wort gefallen sein, denn plötzlich hatten sich beide am Wickel und brüllten sich an.

Die Geburtsgrotte selbst war wenig spektakulär. Fast der ganze Raum war mit Tüchern verhüllt, nur dicht neben dem Eingang befand sich eine kleine offene Nische. In den Boden hatte man einen silbernen Stern eingelassen, der den genauen Geburtsort Jesu Christi anzeigte.

Ist es der wahre Geburtsort? Ich glaube, ja.

Dass Jesus Christus hier, genau an dieser Stelle, geboren ist, gründet sich auf die mündliche Überlieferung. Und diese Überlieferung wird oft geringgeschätzt, viel geringer als schriftliche Zeugnisse, deren Wahrheitsgehalt wiederum häufig überschätzt wird.

Man muss wissen, dass unsere Vorfahren, die Germanen, keine Schrift kannten. Die Runen entstanden erst spät; sie sind aber eine Inschrift, keine Schrift. Also waren unsere Vorfahren für die Weitergabe ihres Wissens auf die mündliche Überlieferung von Generation zu Generation angewiesen und das hat erstaunlich gut geklappt.

Denn im dreizehnten Jahrhundert haben Schreibkundige in Island, dem abgelegensten Land Europas, in der „Edda" und in anderen Schriften die mündliche Überlieferung der nordischen Völker, zu denen auch die Germanen zählen, gesammelt und festgehalten. Diese Literatur ist die wichtigste Quelle über die Religion der Germanen, bemerkenswert, was nach tausend Jahren noch erhalten geblieben ist.

Die Übertragung der mündlichen Überlieferungen über die Wirkungsstätten Christi war wesentlich einfacher. Die Augenzeugen des Wirkens Christi hatten sich früh zu ersten christlichjüdischen Gemeinden zusammengeschlossen und konnten ihr Wissen schon knapp dreihundert Jahre später an die oströmischen Christen weitergeben, als das Christentum zur römischen Staatsreligion geworden war. Man kann also annehmen, dass die Orte des Lebens und Sterbens Christi, die mit den alten Kirchen überbaut sind, den realen Orten der Bibel ungefähr entsprechen.

Besser als die Geburtskirche gefiel mir die neben ihr stehende Katharinenkirche der Franziskaner, die allerdings erst im 19. Jahrhundert errichtet wurde. Hier wird jährlich zu Weihnachten weltweit die berühmte Christmette übertragen. Unter der Kirche befinden sich eine Kapelle und mehrere Gräber, darunter das Grab des heiligen Hieronymus. Ich sparte mir den Abstieg. An diesem Tag hatte ich bereits genug Grotten und Gräber gesehen. Hinsichtlich meiner Knie wollte ich vermeiden, dass mir grottenschlecht wurde.

Der nächste Tag begann mit einem Besuch der Hurva-Synagoge im Jüdischen Viertel der Altstadt. Wir betraten das Viertel durch das Zionstor. Der Eindruck überraschte. Zwar waren die Straßen eng, eher Gassen, doch alles war sauber und hier strahlte die Gegend eine spezielle heimelige Romantik aus. Palmen und blühende Pflanzen standen zwischen den Häusern, es gab kleine gartenähnliche Freiflächen und manchmal spannten sich steinerne Rundbögen über den Weg.

In der Synagoge erwartete uns Joel Freimann, ein Rabbi. Er war klein und schlank, trug graue Schläfenlocken und eine runde, gestrickte Kippa und blickte uns aus listigen Augen an. Er gab an, aus Jerusalem zu stammen, doch sein Deutsch war so vorzüglich und er beherrschte so viele Redensarten, dass anzunehmen ist, dass er eine gewisse Zeit in Deutschland verbracht haben muss. Die Synagoge selbst durften wir nicht betreten, weil darin gebetet wurde, doch wir konnten durch die Tür und vom Obergeschoss aus einen Blick in den Innenraum werfen. Der Rabbi erzählte uns viel über die Synagoge. Sie teilte das Schicksal der meisten christlichen Kirchen, war mehrfach zerstört worden, entweder durch Krieg oder religiöse Eifersüchteleien. Auch über die Gewohnheiten und die religiösen Bräuche der Juden bekamen wir eine Menge zu hören. Als wir auf einem Balkon im zweiten Obergeschoss der Synagoge standen, konnten wir einen Teil der Dachlandschaft von Jerusalem überblicken. Auf manchen Häusern stachen opulente Dachwohnungen mit bepflanzten Terrassen hervor, sicherlich sündhaft teuer.

Nächste Station: der Schrein des Buches mit Holyland-Modell, ein Teil des Israelmuseums. Bei dem Holyland-Modell handelte es sich um ein steinernes Modell der Stadt Jerusalem zur Zeit des Herodes mit noch unzerstörtem Tempel. Man konnte bei einem Rundgang die Details gut in sich aufnehmen und seine Sicht auf die Vorgänge um das Leiden und Sterben Jesu Christi schärfen, jedenfalls in räumlicher Hinsicht. Vielleicht könnte das eine Hilfe sein, wenn wir morgen den realen Weg, 2000 Jahre später, abgehen würden.

Der Schrein des Buches, gemeint sind in erster Linie die Schriften aus Qumran: na ja. Sicherlich architektonisch gut gestaltet und interessant, doch im Inneren allzu dürftig bestückt. Doch in der Verbindung mit der Ausstellung am Toten Meer vielleicht trotzdem sehenswert.

Wir fuhren nun aus Jerusalem hinaus, durch eine Gegend mit opulenten Villen und gepflegten Gärten, der man ansah, dass hier die Oberschicht Jerusalems ihren Wohnsitz hatte. Hier wohnen auch die meisten Politiker, erklärte Maroun.

Die Landschaft wurde immer grüner und es zeigte sich: Wald! Wald aus Kiefern mit eingestreuten immergrünen Gehölzen, manchmal umfasste er kleine Siedlungen mit neu erbauten, hübschen Häusern.

Dieses kleine Land Israel zeigt eine unglaubliche Vielfalt von Landschaftsformen, ging es mir durch den Sinn.

Unser nächstes Ziel war das Hadassah-Hospital, das größte Krankenhaus Israels und eines der größten und bekanntesten Krankenhäuser im Nahen Osten mit eigenem Hotel. Wie eine gigantische Burg lag es auf einem Berggipfel. Auch für deutsche Verhältnisse wäre es durch seine Größe außergewöhnlich. Neben der Krankenbehandlung ist es ein Ort der Lehre und Forschung und der Weiterentwicklung von Heilmethoden. In seinem Inneren beherbergt es eine Synagoge, die der jüdische Künstler Marc Chagall mit Glasfenstern ausgestaltet hat. Um sie zu besichtigen, mussten wir durch ein Einkaufszentrum mit Läden und Restaurants hindurch, so etwas gibt es in dieser Form nirgendwo in einem deutschen Krankenhaus.

Die Fenster gefallen ästhetisch zwar, doch es ist schwierig, sich in ihren Sinngehalt hineinzudenken. Die Details in ihnen entstammen der jüdischen Mythologie über die zwölf Stämme Israels. Doch Chagall war Jude und eher in ihr zuhause, wir aber nicht.

Letztes Besichtigungsziel: das Holocaustmuseum in Yad Vashem.

Es ist sehr groß und liegt schön eingebettet in einer parkartigen Landschaft. Zu Anfang besichtigten wir die „Allee der Gerechten", eine Allee, in der man für alle, die den Juden während des Holocausts geholfen hatten, einen Baum gepflanzt hatte. Gleich am Anfang kamen wir zu einem Baum, der Oskar Schindler gewidmet ist. Zu Oskar Schindler habe ich eine besondere Beziehung. Er ist in Hildesheim gestorben und ich wohne in Hildesheim, in der Oskar-Schindler-Straße.

Der Hauptweg führt durch ein langgestrecktes Gebäude, das zum größten Teil in die Erde eingelassen worden ist. Eine Multimediashow informierte über Entstehung, Verlauf und Ende der planmäßigen Judenvernichtung während des Zweiten Weltkrieges. Dunkles Grauen ging von den Räumen aus und ergriff auch unsere Sinne im Angesicht dieser unfassbaren Untaten. Gleich im ersten Raum bekam ich einen Schreck. Mir fiel ein von der Decke hängendes Schild in den Blick:

Juden haben in Ahrbergen nichts zu suchen.

Unglaublich. Ahrbergen ist ein traditionell katholisches Dorf, nur ein paar Kilometer von Hildesheim entfernt. Wenn man alle Räume durchwandert hat, kommt man auf einen Panoramabalkon, der einen Blick auf eine reale Landschaft von großer Eindringlichkeit bietet. Grüne Wälder ziehen sich an den Hängen entlang, hübsche Siedlungen bieten Schutz, alles sieht sehr fruchtbar und heimatlich aus. Gegensatz zu dem teuflischen Szenario, das man gerade durchwandert hat. Das Gelobte Land eben.

Während der Heimfahrt machten wir kurz Halt auf dem Mahane Yehuda Markt in Jerusalem, Er ist ein orientalischer Markt, hauptsächlich konzentriert auf Obst und Gemüse, lärmig und voll. Mein Freund Gerd und ich fanden eine kleine Kneipe, in der wir unser erstes Fassbier in Israel genießen konnten, mit Blick auf das Treiben. So etwas hatte uns bislang gefehlt.

Die Abreise rückte näher. Den letzten Tag davor wollten wir ausschließlich in der Jerusalemer Altstadt verbringen.

In aller Frühe stiegen wir auf zum Tempelberg. Von einer Holzbrücke, die zum Eingang führte, konnten wir auf die Klagemauer an der Westseite schauen. Es waren fast ausschließlich Männer und Knaben, die um diese Zeit dort beteten, alles orthodoxe Juden, soweit wir sahen. Alle trugen den Tefillin, den Gebetsriemen mit den schwarzen Kapseln an Hand und Stirn, manche hatten einen weißen Gebetsschal über ihre schwarze Kleidung gezogen. Mit wiegenden Bewegungen verneigten sie sich vor der Klagemauer.

Das Areal auf dem Tempelberg, fest in muslimischer Hand und sich dementsprechend zurückhaltend gegenüber Andersgläubigen zeigend, hatte man als schlichten Park mit einzelnen Bäumen und ein paar Mäuerchen gestaltet. Auf mich wirkte er deshalb verschlossen, keinesfalls wie ein Kernpunkt der drei großen Weltreligionen, der er seiner Natur nach ist.

In der Mitte des Parks stand ein Springbrunnen, der über eine runde Steinplatte sein Wasser in alle Richtungen ergoss. Ein Rund von steinernen Sitzen in ihm diente den rituellen Waschungen der Moslems.

Den Felsendom empfand ich kleiner als aus der Entfernung, doch erst hier konnte man die Pracht der blauen Mosaiken an den Wänden deutlich sehen, über die sich die goldene Kuppel erhob. Natürlich wären wir gern in das Innere gegangen, doch an der Tür standen Wächter, die uns als Nichtmuslime wieder wegschicken würden.

„Woran merken die denn, dass wir keine Muslime sind?", fragte ich unseren Pfarrer.

„An der Kleidung, an den Haaren und an der Sprache. Einmal habe ich erlebt, dass zwei Frauen aus einer Pilgergruppe es geschafft haben, hineinzukommen. Sie hatten dezente Kleidung mit langem Rock angezogen und sich Kopftücher in einer bestimmten Art angelegt, die sie aus dem Internet gelernt hatten. Dann haben sie sich sofort am Eingang die Schuhe ausgezogen und sind ohne Zögern hineingegangen. Es hat geklappt."

Auf dem Rasen stolzierten mehrere Nebelkrähen. Nebelkrähen? Berliner Krähen. Auch Berlin war einmal geteilt wie Jerusalem, eine weitere Gemeinsamkeit zwischen diesen beiden Städten.

Dazu muss man wissen: bei den Rabenkrähen gibt es zwei Rassen. Keine Unterarten, sondern Rassen. Die eine Rasse ist komplett schwarz, die andere grau und schwarz gezeichnet, eben die Nebelkrähen Und diese Rassen vermischen sich normalerweise nicht miteinander, obwohl das ginge, im Käfig funktioniert das auch. Die Grenze ist in Deutschland die Elbe. Westlich der Elbe gibt es nur schwarze Krähen, östlich der Elbe nur Nebelkrähen. Als es die DDR noch gab, konnten Bundesbürger Nebelkrähen also fast nur in Westberlin kennenlernen, weil die Elbe auch Grenze zur DDR war.

Wir verließen den Tempelberg und gingen über die Via Dolorosa zur Grabeskirche. Die Via Dolorosa ist eine Fußgängergasse, die Menschen drängten sich in ihr. Eine unglaubliche Vielfalt von Völkern und Rassen war zu sehen; manche sangen und beteten, eine Gruppe polnischer Pilger trug sogar ein Kreuz zum Golgota, der Kreuzigungsstätte, herauf. Seitlich der Straße: Laden an Laden. Verkauft wurden vom T-Shirt bis zum Aschenbecher Souvenirs jeder Art. Zweite Kategorie waren Läden mit religiösen Objekten, meist aus Messing oder silberfarben, vom glitzernden Leuchter bis hin zu Rosenkränzen und Ikonen. Dann Süßigkeiten und Getränke, häufig konnte man frisch gepressten Granatapfelsaft kaufen, eine Köstlichkeit. Normale Läden wie für Obst und Gemüse gab es nur wenige, einmal konnte ich eine Besenbinderwerkstatt mit Laden entdecken, hier eine Kuriosität. Also Kitsch as Kitsch can.

Ich kaufte nichts. Alles, was man als Andenken in solchen Läden kauft, wird zuhause erst einmal hingestellt und ein paar Wochen angeguckt. Wenn das langweilig wird, wandert es in den Schrank. Nach ein paar Jahren kommt es in den Mülleimer oder zum Schrottwichteln.

Ich habe mir ein paar einfache Steine vom Ufer des Sees Genezareth mitgenommen. Kann sein, dass Jesus Christus einmal darüber gelaufen ist. Die Steine als Andenken sind mir wichtiger als ein Tanklastwagen voll Wasser aus Lourdes.

Das Menschengedränge setzte sich in der Grabeskirche fort. Leider auch der Lärm, Stimmengemurmel und Gesänge durchmischten sich und wurden durchsetzt vom Bimmeln von Glöckchen und dem wetzenden Klappern von Weihrauchkesseln. Dabei sollen Kirchen doch Orte der Stille sein.

Trotzdem war die Grabeskirche eindrucksvoll. Ihr verwinkelter Bau, entstanden durch Dutzende Male Zerstörung und Wiederaufbau und das Anfügen von Kapellen wirkte mystisch und geheimnisvoll, wozu das permanente Dämmerlicht beitrug. Eine Vielzahl von Treppen, Etagen und Emporen hielt mich davon ab, jeden Winkel zu erkunden und an der Grabkapelle Jesu stellte ich mich nicht an, denn ihr Inneres kannte ich bereits durch den Besuch der Kapuzinerkirche in Eichstätt.

Unsere Gruppe zerstreute sich. Ich ging zurück durch das Damaskustor, in dessen unmittelbarer Nähe unser Hotel lag. Das Damaskustor ist wohl das lebhafteste der Jerusalemer Stadttore, fest in den Händen der Araber und an seinen Zuwegen in die Altstadt vollgestopft mit Obst-, Gemüse- und Fleischerläden. Es ist für jeden, auch für die Touristen, fast unmöglich, die Altstadt durch das Tor zu verlassen, ohne von Händlern angesprochen zu werden.

Jeden Morgen, pünktlich um fünf Uhr, weckte uns ein Hahnenschrei aus der Richtung des Damaskustores. Dann passierte zunächst nichts, doch dann kam der nächste Schrei. Die Schreie wiederholten sich in immer schnellerer Reihenfolge, bis sie nach einer Viertelstunde verstummten. Der Hahn hatte nun wohl alle seine Hennen aufgeweckt.

Wer kann das sein, der mitten in Jerusalem Hühner hält?

Egal. Ich liebte die Hahnenschreie. Die quäkenden Lautsprecherstimmen der Muezzins und das vielfache Gebimmel und Geläut der Glocken Jerusalems sind Menschenwerk. Ein Hahnenschrei ist ein Werk der Natur. Und die Natur entstammt Gott. Jedenfalls, wenn man an ihn glaubt.

Am nächsten Tag besuchten wir noch Ein Karem, einen hübschen Ort, der zu Jerusalem gehört. In ihm soll Elisabeth, die Cousine Marias und Mutter Johannes des Täufers gewohnt haben. Nach der Besichtigung von zwei Kirchen hielt unser Pfarrer für uns noch einen Gottesdienst, dann ging es zum Flughafen Tel Aviv, zurück über München nach Hannover.

Unsere Pilgerreise nach Israel war nun zu Ende. Was haben wir erlebt und erfahren, außer dem Blick auf die Landschaft und dem Besuch den vielen Kirchen und Kulturstätten?

Zunächst: Israel ist kein großes Land, aber ein Vielvölkerstaat. Das Land wird bewohnt von Menschen unterschiedlichster Herkunft und Religionen. Das ist auf eine Weise spannend, doch es birgt auch jede Menge Probleme. Auch in Deutschland, das sicherlich kein Vielvölkerstaat ist, haben wir Probleme mit Mitbürgern, die anderen Kulturen entstammen. Das zu wissen, macht demütig und lässt manches in einer anderen Sichtweise erscheinen. Man sollte deshalb vorsichtig damit sein, der israelischen Regierung manche Handlungen, auch wenn sie auf den ersten Blick nicht richtig erscheinen, in vorschnellem Moralismus anzukreiden.

Potenziert wird das Bild, das wir auf unserer Reise gewonnen haben, noch durch den hohen Anteil ausländischer Touristen, die wie wir im Land unterwegs waren. So viele Menschen unterschiedlicher Religionen und Kulturen habe ich noch nie in einem einzigen Land gesehen.

Maßgeblich für ihre Einordnung ist in erster Linie ihre Kleidung. Dabei kommt den Kopfbedeckungen eine besondere Rolle zu, obwohl man in diesem warmen Land Schutz für den Kopf höchstens bei starker Sonneneinstrahlung braucht. Die gab es jedoch während unserer Reise nicht.

Die Kopfbedeckungen scheinen vielmehr Identität und Zugehörigkeit zu einem bestimmten Kulturraum auszudrücken und werden wohl deshalb getragen, manchmal auch aus rein religiösen Gründen.

Schwarze Filzhüte gab es bei den orthodoxen Juden, sonst sah man runde Kappen in allen Farben und Mustern, deren kleinste die jüdische Kippa war. Manche waren aus weißer Baumwolle gehäkelt, manche türmten sich zylindrisch auf und es gab sie in allen Farben und Mustern. Feste zylindrische Hüte, oft schwarz oder dunkelrot, sahen wir oft bei orthodoxen Christen, weiße Tücher, mit einer schwarzen Kordel befestigt, hatten Araber mitunter auf ihrem Kopf befestigt.

Die Frauen trugen weniger Hüte, meist Kopftücher, auf vielfach unterschiedliche Weise gebunden. Auch Schleier sah man oft, jedoch verhüllten sie nie das Gesicht vollständig. Einige orthodoxe Jüdinnen trugen als Kopfbedeckung eine halblange, gewellte Perücke; sonst waren sie ganz normal gekleidet, wie Europäerinnen. Auch die Tücher gab es in allen Farben und Mustern, ab und zu waren sie mit Glitzerfäden durchwirkt.

Die Kleidung der Männer konnte europäisch sein, Hose und Hemd, schwarzer Anzug, Mäntel in allen Stoffen und Farben. Manchmal frauenrockartige Gewänder, alle Arten farbiger Umhänge oder die baumwollene weiße Kleidung der Araber.

Die Körper der Frauen waren häufig bis zum Boden verhüllt, auch sie trugen ab und zu Mäntel zu langen Hosen, oft wehende Kleider oder bunte indische Saris. Auch hier wieder eine weite Vielfalt der Farben und Muster. Miniröcke sahen wir selten und nur bei jungen Asiatinnen.

Bei uns im Hotel gab es zwei Tische, an denen eine Schar von oben bis unten schwarz verhüllte Frauen beim Essen krähenweise beieinander hockte, wir wussten nicht, waren es christlich-orthodoxe Nonnen oder arabische Frauen?

Ein kleiner Kasper schlich sich in meine Fantasie. Ich sah alle diese Menschen sich unter dem Sternenhimmel zu einem Maskenball versammeln. Sie tanzten und lachten, schimpften, stritten, aßen und tranken. Ein Kaleidoskop der Menschheit in ihrer Vielfalt.

Dass der Tourismus in Israel solche Dimensionen angenommen hat, haben viele von uns anfangs nicht gewusst. Doch es ist ein Tourismus eigener Art. Die Menschen kommen aus religiösen oder kulturellen Gründen, sie wollen schauen und erleben. Sie möchten gerade das nicht haben, was in den Urlaubszentren Südeuropas an Unterhaltung geboten wird.

Natürlich ist der Tourismus auch ein großes Geschäft für Israel. Man kann dies negativ sehen oder unter einem praktischen Gesichtspunkt. Wenn alle Bevölkerungsteile am Tourismus verdienen, werden sie auch wissen, dass ihr Verdienst ausfallen würde, wenn es zu ernstlichen Unruhen käme. Vielleicht trägt dieses Bewusstsein dazu bei, die zerbrechliche israelische Gesellschaft stabil zu halten.

BABYFACE
EINE JAGDGESCHICHTE

Es knallte. Babyface hatte geschossen, zitternd und erfolgreich. Henning Schulte saß neben ihr auf dem Hochsitz, hatte den Arm um ihre Schultern gelegt und vermisste das Ertasten ihrer Vorzüge. Schlecht machbar, weil der Gegenpart, eher die Gegenpartnerin, jagdlich gekleidet war, auch wenn der Mai nicht den Wust an dicken Bekleidungsstücken erforderte, der sonst das Ansitzen auf einem Hochsitz erst möglich macht.

Sie stiegen die Leiter hinab. Der Rehbock lag auf der Wiese, Doris hatte ihn hoch getroffen, schade eigentlich, etwas tiefer hätte auch gereicht und die damit in Gang gebrachte kurze Nachsuche hätte ihn vielleicht seinem Ziel näher gebracht, ging es Henning durch den Kopf. Er schritt voraus, die vor Aufregung zitternde Doris hinter sich führend.

„Sie haben ihn super getroffen, wir müssen ihn noch tottrinken, ist schließlich Ihr erster Bock."

Über die Regung, die er vor und während der Bockjagd gespürt hatte und die er genoss, legte er Stillschweigen. Man ist schließlich über fünfzig und derartige Regungen, wenn sie überhaupt in der Ehe noch vorkamen, wurden von Helga, seiner Ehefrau, meistens gebremst. Dafür brauchte sie nur ein paar Worte in ihrer direktiven Sprache zu reden. Furchtbar das alles.

Ein paar Schritte vor dem Rehbock blieb Doris stehen.

„Der arme Bock! So stark und prächtig! Am liebsten würde ich nur Ricken schießen!" Henning wurde es warm ums Herz.

Der Bock war gute Mittelklasse, wohl um die 15 kg schwer mit langen, dünnen Stangen, die ganz ordentliche Sprossen gebildet hatten. Henning zog sein Messer aus der Tasche. Babyface erschrak.

„Muss ich das jetzt machen, Henning? Können Sie das nicht für mich tun?" Stichwort.

183

Henning legte wieder seinen Arm um sie, sie lehnte ihren Kopf an seine Brust.

„Aber natürlich, Doris. Sie müssen es ja noch lernen!"

Er erinnerte sich noch genau, wie er sie zum ersten Mal gesehen hatte. In einer Schulaula hatten sich die Ehrenamtlichen der Jägerschaft für den Fachunterricht und die Prüfungen getroffen, um den Verlauf des diesjährigen Vorbereitungskurses für den Jagdschein zu besprechen. Als sie damit fertig waren, erschien Doris und schaute schüchtern umher. Sie trug eine enge olivfarbene Jeans, wohl aus einem Jagdkatalog bestellt, die ihre rundliche Hüfte betonte und ein dünnes, dumpfgrünes T-Shirt. Es brachte ihre großen, verschämten Brüste diskret zur Geltung, eine geradezu zum Empfinden beschwörende Verstecktheit. Doch eine pure Herausforderung – so verspürte es Henning – war ihr Gesicht. Es war rund und von vollen blonden Haaren umrahmt. Ein kleines Näschen bewirkte einen etwas kindlichen Ausdruck und ein ebenso kleiner Mund mit fülligen Lippen begrenzte es nach unten zum kleinen, speckigen Kinn hin. Ein Hauch von Pädophilie streifte ihn zu seinem Erschrecken. Doch am eindrucksvollsten schienen ihm ihre Augen; groß und blau schauten sie ihn an, mit einer Mischung aus Erstauntheit und Schüchternheit. Ein Babyface eben. Henning war hingerissen.

Er schaute sich unsicher am Tisch um. Sein langjähriger Jagdkamerad Robert Ehlers, mit dem er neben anderen sein Revier teilte, schien teilnahmslos. Kein Wunder, dachte Henning, er steckt noch ein bisschen in der Pubertät, obwohl er fast genauso alt ist wie du. Das kam durch seine Vergangenheit. Er hatte früh geheiratet und sich ebenso früh scheiden lassen; seine Ex war damals mit einem muskulösen Tankstellenbesitzer durchgegangen. Seither lebte er als Single und sah auch so aus. Weil er von Natur aus klein und dunkelhaarig war, hatte er früher wie ein Italiener gewirkt und deshalb gewisse Erfolge bei der Weiblichkeit aufzuzeigen gehabt, die gewohnheitsmäßig italienerhaftem Aussehen besondere Potenz zuschrieb, was sich nach kurzer Bekanntschaft in Ernüchterung auflöste. Jetzt kam verschlimmernd hinzu, dass auch die unausweichliche Alterung seines Körpers italienerhafte Züge annahm. Sein Schädel begann langsam kahl zu werden und die vormals so vollen glänzendschwarzen Haare hatten sich seitlich zu zwei Galerien geordnet und die Kopfhaut dazwischen spannte sich glatt und spiegelig. Wegen zunehmender Leibesfülle hatte sich im Bereich des Bauches eine Kugel herausgebildet und im Verein mit der Kleinheit seines Körpers war der einstmals männliche Eindruck seines Körpers dahin. Auch sein nachlässiger Kleidungsstil und die Tatsache, dass ihn manchmal ein unangenehmer Geruch umwehte, führten zu Kontaktarmut. Dazu trug auch bei, dass er allein in einem Haus dicht am Wald wohnte. Dafür lag das Jagdrevier vor seiner Tür.

Da kam sich Henning schon attraktiver vor. Auch an ihm war das zunehmende Alter nicht spurlos vorübergegangen, doch seine Figur war immer noch groß und drahtig und sein Haupthaar hatte er sich bis auf ein paar graue Strähnen noch weitgehend erhalten, registrierte er voller Stolz. Doris trat auf ihn zu.

„Ich würde mich auch gern für den Jagdschein anmelden", fiepte sie mit ihrer hohen Stimme. Klingt wie das Fiepen einer brünstigen Ricke, mit deiner Stimme allein könntest du einen starken Rehbock anlocken, schoss es Henning durch den Kopf, und augenblicklich wurde er unruhig bei diesem Gedanken.

„Wie heißen Sie denn und wie alt sind Sie?", fragte er.

„Ich heiße Doris Beyer und bin 22 Jahre alt. Ich komme daher, wo es flach ist, aus einer Rübengegend hier in der Nähe. Mein Vater und meine Brüder haben schon einen Jagdschein."

Henning überlegte. Beyer, das war ein ziemlich großer Hof mit einer großen Familie, inmitten üppiger Felder gelegen. Auf ihm lebten neben den Eltern sieben Kinder, soweit er sich erinnerte, darunter vier Söhne.

„Und warum wollen Sie den Jagdschein in der Stadt machen, Frau Beyer?"

„Weil ich hier arbeite, als Fachangestellte in einer Arztpraxis. Nach Feierabend könnte ich ohne zeitliche Probleme zum Vorbereitungskurs gehen."

„Das ist ein gutes Argument." Henning schaute ihr tief in die Augen. „Tragen Sie sich ruhig hier ein, wir geben Ihnen einen Plan für den Kurs mit. Wir freuen uns auf Sie und werden Ihnen gerne dabei helfen, den Jagdschein zu machen."

Als Henning an diesem Abend zurückkam, wurde er von seiner Frau Helga angeknurrt.

„Reichlich spät, hast wohl wieder mit deinen Jagdkumpanen gesoffen? Wie siehst du überhaupt aus? Habe ich dir nicht gesagt, dass du auf Jagdversammlungen nicht dein Jagdhemd fürs Revier anziehen sollst? Es strotzt vor Flecken. Man hat wahrlich keine Lust mehr, deine Klamotten sauber zu halten." Henning zuckte mit den Schultern.

Mit Helga war er 26 Jahre verheiratet, vor einem Jahr hatten sie Silberne Hochzeit gefeiert – feiern müssen, fiel ihm ein. Seine Frau stammte aus einer Handwerkerfamilie, ihr Vater besaß zusammen mit ihren Brüdern einen großen Malerbetrieb und die ganze spießige Verwandtschaft trieb sich auch in Handwerksberufen herum. In diesen Kreisen war es Pflicht, seine Silberhochzeit groß zu feiern. Doch Helgas Anhang hatte auch seine Vorteile, so konnten sie ihr Haus für lau bauen.

Was die Spießigkeit betraf, konnte seine eigene Verwandtschaft durchaus mithalten. In der Familie der Schultes dominierten traditionell öffentlicher Dienst und Beamtenklüngel. Fast kam es ihm vor, als seien seine Vorfahren schon mit dem Bleistift hinter dem Ohr in die Welt geschlüpft und ihr erstes Besäufnis sei nach dem Genuss von Tinte zustande gekommen. Doch man darf nicht undankbar sein. Sein Onkel Eduard hatte ihn nach seinem Studium unter die Fittiche genommen und zu einem Teil hatte er ihm den

Landeanflug auf seinen heutigen Job zu verdanken. Als Regierungsrat im Landessozialamt konnte er sich nicht beklagen; wenn seine Karriere normal verlief, würde er kurz vor dem Ruhestand noch zum Oberregierungsrat befördert werden, um seiner Pension noch ein Sahnehäubchen aufzusetzen. Und das Wichtigste – sein Beruf ließ ihm Zeit genug für die Jagd.

Doch mit Helga lief alles nicht mehr so rund. Obwohl – über ihr Aussehen konnte er sich nicht beklagen. Ihre Figur hatte sie sich bis auf ein bisschen Speck an den Schenkeln erhalten und ihre braunen Haare zeigten sich noch in voller Pracht, auch wenn der Friseur mit etwas Farbe nachhelfen musste. Das Problem war ihr herrisches Gemüt, kaum zu glauben, dass ihre jugendliche Sanftheit, welche ihn einst gefangengenommen hatte, im Laufe der Zeit derart mutiert war. Und heute war seine Ehefrau leider für ihn eine leibhaftige Spaß- und Potenzbremse.

Als sie ins Bett gingen, legte sich Helga eine Schlafmaske über die Augen. Sie konnte das Mondlicht nicht ertragen, das durch die dünnen Gardinen streute. Henning dagegen hatte Probleme, im tiefen Dunkel zu schlafen, dann fühlte er sich abseits der Welt.

„Wie oft habe ich dir schon gesagt, wir brauchen dunklere Schlafzimmergardinen?", hörte er seine Ehefrau murren. Von ihrer Bettseite her wuselte ihm butteriger kamilliger Geruch von ihrer Hautpampe entgegen. Mit Mühe schlief er ein. Er hatte die ganze Zeit das Babyface von Doris Beyer im Kopf gehabt und ein angenehmer Gedankenreigen war entstanden, der ihn allerdings eher aufregte als schläfrig machte.

Der Jagdkurs fing im Mai an. Es nahmen außer Doris und einer vierzigjährigen Tierärztin nur Männer teil. Henning unterrichtete in den Fächern Schießen, Waffenkunde und Jagdrecht, Robert in Wildtierkunde und Jagdbetriebskunde. Doris war fleißig, kam zu jedem Kursabend und schrieb alles mit. Wenn Henning durch die Reihen ging, machte er meist hinter Doris Halt, schaute über ihre

Schultern auf ihren Text und verbesserte ihn manchmal. Weil es warm geworden war, trug sie oft ausgeschnittene T-Shirts; so konnte Henning zu seiner Freude einen tiefen Blick in ihr Dekolleté erhaschen und im Laufe des Kurses lernte er auf diese Weise ihre verschiedenen BH's kennen.

Beim Schrotschießen stellte sich Doris ziemlich dämlich an und hatte nach drei Runden noch keine einzige Tontaube getroffen. Mit einem Blick stellte Henning fest, woran das lag. Statt an die Schulter presste sie den Flintenschaft an ihre rechte Brust, sodass es zum Tiefschuss kommen musste. Henning half ihr gerne. Er umfasste sie von hinten und drückte ihr den Schaft von der Brust nach rechts auf die Schulter, eine Handbewegung, die ihn elektrisierte.

„Und nun schießen!" Sie schoss. Eine Tontaube zerplatzte. Sie schaute ihn glücklich an. Henning half ihr noch ein paarmal und führte ihr dabei die Flinte. Mit der Nase kam er ihrem Nacken nah und spürte ihren Geruch, eine Mischung zwischen Arztpraxis, Parfüm und Babyhaut. Es erregte ihn. Gern hätte er ihr am Abend noch die blauen Flecken vom Rückstoß eingecremt.

„Sie brauchen eine Flinte mit verkürztem Schaft, dann klappt das besser, Frau Beyer."

„Mein Bruder Jürgen könnte mir eine abgeben, er hat zwei und braucht sie nicht beide."

„Dann bringen Sie doch das nächste Mal die Flinte mit. Ich kümmere mich darum, bringe sie zum Waffengeschäft und lasse sie umarbeiten."

„Oh, das ist aber lieb von Ihnen, Herr Schulte", flötete sie ihn an. „Was kann ich dafür für Sie tun?" Henning fiel sofort eine ganze Menge Wünsche ein, doch für deren Verwirklichung war es noch nicht an der Zeit.

„Ach, nichts. Es macht mir eben große Freude, Sie auszubilden."

Als sie an einem der Kursabende als letzte gehen wollte, war Gelegenheit gekommen. Er rief sie zu sich an seinen Schreibtisch.

„Frau Beyer, Sie kommen ja aus einer flachen Gegend. Niederwild gibt es doch da reichlich?"

„Oh ja, wir haben Hasen, Kaninchen und Rehe genug. Manchmal auch Fasan."

„Dann haben Sie ja kaum Gelegenheit, sich mit Wildschweinen und Damwild bekannt zu machen?" „Leider nein. Bei uns sind fast alle Flächen bewirtschaftet."

„Da könnte ich Ihnen helfen. Unser Revier liegt südlich, wo es bergiger ist. Hätten Sie Lust, mit mir zusammen ein paar Reviergänge zu machen?" „Oh ja!" Babyface frohlockte.

Bei den Reviergängen kamen sie sich näher. Manchmal stiegen sie auch auf einen der Hochsitze und beobachteten das Wild. Henning erklärte ihr, was sie vor sich hatten und nach welchen Merkmalen man Geschlecht und Alter einschätzen konnte. Doris war angetan und rückte auf dem Hochsitz immer näher an ihn heran. Henning legte wie zufällig seinen Arm um sie.

„Was bin ich froh, dass Sie mir alles hier zeigen, Herr Schulte!"

„Ach Frau Beyer, lassen wir doch diese förmliche Anrede. Ich bin Henning, darf ich Sie Doris nennen?" Sie schaute ihn treuherzig an. „Natürlich!"

Als sie einmal nach dem Reviergang auf einer Bank zusammensaßen und mitgebrachte Äpfel verzehrten – Henning hatte wieder seinen Arm um sie gelegt – fragte er:

„Langsam mache ich mir Gedanken, ob Ihr Freund wegen unserer Reviergänge nicht ungehalten ist, Doris."

„Ich habe keinen Freund, Henning. Die Männer wollen doch immer das Gleiche. Bei Ihnen weiß ich, dass ich in guten Händen bin." Sie legte hingebungsvoll ihre Hand auf seinen Arm.

„Dann muss ich mir ja kein schlechtes Gewissen machen."

Da kam sie wieder, die Regung.

Was heißt hier, die Männer wollen immer das Gleiche, dachte Henning. Irgendwann würde es mit ihr schon klappen und dann würde er ihr mindestens ein Dutzend verschiedene Möglichkeiten beibringen und freute sich schon auf das glückliche Erstaunen in ihrem Kindergesicht, wenn er sie gebührend in die Gänge gebracht hätte. Die Jugend scheint auch immer einfallsloser zu sein.

Im März fand die Prüfung für den Jagdschein statt. Babyface bestand sie als eine der Besten. Vorher hatte Henning mit ihr nach dem Unterricht mehrfach die Prüfungsfächer geübt. Nach der Prüfung fiel sie ihm um den Hals, mit Freudentränen in den Augen. Henning war gerührt.

„Für diese Leistung haben Sie eine Belohnung verdient, Doris. Ich lade Sie ein, im Mai bei uns im Revier Ihren ersten Rehbock zu erlegen."

„Wirklich? Das ist aber schön!"

Als Henning mit dem Ausweiden des Rehbocks fertig war, trug er ihn zusammen mit Babyface zum Auto. Sie fuhren zur Jagdhütte und Henning holte eine Flasche Doppelkorn aus dem Schrank. Babyface verzog das Gesicht.

„Einer muss sein, Doris, so ist es immer beim ersten Bock." Sie setzten sich gegenüber, Henning schenkte ein.

„Bei dieser Gelegenheit sollten wir gleich Brüderschaft trinken. Mit unseren Vornamen reden wir uns ja schon an, es fehlt nur das Du!" Sie kreuzten ihre Arme und leerten die Gläser.

„Jetzt kommt noch der Bruderschaftskuss!"

Doris schlang eilig ihre Arme um ihn und küsste ihn fest und feucht auf den Mund. Henning wurde es schwummrig vor Verlangen.

„Und was machen wir jetzt mit dem Rehbock?", fragte Babyface. Henning lächelte.

„Weißt du, Doris, das erste Wild, das man erlegt hat, sollte man selber essen. Ich nehme den Rehbock mit, zerlege ihn und bringe ihn zu dir; du kannst ihn dann einfrieren. Mit dem Gehörn, deiner Trophäe, habe ich anderes vor. Ich werde es auf ein Holzbrettchen setzen und dir schenken. Zu diesem Anlass machen wir uns einen schönen Abend hier in der Jagdhütte."

„Ach, Henning, wie ich mich darauf freue! Ich kann es gar nicht abwarten!" Henning erhielt zur Belohnung noch einen weiteren Kuss, diesmal auf die Wange. Babyface setzte sich in ihr Auto und fuhr heim. Henning räumte auf und fuhr mit dem Bock im Kofferraum nach Hause. Auf dem Rückweg summte er:

Baby Face, you've got the cutest little baby face
there's not another who can take your place
Baby face my heart poor heart is thumpin'you sure have started
somethin' ...

Ein Jagdlied ist das aber nicht, dachte er.

Helga Schulte lag im Bett von Hennings Jagdkamerad Robert Ehlers. Sie war nackt bis auf ihre schwarzen Strümpfe. Robert hatte sie flehentlich gebeten, sie anzubehalten. Ihr schwarzes Korsett, das sie auf Wunsch von Robert trug, hatte sie achtlos neben das Bett geworfen. Für seine Wünsche musste Robert immer etwas tun. Wenn sie ihn besuchte, schickte sie ihn zuerst unter die Dusche. Dann zog sie sich aus bis auf die Strümpfe und das Korsett. Wenn er mit dem Duschen fertig war, musste er auf den Knien zu ihr rutschen und ihre Befehle entgegennehmen, so auch heute.

„Robert!" „Ja, liebste Helga?"

„Du holst jetzt sofort deine Zahnbürste und putzt damit gründlich den Waschtisch!" „Sofort, Helga, ich eile."

„Ich schaue in einer Viertelstunde nach. Wehe, es ist nicht alles pieksauber!"

Als er damit fertig war, hatte er sie mit weinerlicher Stimme gebeten, etwas von ihrer Unterwäsche anziehen zu dürfen. Sie hatte mit scharfer Stimme abgelehnt, nicht aus Prüderie, sondern weil sie davon ausging, dass er es schätzte, von ihr erzogen zu werden. Jedes Mal, wenn sie ihn besuchte, trug er ihr einen neuen Wunsch vor, den sie meistens erfüllte. Bestimmt würde er sie eines Tages um mildes Versohlen bitten. Im Gegenzug konnte sie ihn scheuchen, wie sie wollte, es erfreute ihn ungemein.

Es war für beide Seiten ein äußerst befriedigendes Verhältnis.

Henning ging an die Arbeit. Er machte den Rehbock zurecht, tütete die Teile ein und brachte sie zu Babyface. Den Schädel kochte er ab, präparierte und bleichte ihn und setzte ihn mit dem Gehörn auf ein Holzbrett. Dann richtete er die Jagdhütte her. Er säuberte sie gründlich und strich die Wände neu, die alten vergilbten Bilder entfernte er. Auf den Tisch und die Anrichte stellte er dunkelgrüne Kerzen. Den Höhepunkt sollte ein Arrangement mit Fichtenzweigen werden. Er nagelte die Zweige an die Wand, sodass sie ein Herz bildeten. In die Mitte setzte er das Gehörn des Rehbocks. Das Sofa vor der Wand staubte er gründlich ab und besorgte zwei Decken mit Jagdmotiven. Kurz vor dem geplanten Treffen füllte er den Vorratsschrank mit Leckereien und Süßigkeiten. Ein paar Flaschen Sekt, Wein und Mineralwasser kamen in die Regentonne, damit sie sich kalt hielten, denn in der Hütte gab es keinen Strom. Irgendwann kam Hennings Jagdkamerad Robert vorbei.

„Donnerwetter, was hast du die Hütte edel hergerichtet!", staunte er.

„Tja Robert, die Jagd besteht nicht nur aus Schießen. Irgendwann muss man auch mal was fürs Revier tun!"

Der Juni war, entgegen der Norm, äußerst heiß. Die Sonne verwöhnte und ließ die Triebe der Pflanzen und Menschen sprießen. Henning rief Babyface an.

„Das Wetter ist schön und dein Gehörn habe ich fertig, Dörchen. Wir könnten in den nächsten Tagen in der Jagdhütte feiern. Welcher Tag wäre dir recht?"

„Dörchen, wie lieb das klingt! In der Woche kann ich nicht, da muss ich arbeiten."

„Wäre dir der nächste Sonnabend recht, oder möchtest du lieber mit deinen Freunden in die Disko gehen?"

„Ach Henning, wenn du nur wüsstest! Ich bin doch viel lieber mit dir zusammen und komme gern. Was soll ich dann anziehen, meine Jagdsachen?"

„Aber nicht doch, Doris, dazu ist es viel zu heiß. Auf die Hütte scheint den ganzen Tag die Sonne. Zieh dir was Leichtes und Bequemes an, am besten einen Minirock."

„Das werde ich machen. Aber ich weiß nicht mehr genau, wie man zu der Hütte kommt."

„Kein Problem, fahr auf den Parkplatz und gehe auf dem Weg in den Wald weiter. Ich habe ein paar Fichtenzweige ausgelegt. Und weil du im Jagdkurs so gut aufgepasst hast, Dörchen, wirst du den Weg leicht finden." Er hörte Babyface förmlich in die Hände klatschen.

„Wie toll du das machst! Ich bin ganz gespannt", piepste Babyface entzückt. Da kam sie wieder, die Regung. Henning war glücklich.

Sie wollten sich um acht Uhr abends treffen, die Abende waren hell und lang. Henning hatte ein paar am Stiel blank geschabte Fichtenreiser geschnitten, mit denen er den Weg vom Parkplatz bis zur Hütte auslegte. Die Spitzen der Zweige wiesen zur Hütte hin. Kurz vor acht holte er die Getränke aus der Regentonne und stellte zwei Sektgläser auf den Tisch vor dem Sofa. Auf die Anrichte hatte er eine Platte mit Räucherlachs, Wildschinken und feinem Bratenaufschnitt sowie Butter und ein Körbchen mit verschiedenen Brotsorten gestellt, alles mit Gürkchen, Tomaten und Fichtenzweigen garniert.

Babyface kam pünktlich. Sie trug einen rotkarierten Minirock, ein weißes T-Shirt und weiße Sportschuhe. Sie sah sich um.

„Oh, wie hast du das aber alles schön gemacht, Henning!"

„Für dich doch gerne, Dörchen." Sie trat zur Wand, an der das Arrangement mit dem Gehörn hing. „Ist das mein Bock?"

„Er gehört dir allein. Du hast ihn ja geschossen." Sie ging nach vorn und nahm das Brettchen ab, um sich das Gehörn anzuschauen. Dabei fielen ein paar Fichtenreiser herunter, vom oberen Teil des Herzens.

„Oh!"

„Kein Problem Doris, ich habe sie wohl nicht richtig an den Nägeln befestigt."

Henning steckte sie jetzt oben zusammen und klammerte sie mit Draht, sodass sie wie unten eine Spitze bildeten.

„So, nun halten sie besser. Aber jetzt wollen wir es uns gemütlich machen."

Er setzte sich auf das Sofa und schenkte die Sektgläser voll. Babyface kam, schaute ihn treuherzig an und setzte sich auf seinen Schoß. Sie nahm seinen Kopf zwischen ihre Hände und küsste ihn auf den Mund. Henning hörte sein Herz pochen.

Die Tür ging auf, Helga Schulte trat herein. Sie erblickte eine festlich geschmückte Jagdhütte. An einer Wand hing eine Kuriosität. Jemand hatte eine Anzahl von Fichtenzweige zu einer Figur geordnet, die aussah wie eine Vagina. In der Mitte dieser Vagina prangte das Gehörn eines Rehbockes, auf einem Brettchen befestigt.

Ihr Blick wanderte zum Sofa. Eine junge Frau saß auf dem Schoß ihres Ehemannes und war offensichtlich gerade damit beschäftigt, ihm die Zunge in den Mund zu stecken. Sie trug einen Minirock, der ihr über die Schenkel gerutscht war und ein weißes T-Shirt. Erschrocken drehte Doris sich um, als sie Helga hereinkommen hörte. Helga sah in ein Kindergesicht. Das Miststück wirkte wie ein durchtriebenes Schulmädchen, nur ihr Busen war für ein Schulmädchen viel zu groß. Henning verschlug es die Sprache.

Er stammelte: „Helga, ich … ich…"

„Brauchst nicht herumzudrucksen. Ich sehe auch so, was los ist!" Babyface stieg von Hennings Schoß herab und setzte sich neben ihn. Langsam fasste er sich.

„Doris, das ist meine Ehefrau Helga." Und zu Helga gewandt: „Das ist Doris Beyer, meine Jagdkameradin. Wir haben ein bisschen gefeiert, weil sie ihren ersten Bock geschossen hat." Babyface lächelte Helga arglos an. „Henning ist ja soo nett! Alles, was ich kann, habe ich von ihm gelernt." Helga verzog das Gesicht. „Kann mir schon denken, was das ist." Henning stand auf und holte ein weiteres Glas.

„Nun lasst uns doch zur Ruhe kommen und gemeinsam auf den Bock anstoßen!" Jetzt wurde Babyface ungehalten. Sie stand ebenfalls auf und zog eine Schnute.

„So war das aber nicht abgemacht, Henning", piepste sie. „Du hast mir gesagt, wir machen uns einen gemütlichen Abend zu zweit. Jetzt hab ich keine Lust mehr und fahre nach Hause."

Sie nahm ihr Gehörn und verschwand. Helga und Henning blieben zurück. Helga schaute ihren Ehemann an, glühend vor Zorn.

„Lass dich in dieser Nacht nicht mehr zuhause blicken, Henning, ich schmeiße dich sonst raus. Morgen kannst du angekrochen kommen. Dann ist eine grundsätzliche Unterhaltung fällig."

Ein Verhör wird das sein, dachte Henning. Ihm wurde flau im Magen. Helga drehte sich um und verschwand ebenfalls.

Henning nahm seine Jacke und sein Gewehr und schloss die Hütte ab. Langsam ging er durch den Wald, zu dem Hochsitz, auf dem er mit Babyface so oft gesessen hatte. Als er die Leiter hinaufkletterte, fing es an zu dämmern. Eine schlaflose Nacht erwartete ihn.

Nach kurzer Zeit kamen zwei Ricken vorbei. Sie ästen auf einer kleinen Wiese, ganz vertraut. Manchmal warfen sie ihre Köpfe hoch und schauten zu ihm hin, als wollten sie ihn verhöhnen. Auch ein Fuchs schlich irgendwann mit listigem Blick entlang.

Schließlich konnte er in der Ferne noch eine Rotte Sauen ausmachen, denn der Mond schien hell.

Henning durchlebte ein Wechselbad der Gefühle.

Sein anfangs fast tödlicher Schrecken hatte sich zunächst in Gleichmut verwandelt, den Gleichmut eines Schulkindes, wenn es beim Abschreiben erwischt wurde und die Strafe seines Lehrers erwartete. Doch beim Gleichmut blieb es nicht. Langsam kroch in ihm schleichend die Wut hoch, zunächst auf seine Ehefrau Helga. Auf dem Hochsitz hatte er genug Zeit zum Nachdenken. Wer konnte Helga verraten haben, dass er sich an diesem Abend mit Babyface treffen wollte?

Es kam nur Robert Ehlers infrage, sein Jagdkamerad. Ihm hatte er zwar nichts von Babyface erzählt, doch er war der Einzige, der mitbekommen hatte, dass er die Hütte geschmückt hatte. Also rückte langsam auch Robert in den Focus seiner Wut.

Er konnte den Morgen kaum noch erwarten. Als es um sechs Uhr hell wurde, blieb er noch eine Weile sitzen. Dann stürmte er die Hochsitzleiter hinab, lief zur Hütte und packte alles zusammen, was er mitgebracht hatte. Er fuhr heftig los, sodass die Reifen durchdrehten und Erdbrocken gegen die Wand der Hütte warfen. Vor Roberts Haus brachte er den Wagen zum Stehen. Henning stieg aus und nahm sein Jagdgewehr mit, einen Drilling. Er trat gegen die Gartentür und ging mit kantigen Schritten zum Hauseingang. Als er das Klingelschild sah, verschmähte er es zu klingeln, nahm den Drilling und schoss in die Luft. Es knallte und ein Regen von Blättern und unreifen Birnen kam herunter, denn vor dem Haus stand ein hoher Birnbaum.

Im Haus hörte er Bewegung: ein Fenster öffnete sich und Robert Ehlers lugte verschreckt hervor.

„Komm runter an die Tür, wenn du nicht zu feige bist", schrie Henning. Schritte tapsten die Treppe hinab. Die Haustür öffnete sich und Robert stand in weißer Unterhose und Unterhemd vor ihm.

„Kannst dir wohl denken, warum ich hier vor dir stehe", brüllte Henning. Robert wirkte zerknirscht.

„ Musste ja mal so kommen, dass du merkst, dass ich mit Helga ein Verhältnis habe."

„Wie bitte?"

Henning hielt inne.

„Ist ja nur fünf- oder sechsmal passiert", winselte Robert. „Wenn du willst, können wir doch ruhig darüber reden."

„Was du mit meiner Frau treibst, ist mir scheißegal", schrie Henning, „erzähl mir lieber, woher sie wusste, dass ich gestern Abend in der Hütte war?"

„Das hab ich doch nur gut gemeint", sagte Robert kleinlaut. „Gestern war doch euer Hochzeitstag. Und ich habe gedacht, du wolltest Helga eine Freude machen, weil du die Hütte so schön geschmückt hast." Henning war wie vom Donner gerührt. An den Hochzeitstag hatte er überhaupt nicht mehr gedacht, den hatte er fast immer vergessen – bis auf letztes Jahr, aber das war ja die Silberhochzeit gewesen.

„Schaffen es nur unsinnige Gedanken bis in dein Spatzenhirn?", brüllte er Robert an. „Ein halbes Jahr anstrengender Arbeit hast du mir vermasselt."

„Ich weiß gar nicht, wovon du sprichst?", schrie Robert zurück.

Henning sammelte sich. Er hob seinen Mittelfinger.

„Leck mich!", er warf die Haustür von außen zu, vor Roberts Nase, und ging zum Auto zurück. In der Mitte des Gartens machte er Halt.

Robert Ehlers hatte einen grenzwertigen Geschmack. Auf einem Rasenfleck stand eine Gruppe von Tonfiguren. Ein paar Gartenzwerge scharten sich um einen fast lebensgroßen Rehbock, der sie liebevoll anzuschauen schien.

Robert hob sein Gewehr, nahm Maß und jagte eine Ladung Schrot in die Gruppe. Der Rehbock und die Zwerge zerplatzten in

Hunderte von Tonpartikeln. Robert setzte sich in sein Auto und fuhr nach Hause.

Helga Schulte lag in ihrem Schlafzimmerbett, als sie die Haustür gehen hörte. An den Schritten, welche die Treppe hinauf polterten, erkannte sie ihren Ehemann. Merkwürdig – sie hatte nach den Ereignissen des letzten Tages eher erwartet, dass er angeschlichen käme.

Die Schafzimmertür öffnete sich. Er stand vor ihr. Sie schaute in ein wutentbranntes Gesicht.

Zum ersten Mal in ihrer Ehe hatte sie Angst vor ihrem Mann.

AMULETT. Eine Landschaft in der Nähe des Harzes zur Zeitenwende. Hier leben Cherusker. Alrun, eine Häuptlingstochter, geht eine dramatische Beziehung zu einem Römer ein. Zu ihrem Schutz gibt ihr die Seherin des Stammes ein silbernes Amulett. Das Amulett wandert durch die Zeiten. Es wird vererbt, geht verloren und wird wiedergefunden. Legenden und historische Ereignisse säumen seinen Weg.
IMPRINT ISBN 978-3-945-59700-2

BÄRENHAUS. Berlin, um 1968. Der Abiturient Bernhard Lindtmeyer ist von Westdeutschland nach Berlin gezogen, um zu studieren. Westberlin ist eine Insel inmitten der DDR. Er fühlt sich auf Anhieb wohl und seine Beziehung zu der Chemiestudentin Anette lässt beide in einer romantischen Gefühlswelt versinken. Doch Berlin gärt, eine neue Kultur entsteht. Bernhard muss sich die Frage stellen, ob er jemals in seine Heimatstadt zurückkehren will?
IMPRINT ISBN 978-3-936-53679-9

STEINREISEN. Die Freunde Hartmut und Stefan wachsen in einer Provinzstadt auf. Nach ihrer Berufsausbildung versuchen sie, in ihrer Heimatstadt Fuß zu fassen. Doch sie scheitern. Stefan wird Oberarzt in Berlin und Hartmut arbeitet in Köln in einer Immobilienfirma. Plötzlich verschwindet er. Seine von ihm schwangere Freundin Elke wendet sich verzweifelt an Stefan. Zwischen ihnen entwickelt sich eine Liebesbeziehung. Nach langer Zeit finden sie Hartmut wieder. Der Schlüssel ist ein Stein, den er in seinem Elternhaus aufbewahrte.

BoD ISBN 978-3-743-13652-6

SAXOPHON. Der Student Marcus spielt seit seiner Kindheit Saxophon. In Paris lernt er die Sängerin Anna kennen, mit der er zusammen mit anderen Musikern durch Südfrankreich tourt. Beide entwickeln eine Spielweise, in der das Saxophonspiel von Marcus und Annas Gesang miteinander verschmelzen. Gleichzeitig gehen sie eine Liebesbeziehung ein. Als sie feststellen, dass sie vermutlich nah miteinander verwandt sind, machen sie sich auf die Suche nach ihren Wurzeln. Ihre Reise in die Vergangenheit führt sie in das turbulente Westberlin um 1968 – in eine Zeit voller Aufregungen und Gefühle wie die wirbelnden Klänge des Saxophons.

IMPRINT ISBN 978-3-945-59705-7

RIEDHAUS. In der Leineniederung bei Neustadt steht in einer einsamen Gegend ein einfaches Haus. Es wurde zwischen den Weltkriegen erbaut und ist Begegnungsstätte für mehrere Großfamilien. Im Mittelpunkt der Gemeinschaft stehen die Freundinnen Friederike und Stefanie, die eine jüdische Großmutter hat. Mit ihrem Freund Christoph besucht Stefanie einen Bekannten aus der Gemeinschaft in Namibia. Hier passiert etwas, das ihr Leben einschneidend verändert.

BoD ISBN 978-3-750-4808-10

DER ALLTAG IST MAKABER. Ein Chirurg plant einen Eingriff, ein Pfarrer eine Beerdigung. Eine Politikerin feiert ihren Geburtstag. Das sind alltägliche Dinge, die hier in einer plötzlichen und ungeahnten Weise zu skurrilen Situationen führen, denn die Menschen in diesen zehn, meist satirischen Geschichten verhalten sich unterschiedlich, je nach Temperament und Charakter. Ihre Reaktionen reichen von stoischer Ruhe, hektischer Betriebsamkeit bis hin zu jähem Entsetzen.

ImPRINT ISBN 978-3-945-50701-9

SCHOKOKUCHEN UND MILCHREIS. Hildesheim in der Nachkriegszeit. In der vom Krieg weitgehend verschonten Oststadt leben viele Menschen. Marlene, dunkelhäutige Tochter eines Besatzungssoldaten geht eine Liebesbeziehung zu ihrem Jugendfreund Rainer ein. Doch dieser heiratet die Bauerntochter Angela, die von ihm schwanger ist. Marlene zieht in die USA. Als sie zurückkommt, wird es dramatisch... Der Text spiegelt Geschehnisse und Namen in der Hildesheimer Nachkriegszeit weitgehend genau wieder.

BoD ISBN 978-3-753-45987-5

DAS FENSTER ZUR UNENDLICHKEIT. Der Berliner Zinnfigurenhändler Paul trifft eine geheimnisvolle Frau und geht eine heftige Beziehung mit ihr ein. Sie führt ihn in eine geheimnisvolle Welt zwischen Raum und Zeit ein. Nachdem sie plötzlich stirbt, entwickeln sich dramatische Ereignisse. Der Roman nutzt Elemente aus Fantasy, Religion und Philosophie.

BoD ISBN 978-3-754-36104-7